当代公安实力作家作品精选丛书

跨国遗产继承案

许丽晴探案作品精选

许丽晴 著

群众出版社·北京

图书在版编目（CIP）数据

跨国遗产继承案：许丽晴探案作品精选／许丽晴著．—北京：群众出版社，2020.6

ISBN 978 - 7 - 5014 - 6106 - 6

Ⅰ.①跨…　Ⅱ.①许…　Ⅲ.①纪实文学—作品集—中国—当代

Ⅳ.①I25

中国版本图书馆 CIP 数据核字（2020）第 066497 号

跨国遗产继承案——许丽晴探案作品精选

许丽晴　著

出版发行：群众出版社

地　　址：北京市丰台区方庄芳星园三区 15 号楼

邮政编码：100078

经　　销：新华书店

印　　刷：三河市荣展印务有限公司

版　　次：2020 年 6 月第 1 版

印　　次：2020 年 6 月第 1 次

印　　张：10.375

开　　本：880 毫米×1230 毫米　1/32

字　　数：200 千字

书　　号：ISBN 978 - 7 - 5014 - 6106 - 6

定　　价：39.00 元

网　　址：www.qzcbs.com

电子邮箱：qzcbs@sohu.com

营销中心电话：010 - 83903254

读者服务部电话（门市）：010 - 83903257

警官读者俱乐部电话（网购、邮购）：010 - 83903253

文艺分社电话：010 - 83901330　　010 - 83903973

目 录

跨国遗产继承案 / 1

面对逝去的情爱 / 75

女模特的悲凉人生 / 99

爱的绝望 / 110

没有写完的日记 / 124

大墙内的特别婚礼 / 139

骨语探秘 / 151

铁血刑警封东磊 / 172

"北极星" APP 的末日 / 193

南京青奥会安保纪实 / 226

跨国遗产继承案

日本葛城县。

邻人们像往常一样安静而忙碌地生活着，谁也没有注意到这个"中国料理"小餐馆与往日有什么不同。

何淑珍静静地躺在床上，眼睛似睁非睁。屋子里很暗，一盏微弱的电灯在房间一隅无力地守望着她。不知什么时候灯光跳了一下，何淑珍颤了颤，一丝不易觉察的微笑显现在她那苍白憔悴的脸庞上。

她看见自己沿着时光隧道走回了茅山，走回了长荡湖。

她走了很久很久，却总是走不出茅山的春天，走不出那层层叠叠的绿色。天然生长的高大挺拔的山槐、白桦、榉树和苗壮的白胡椒，六月雪，还有那蓬蓬勃勃如火如荼的茅草，错落有致地点缀涂抹着沉默的山脉，汇集成漫山遍野处处流淌的绿色，湮没了砂石的喧闹。山风吹来，绿色林海浪潮般涌动，锦缎般翻腾撕扯出风情万种。

那长荡湖总是被茂盛的绿萍和一簇簇野菱覆盖，草盛鱼肥，雪白的鹅子在水中游戏徜徉，扰得湖水絮语涟涟，给黛色的山脉罩上一层迷蒙空灵的莹光水气。

何淑珍很想抓住一点儿什么，哪怕是一丁点儿，但是，一只无形的大手，牵引着她仅有的残存的气息，一步步远去。

少年的何淑珍担着一捆柴火，赶着两头牛走下山坡，油绿的青草在脚下顺从地匍匐。她放下柴火，又过去拴了牛，随手从湖边割了几把青草甩了过去，湿润的泥土撒落下来，老牛惬意地咂巴起来。她抹了把汗，很自然地扭了扭刚刚发育的身子，原本破旧的衣裳更显得局促，肘部又撑开一道口子。她噘噘嘴，跑到湖边掬起一捧湖水扑在脸上，一阵清凉，水珠一串串抖落下来，水中的淑珍摇晃着脑袋一圈圈散开去。

淑珍倚着树干坐了下来。一股湿润的青草香气钻进鼻孔，她揉揉鼻子，出神地望着天边丝丝缕缕的白云出神。

妹妹阿英、腊梅寻了过来。一个趔趄，腊梅哇哇大哭，淑珍掏出中午省下来的一块蒸饼。那饼上洒了些盐巴和韭菜末，那是主人给的，腊梅立即停止了哭声，阿英的眼睛也亮了起来。

那纯纯的饼香好像又闻到了，何淑珍微微翕动的鼻翼费力地捕捉着……

何淑珍就这样带着她那无限的眷恋，悄悄地离开了人间。

日本葛城家庭裁判所，一份档案记载着旅日华侨何淑珍的身世：

何淑珍，女，1924 年 7 月 1 日出生于南京市郊区，1925 年春随父母讨饭来到江苏省金坛市薛埠镇新浮村落户，自小帮人家放牛打杂。1942 年被一名日本军官太太看中，带回家做女佣。1946 年日本战败投降后随日本军官去了日本，后定居日本。20 世纪 50 年代，何与旅日华侨钱梦生结婚，婚后无子女，其夫 1966 年病故。此后，何孤身依靠经营饭馆业为生，直至 1993 年 10 月 14 日病故。生前住所为日本国葛城县北葛城郡新庄町大字姜 115 - 8 北京楼。

还有一些身世资料，是后来遗产争讼过程中逐步披露的：何淑珍之父何开源、母亲陈氏共生一男三女，何淑珍为长女，长子何庭山于 1961 年病故，次女何桂英现住安徽省东长市农村，三女何腊梅于 1995 年病故。

何淑珍死后，留下包括不动产、土地、存款、债权在内的共 4700 万日元的巨额遗产。

她未曾生育，生前也未留遗嘱。

在对何淑珍是否有合法继承人的调查过程中，财产暂由日本葛城家庭裁判所指定的管理人——山口久美子律师代为管理。

4700 万日元遗产究竟有无继承人？

一场旷日持久而令人喟叹的遗产争夺战自此拉开序幕。

一

茨城到大阪，乘火车三个半小时就到了。

本田枝子和她的律师三浦次郎，穿过熙熙攘攘的人群，走出站台。她中等个头儿，体态丰腴，浓烈的香水味不断散发开来。那股香气裹着他们，出了车站。

太阳特别明亮。本田的心情却不怎么明亮。自从何淑珍过世以后，本田就在奔波忙碌着。

孤独老人何淑珍的巨额遗产，有着强大的磁场，诱惑着她，使她不止一次地亢奋起来，像刚刚吸入可卡因。也难怪，这也许是本田枝子四十多年黯淡无光生活的一个重大转机。她早已厌倦了过去的生活。然而，在她实施计划的过程中，忽然出现了一个意想不到的障碍，她不得不提前行动。本田有一种尚未准备充分，便不得不仓促登台亮相的慌乱。

本田不由得加快了步伐，朝前走。三浦次郎律师看了看走在前面的本田枝子，掖了掖公文包，跟了上去。

这是 1995 年春天的一天。

这一天，距何淑珍去世已经有一年半时间。

在葛城家庭裁判所葛城支部，三浦次郎代表本田枝子小姐，向何淑珍财产管理人山口久美子，递了"要求继承何淑珍遗产"的申请报告。申请人本田枝子自述与死者何淑珍共同生活多年，现何淑珍死后，遗产无继承人，要求以"特别关系人"身份继承遗产。

山口久美子不解地走了过来。

山口看完了申请，抬起头，问：你有什么证据材料吗？

没有。话刚出口，本田突然意识到不妥，又随即补充道：如果需要的话，可以提供有关的户籍证明。

你说的都是事实？山口又问。

当然。本田不假思索地说。

她很有把握。她是台湾人，25 岁来到日本，十年前在何淑珍餐馆打工时，由于何淑珍不识字，便由她代写家信，所以对何淑珍在中国的亲属情况很清楚，知道何淑珍生前父母已故，没有子女，在日本孑然一身。

山口不想再跟她兜圈子了。她告诉本田枝子：何淑珍在中国有养子。

本田枝子的脑袋轰地响了一下。

她终于明白所谓"养子"的听闻，原来是一个确切的消息。她稳定一下情绪，对山口说：什么，养子？这不可能！

是吗？山口朝她看看，说：这儿有他的证明材料，中国津门市人，他叫钱国法。

这不可能！本田再一次叫了起来。

她对山口说：钱国法只是何淑珍丈夫的侄子。

事实已经很清楚。就在本田枝子千方百计通过中国大陆的日本侨办、外办等机构，试图找到何淑珍的直系亲属，从而制造出一个能够继承遗产的合法身份，以便顺理成章地将何淑珍的遗产接收下来的时候，有人竟抢先了一步。

二

津门市玻璃器皿厂工人钱国法匆匆往家赶，在经过河北大街天桂里时，有几次差点撞了人。他急急地说声对不起，又闷头骑车向前。

惠芳，惠芳！刚刚推开门，他就喊起老婆的名字。妻子刘惠芳擦着手从厨房走出来。

你看。钱国法从口袋里掏出一张折叠着的纸，打开了给妻子看。

大娘死了？刘惠芳似乎不太相信。这个只有初中文化的农村妇女又认真地将传真看了一遍，尽管上面的字不全认识，但意思是肯定看得出来的。

那后事咋办？大娘身边又没有人。

我去侨办的时候问过的，他们说日本那边说了，由那边办。

哦，刘惠芳又问：大娘咋个死的？

这么大年纪，心脏又不好，身边没人照顾……

善良的女人不再言语了，呆坐了一会儿。

夜里，钱国法怎么也睡不下，侨办老何的话总是在耳边响起。

老何说：老钱啊，你大娘说走就走了，也没留下什么话。我记得她是开了店的，不晓得你上次的手续后来办成没有？

钱国法一下子没反应过来，什么手续？

老钱啊，你大娘无儿无女，还能办什么手续？老何连声啧啧。

钱国法咀嚼这几句话，一种深切的痛楚从心头涌了出来。

手续手续，这几年自己为手续跑得还少吗？他钱国法虽然比别人少念几年书，但是从农村到城市，也摔摔打打长了不少见识。他自信自己的脑子不比别人转得慢，这不，老婆孩子的户口经自己和派出所片儿警隔天诉苦，隔天拎两瓶老酒，三磨两磨，不就快办成了？

钱国法早就想办个养子公证，好先去日本打工，谁晓得怎么也没办下来。

钱国法摸摸硬硬的胡茬儿，想到"公证"两个字就觉得窝了一口气。

1986年为了公证的事情，他一直讨好大娘那儿那个叫何玉玲的女人，好歹让她寄两份由何淑珍签字的材料，公证处的申请表也填了，批下来的却是侄子、侄媳的公证书，当然出不了国。

他怎么也想不通。可人家说"过继"不是收养，他和何淑珍不是养母子关系。什么意思嘛，还不是有意难为人！

他想想就来气，你们有什么了不起的。

可大娘这么快就突然死了。他知道大娘多年来一直开着一家小餐馆，这笔财产咋办的？他记起老何说大娘"没留下话"。

他明白了。

钱国法啪地打开台灯，下床，躺在里边的刘惠芳睁了睁惺忪的眼睛，以为他要解手，就转身睡过去。

钱国法翻箱倒柜，找出一只信封，小心翼翼抽出里面的纸。

钱国法这时候开始动起了以养子身份继承何淑珍遗产的念头。当时他的想法很简单，补办一份公证，然后去日本继承遗产。

他以为只要公证书到手，就万事大吉了。

无论如何他都没有想到，一场因遗产而引起的轩然大波正在暗暗酝酿着，他费尽心思弄来的一张公证书，到头来只是废纸一张。

三

本田枝子又去找山口久美子。

不巧，山口外出，未能遇上。

第三次，她又去了。

山口对她的到来感到有点儿奇怪。

有些情况我想应该补充一下。本田说，她跟何淑珍生活了这么多年，又都是华人移民，感情一直十分亲密，早就以母女相称，家里还保存着何淑珍妈妈的照片呢。

山口问：有没有什么手续能证明养母养女关系？

本田语塞。

山口又问：为什么上一次是以"特殊关系人"身份申请继承遗产，现在又突然改称是"养女"了？

本田一时回答不出来。

律师三浦次郎在一旁说：当时我们认为何淑珍反正没有更近的亲属继承人，枝子是继承人，所以就无所谓了。

山口看看他俩，心里觉得好笑又好气。

她从抽屉里拿出一沓材料掂了掂，特地告诉他们：钱国法的继承人身份材料，都是经过中国公证机关公证的。

三浦次郎接过这沓材料，在一边认真地看起来。

山口面对本田，觉得和她继续谈下去会纠缠不清，想快刀斩乱麻。可用什么办法好呢？

她想了想，有个方案应该是可行的，即本田虽不具有继承人资格，但考虑她与何淑珍曾共同生活过，而且是本国公民，可以凭"特殊关系"身份申请对她进行一定经济补偿。

山口觉得这样做，很稳妥，对本田也是一个安慰。

可她过低估计了本田的能量。以后发生的事情，足以让她看清这一点。

本田坚决不答应。

这么一点儿经济补偿对她那燃烧的贪欲来说，无疑是杯水车薪。她本田枝子需要的是大把大把金钱的滋润。

樱花漫无目的地盛开着，茫茫白云般一簇簇一片片，白得干净雅致，纤尘不染，竟有几分残酷，全没了粉色的梦幻。

本田为自己的感觉吓了一跳，随即又醒悟过来，樱花依旧是美丽的，只是自己心境不同罢了。

本田一肚子怨气，那个干瘦的日本女人山口久美子不同意自己作为继承人继承遗产，还搬出那个钱国法。她是知道钱国法的，1985 年她在何淑珍那儿做事时，代何淑珍与钱国法通过几次信，后来也一直保持着联系。如果何淑珍收他为养子，自己不可能不知道，凭直觉她觉得这个"养子"身份有些蹊跷。同时，她认为自己已入日本籍，又以"养女"身份向山口提出申请，无论如何，山口应该将遗产发给自己才对。

回到茨城县水海道市的家中，本田通过律师三浦又多次去电与山口联系。

山口坚决地告诉他，本田的情况她已做了调查，仅仅是1985～1986 年在何淑珍的餐馆内打工，户籍上登录的"同居人"与本田所说的完全是两码事。而且，有着公证材料的"养子"钱国法，一旦被认可财产继承人的法律地位，她将尽快结案，通过中国侨办发放遗产。

三浦朝本田递了个无可奈何的笑，他表示自己竭尽全力了。

本田却不愿意，那样做不是她本田的性格。她从随身手提包里掏出一只信封，塞进三浦的办公桌抽屉内。三浦想阻止，本田反过来将他的手按住，轻轻地握了握。

三浦有些心跳。本田若无其事微笑着说，三浦律师你先拿着，事情办成之后我会重重谢你的。

三浦想说什么，本田嗔怪地看了他一眼。三浦犹豫着低下头。

金钱和女性的柔情，本田运用得熟练之至。她不知道三浦后来为此很是自责，她没有去想那么多，她只是认为自己在做一件非常值得做的事情。她的父亲是个算命先生，她也非常相信这玩意儿，她想起前几年父亲曾为自己算过一次，说她中年财运畅旺，可以投资获利，若是理财有方，将有经济丰收。当何淑珍病故的消息传来时，她觉得这是冥冥之中上帝的安排，是命运使然。她无比虔诚地在神龛面前跪下拜了几拜。虽然从事情发展的态势来看，并不如想象得那么顺利，但是她相信命，相信自己的能力。她有些兴奋起来。

山口久美子，这个女人没有一点儿商量的余地，那两只眼睛精神气很足，一下子就把自己看穿了，她很恼火。这是她目前的一大障碍。

四

拐弯抹角，钱国法打听到刘惠芳的一个亲戚的老乡在市公证处工作，可能还是个头头儿，只是这个叫张大进的亲戚已好多年没来往了。

钱国法左思右想，决定让妻子打这个电话，顺便邀请张大进和那个老乡一起吃饭。

刘惠芳明白了丈夫的意图，不放心地问："这行吗？"

钱国法说："能行，能行。"

打了四五次电话，总算和张大进联系上了，刘惠芳随即让钱国法听电话。

钱国法说：表叔，我养母在国外去世，我要办理公证，去国外继承遗产，我想请您跟公证处那边说说。主要是时间太紧，最好约个时间吃个饭，大家也好认识认识。

那边张大进说：这样吧，我和公证处的张有林联系一下，你等我电话吧。

隔天张大进打电话来说：吃饭就不要了，还是上门去谈吧。

第二天晚上，钱国法拎了一包礼物跟着张大进敲开了公证处副主任张有林的家门。

大进跟我说过，有什么事？张有林很客气。

是这样的。钱国法顾不上太多的客套，就把何淑珍的情况讲了一遍。

没有继承人？

不是的，我大爷大娘虽一直没有生育过，但在我十岁的时候就过继给了他们。这么多年我们一直有来往的。你看，这是我大娘1986年写的申请。

张有林很快就明白了。

你的意思是，他顿了顿，是不是要办养子公证？

"是的，就是这个意思。"钱国法连连说。

张有林接过钱国法手中的纸，看了一遍，问："除了这些外，还有些什么材料？"

"没有了。"钱国法回答。他考虑着该不该将当年办公证的事情说出来，他看看张大进。

张有林看出来了，他笑着说："怎么，不想说？"

钱国法想了想，这事还是不说为好，到时候看情况再说，便连连表示没有什么。

张有林又问了情况说："凭你现在的状况办公证是有困难的，第一是收养人何淑珍现已死亡；第二是你与何淑珍没有抚养关系，尽管你手中有何淑珍的申请材料，收养还是很难成立。"

张主任，钱国法将椅子向前挪了挪，身子也倾到了前面，急忙说："我与大娘有收养关系，这一点好多人都知道，并不是我现在才提出来的，这一点你可以调查，还有，我养母无儿无女，除我以外没有其他继承人，这笔财产很可能白白地被小日本没收掉。"

不知道是不是后面一句话打动了张有林，他沉默片刻后说："这样吧，你是不是先搜集一些材料来，我再考虑考虑。"

钱国法来了精神，好的，我这就去办。

从张有林家回来后，钱国法又为一件事犯了难，张有林要他提供何淑珍的身份以及与自己过继母子的证明，这本身并不是难事，但是何淑珍老家在江苏，自己一直生长在河北及津门市。

路途遥远事小，主要是人生地不熟，现在到哪儿办事都要有关系，自己这一去很难说办得成，想到这里，他忽然想起一个问题，大娘在江苏还有些亲戚，自己这一去那些亲戚肯定会知道，会不会节外生枝，带来麻烦？

不，江苏无论如何不能去，钱国法心里喊道，那么这些证明在哪儿出呢？他想到老家河北故城县，那儿亲戚熟人还不少，对，就到故城去试试看。

钱国法忍不住拍了一下大腿。

十二月初，由钱国法家乡河北省故城县乡政府和故城县侨办出具的有关本县侨民何淑珍与钱国法的过继母子关系证明，以及县公证处出具的事实收养关系证明一起被送到了张有林手中。

一份单位证明钱国法却拿不出来，他清楚地知道，厂里对他家庭情况是再了解不过了，他父亲钱永有就是从厂里退休的，1987 年就是因为厂里给他出了与何淑珍婶侄关系的亲属证明，自己才未能如愿。

接下来就是漫长的等待，钱国法一方面频频出入张有林家及公证处，另一方面与中国驻日使馆联系，请他们与遗产管理人山口久美子交涉。

50 多天过去了，尽管钱国法催过多次，但是日本方面坚持要有公证材料才可办理遗产继承手续，而这边，钱国法依然拿不出按程序规定必需的单位证明。

他又找到张有林。问公证书啥时候办下来啊？已经过了这么多天了。

你不是不知道，能帮的我都帮着敷衍过去了，但你那证明没有，实在是让我不好再开口了。

主任，你不晓得，日本那里又来催了，再不办过去，财产就要交国库了，真要人命。

张有林不吱声了，闷头抽烟，烟雾很快将他笼罩其中。

大哥，你真想帮我？钱国法竟称比他小几岁的张有林"大哥"。张有林看着眼前这个身材瘦小的中年男人，从他亲戚那儿知道他家在农村，生有二子一女，家境并不富裕。

那当然。

能不能明天先把证明开给我，我给日本寄去，手续我很快就补过来，好不好？厂里基本答应我了。

第二天，也就是1994年1月25日，一份事实不充分、程序违法的涉外公证就这样诞生了。

三天后，钱国法在公证处填写了《办理涉外公证申请表》《公证报批表》，副主任张有林签了"同意发证 张有林 1月28日"的字样。

五

1995年7月27日，本田枝子向葛城地方裁判所葛城支部递交诉状，诉何淑珍和钱国法之间的过继养子关系无效，被告为山口久美子。

在"请求原因"中这样写着：

"被告认为亡何（指何淑珍）之夫之弟（已去世）钱永有的第二个儿子钱国法是何的养子，并认定钱有继承权，为何的继承人。原告认为何生前没有想让钱过继为自己的养子，更不用说提出正式申请。因此，第一顺序过继养子是无效的，而且，何年老后，是与原告同住同生活的，并委托原告为其以后的守墓人。"

起诉状还附有1985～1986年何淑珍、本田枝子同居一处的户籍抄本，以及一份与何淑珍关系的说明。

那份说明的大意是这样的：

我和森本在德岛结婚以后，他的性格越来越粗暴，稍稍侍候不周到就打骂我，我俩难得有几天不吵架，邻居们都劝不下来，婚姻状况越来越糟，我很痛苦。在日本，女人是没有多少地位的，但这样下去我实在忍受不了。听人说，葛城那儿的原神宫很有名气，好多人都到那儿去参拜，我还想挽救我的婚姻，就选了个日子去庙里烧香，祈祷我的婚姻幸福。

那天进香的人很多，山道上拥挤得很，这样下山的时间就耽误了，下来的时候天色已晚，来不及回去了，我就决定在附近住一晚再回德岛，想必森本不会多讲什么。

我向四周看去，附近路边几个餐馆陆续亮起了彩灯，人进人出生意很不错，一间小杂货店的两个营业员一个在算账，口中念念有词，另一个正在货架上取东西，我进去买了一瓶水，开了盖慢慢地吮吸，无意间我抬头一看，对面开着一家"中华料理店"，我想我平时一个人难得出来吃饭，在家也都依着森本做日本菜，这下可以吃到自己家乡的可口饭菜了，我就进去了。

店面并不大，呈"L"形，面积总共20多平方米，店堂被漆成红色的长长的柜台隔开，柜台外是两排餐桌、餐椅，其中一排紧靠着柜台前，客人可以边吃饭边和伙计聊天。柜台内的白瓷砖贴面的墙壁上有一面三层的吊柜，摆放着碗、碟、佐料之类的东西。店堂后面有一个木梯通到楼上。

我当时点了两个炒菜，吃饭的时候，我注意到餐馆的主人是一位五十多岁的中国老太，个头不高，当时店里吃饭的人不多，我主动上前和她说起话来，她告诉我，丈夫早就去世，她无儿无女孤身一个人在日本，家里姐妹都在大陆，她觉得很孤单，身边什么人也没有。她还问我的家庭情况，也很同情我，我们那天聊了好长时间，很投缘。

晚上分手的时候，她再三对我说，你要经常来我这儿，我们都是中国人，有什么难事互相照料，不要见外。

从这以后，我们就经常互通电话，相互问候。

不久，我和森本还是分开了，我带着女儿离开了德岛。

上哪儿去呢？我想到了何淑珍，在日本她算是我当时最亲近的人了，我们在她那儿住了下来，我每天帮她经营着小餐馆的生意。

我们像一家人一样过着日子，关系越来越亲密，我开始称她"妈妈"，她也称我为"我的女儿"。

她把家中的事情都讲给我听，告诉我她是在中国江苏的金坛长大的，那里有茅山、丫髻山，还有长荡湖。她把家乡的来信拿给我看，这些信她都很仔细地收存在一个小铜箱子里，用一块花布包着。大陆再来信，她就让我给她写回信，她先讲出来，我再照她的意思写下来，最后读给她听。

妈妈很爱我，她多次跟我说，玉玲，我真想我们永远生活在一起，不分开。我很理解她的孤独，说，我不会离开的。

二楼是妈妈的住处，摆放着钱梦生的灵位，前面常年摆放着供品，后来我也住了进去。

我们想过办养女手续这个问题，曾经一起到当地警察署办理登记，警察署回答，何淑珍是外国人，户口簿上没有这个项目。妈妈当时很生气。后来妈妈又为我去过几次，还是没有办成，但我们并没有因此影响感情。

后来，大概是1986年，我遇到了本田小村，他很喜欢我，我们的感情发展得很快。一年后，本田小村提出结婚的请求。

我要离开妈妈了，妈妈对我说，玉玲，我要你经常回来，不论你走到哪里，这儿都是你的娘家。她对我俩在一起的生活非常眷恋，还表示如果不方便的话，可以把孩子留在她那儿，妈妈还为我准备了一些嫁妆。

到水海道市后，我们仍经常打电话，她有时到我这儿来看我，我也经常到她那儿去，每过一段日子，我们就约好一同出去旅游。

有次她遇上车祸，住进了医院，我连忙赶过去，在她身边照料了四五天。

……

对于山口来说，本田枝子来找过几次，最近安静下来，山口以为本田放弃了幻想，前几次只是家庭妇女碰碰运气而已，她没放在心上，却没料到一纸诉状递到面前。

山口仔细地看了诉状，于 10 月 17 日进行了答辩。

她的答辩理由有三点：

一、根据日本法律，在申请确认过继养子无效的诉讼及确认关系的诉讼中，被告是否有法律利益，是问题的关键，而原告是没有诉讼利益的。

二、在向特别关系人分配继承财产的申请期之间，原告并没有提出申请给特别关系人分配继承财产。

三、在这场诉讼中，被告作为财产管理人，让继承人继承遗产，是必须履行的义务。被告是没有法律资格的。即山口久美子没有资格成为被告。

山口答辩状显示了较高的法律水平，本田虽文化程度不高，但这一点还是看得出来的，三浦劝本田冷静下来，本田问三浦目前这个情况怎么办。三浦吸了口气，他很清楚，按照法律和事实，本田想继承遗产应该说是行不通的。

　　其实，本田也知道这场官司是打不赢的。只是，她必须通过诉讼程序拖住山口久美子，以免山口把遗产发放给钱国法。虽然自己养女身份是假的，她却不能允许山口把这笔遗产发放给假养子钱国法。

　　接下来该怎么办？本田与三浦磋商后，决定将这场注定打不赢的官司继续打下去，以期达到争取时间的目的。本田枝子向大阪高等法院提起上诉。与此同时，她启程去中国大陆。三浦替她分析过，如果不把钱国法假养子身份搞掉，本田想继承遗产的梦就只能是梦，永无实现的可能。因为，财产管理人山口久美子的律师责任感，注定了她只能对法律负责，对合法的财产继承人负责。

　　相比坚持法律正义的山口久美子，三浦有点儿内疚。经过这段时间的接触，三浦对本田的个性为人也有了一个大概的了解，随着时间的推移，那一沓强行塞给他的钞票日益成为他的心病。他知道，不到他的使用价值穷尽的那一天，本田枝子是不会放过他的。船已驶离岸边，上边的人是下不来的。

　　三浦问，何淑珍在中国还有几个兄弟姐妹？

　　好像有一个哥哥、两个妹妹，本田眼睛紧张地盯着三浦看。

　　按照中国的继承法，父母、子女、配偶是第一顺序继承人，兄弟姐妹、祖父母、外祖父母是第二顺序继承人。

　　你的意思是？

　　如果要排除钱国法，就必须首先证明何淑珍的遗产实际上是有继承人的。

　　三浦看到本田的眉头紧紧皱了起来。三浦接着说，目前看起来他们还没有提出要求，也许他们根本就不知道何淑珍去世这件事。这当然对我们有利。

对于钱国法，我想是可以提出些东西来的，也可以试着与钱国法先做些接触，如果不动干戈，由双方共同继承遗产或许是最好的选择。

本田恍然大悟，拍着手叫了起来。

六

"养子"公证办成之后，钱国法委托律师丁聪与日本联系，准备以继承人的身份继承何淑珍的遗产，日方已基本认可钱国法财产继承人的法律地位。

由于钱国法的一再催促，财产管理员山口久美子将遗产中的不动产部分处理变卖。

日子一天天过去，钱国法心中充满喜悦和期待。

他盘算着钱一拿到手，首先要做的事是买一套宽敞的房子，让妻子儿女住下来，这些年来，家里经济、居住条件一直很不好，也真该改善改善了；其次是两个儿子大了，过几年该成家了，得每人给一笔钱，了却为人父母的心事；第三是女儿正在上中专，毕业后工作不好找，肯定要花钱……

一封寄自日本茨城县水海道市的来信放在桌上，钱国法看了看，是那个叫何玉玲（本田枝子）的台湾妇女寄来的。

他漫不经心地打开信封，看着看着眉头皱了起来，这个一直被他称为"玉玲妹妹"的妇女提起何淑珍遗产，并直言不讳地要以"养女"的身份与钱国法共同继承这笔财产。

钱国法将信又看了一遍，心里直发笑：玉玲你真是，其他人不知道我还不知道吗？不就是代我大娘写了几封信，在那儿住了两天，便拿了鸡毛当令箭，起了当继承人的心思来。虽然你我之间一直有联系，那只是作为朋友来看待的，可不是让你来分我的家产的。

遗产的事，现在是万事俱备只欠东风，1 月 25 日公证书办好后，钱国法立即让律师发往中国驻日使馆，请他们速交家庭裁判书，有关事务包括不动产、债权债务等，现在基本做了处理，只等山口发还遗产了。

现在却冒出个本田枝子，异想天开地来和他分割财产，打工妹继承人？钱国法虽不懂法律，但此刻他觉得好笑。

他不屑一顾地将信扔到了垃圾袋里。

钱国法现在可是胜券在握啊！

那边本田总不见钱国法回音，又寄两封信过去，仍石沉大海，她又挂了国际长途，钱国法又避而不接。

她清楚了，钱国法不想让她搭这班车，这笔财产他要独吞。

她愤怒了，你钱国法当初有求于我写东西时一口一声"玉玲妹妹"，说得那么好听，现在你不需要了，就翻脸不认人，自己发大财，太过分了吧！你怎么回事，自己心里清楚！

七

1996 年 4 月的一天晚上，安徽省东长市谕兴乡黄桥村的村头匆匆走着一男两女，其中的一男一女农村人装束，另外一个女人四十岁上下，面色红润，体态丰满，上穿大红羊毛衫，下穿一条米白色休闲裤，手提一只咖啡色暗花皮包。

这红衣女人是本田枝子，那一男一女是何淑珍哥哥何庭山的二儿子何忠小，儿媳朱桂芳，三个人正往何淑珍唯一在世的妹妹何桂英家中赶去。

本田是一个月前来中国的，她凭着记忆，一下飞机直奔江苏省金坛市薛埠镇，在那儿找到了早已去世的何庭山的儿子何忠小家。何庭山共生了四个儿子，大儿子何忠保，二儿子何忠小，三儿子何忠海，小儿子何忠权，何忠权因病前几年已死亡。由于何庭山去世很早，家里生活一直很困难，弟兄几个都没上过几天学，加上天性木讷本分，至今几个人仍住在薛埠镇的新浮村里，靠着农田过着紧巴巴的日子。

本田告诉他们干妈何淑珍去世了，她代干妈来看看娘家人。一声声"哥哥""嫂嫂"，再送上从日本廉价买来的衣料，何忠保一家心花怒放，本田瞅瞅破旧的房屋，哥哥你这房子不能住人了，等以后我回日本给你寄些钱，重盖一下，再添些家具。真是天上掉下个好妹妹！不光弟兄几个，连村里都知道何家从日本来了个姨表妹，嫂子朱桂芳更是乐得合不拢嘴。

本田一有空就与何家兄弟或朱桂芳聊天，知道何家四兄妹目前在世的只剩住在安徽东长市的何桂英，老大何庭山1961年就去世了，小妹何腊梅也于1995年死了。本田抹了把眼泪，问朱桂芳：大姨现在可好？朱桂芳告诉她，何桂英快七十岁了，两眼瞎了，一家过得也很苦。

本田站了起来。说是临走前日本那边让她在中国这边代办一些干妈的亲属证明，好了结干妈的后事。

何忠保忙说，没事的，开什么证明，你说吧！

何桂英的家很快就到了，这是一座朝南的三间瓦房，西边有一间厢房，听何忠保说，何桂英的丈夫早就去世了，她共有一儿一女，儿子邵学金精神有些痴呆，四十多岁还没成亲，女儿邵学云招了个上门女婿，家中的房子前些年曾被一把大火烧掉了，现在的瓦房还是在何淑珍的资助下盖的。

三人进了屋，屋子里空空荡荡的，除了只可坐五六个人的方桌和几张破旧的凳子之外，墙角处还堆着钉耙、铁锹等农具。邵学云见来了客人，连忙搬出凳子，本田刚一坐下，凳子就歪向一边，原来是个"跛子"，何桂英闻声摸着墙边走过来。

何忠小说，二姑，这位小姐是从日本来的，叫本田枝子，是大姑的干女儿。

干女儿？何桂英嘀咕了一声，怎么没听姐姐提起过？唉，也许人老记忆差，记不住了。

姨妈，我是本田枝子，在日本我同干妈一起生活了20年，干妈临终前一再要我来看你，那边又走不开。姨妈你身体怎么样？

第一天，本田枝子让何桂英的女儿邵学云陪着到镇上去给何桂英全家人每人买了一件衣服，另外给何桂英买了两斤纯毛毛线和两双线袜，何桂英心疼地说：你花这些钱做啥？这么大老远来看我们就很好了，我这么大年纪，也不图什么。

本田将买来的一塑料袋香蕉打开一个个递到家里人的手上。

第二天，本田枝子问何桂英，我从日本汇了五万块钱，让津门市的钱国法带给你们，你们收到没有？

何桂英茫然地摇摇头，一边的女儿女婿你看看我，我看看你，朝本田摇摇头。

没有？这个钱国法怎么这样？本田的声音高了起来，显得有几分尖利。

会不会还在路上，要再等两天？邵学云当然希望能早一天拿到钱，这穷日子她真是受够了。

我已经寄了好几个月了，共十万块钱，两家各五万块，看来是他独吞了。我要告他！本田枝子气愤地站了起来，那张凳子歪了两下。

本田此刻像个高明的导演，让这几个老实巴交的庄稼人担任着可笑的角色。

何桂英连连摆手说：""别，最好别这样，要是跟钱国法去要，家里亲戚，闹起来多不好。"

不成，这个钱国法太坏了，姨妈，我们对他不要客气。你们生活这么苦，干妈不是不知道，我们就是想帮一下，这样吧，我身边还有点儿钱，先给你们。她掏出一把100元、50元的大票子，递给何桂英500元，其他人分别给200元或100元，共给了1000元。

一屋子的人都心存感激地望着本田。

东长市是安徽省由西向东伸入江苏的腹地，北连盱眙，南接六合，东邻高邮湖的一个以农业为主的县级市，由于历史的原因，这里信息闭塞，经济发展迟缓，农民脱贫奔小康成为一项迫切的要求。本田来这里后，一方面惊叹于内地的贫困，另一方面发现何桂英家人文化贫乏，尤其是老太太本人大字不识一个，她心中暗暗窃喜，这正是她所需要的。

快到中午了，邵学云忙着捉鸡、鹅，准备好好招待这位稀客，本田枝子又从包里掏出200元钱，让邵学云去买菜，邵学云推辞着，怎么能老让你花钱呢？本田说，客气什么？本来想请大家去饭店里聚餐，想想还是在家里自在，只是辛苦你们了！

邵学云和女儿很快买了一大堆熟菜。七碗八碟凑了一桌，邵学云又将宰杀的花母鸡煨了一锅汤端上桌。

下午，家人陆续散去，本田扶着何桂英到房间里，两个人坐在床边，本田说，姨妈，我干妈已经不在了，大舅和三姨也都不在啦，如果去年回来多好，还可以和三姨见上一面，大陆这边现在只剩下你一个长辈了。你可要好好保重身体啊。

何桂英转动着那双无神的白多黑少的眼球，那是白内障造成的，当时没钱治，眼睛便耽误下来。她说，姑娘，你来了就好，姐姐去日本之后总共回来了三次，最后一次大概是1990年，这一晃，又过去几年，没想到她一去就回不来了，娘家几个就剩下我一个人了，唉，看到你，我就当看到她，就当我们老姐妹又团圆了，这多好，这多好。

老太苍苍的眼睛内有泪光闪动。

老太又说，她一个人在日本生活这么多年也不容易，还开店，她说过她最后还是要回来，她总是想到家里，我这房子也是她帮着盖的呢，她是要回家的，要回家的啊。

本田接上去说，姨妈，我想干妈让我寄给你的五万块钱不能就这样让钱国法拿去，我想好了，找个律师把这笔钱要回来，你看，表哥多么需要这笔钱，以后可以娶个媳妇回来。

这……老太犹犹豫豫。

姨妈，你放心，这一切让我来办好了，但是——但是有些事情你要配合我，要听我的。本田说着从皮包里翻出一沓白纸，她想了想，从外屋搬来一张凳子，又掏出已准备好的红印泥，让何桂英分别在几纸白纸上摁下了鲜红的手印。看着到手的红指印，本田觉得不虚此行。

第三天，本田和何忠小夫妇一起离开东长市。到了金坛市，她将何忠小夫妇打发走，在金坛市住了下来。本田需要一个律师，一个经验丰富的大陆律师。在常州天虹律师事务所，本田见到了她的被委托人，一位叫戚永荣的律师。

八

戚律师五十开外，老成持重，他在听了本田关于何淑珍遗产及与钱国法关系的叙述，以及她要求撤销钱国法"养子"公证书的诉讼目的后，职业的敏感告诉他，这里面有些名堂，戚律师决定开始调查此事。

那么，谁作为此案申请人呢？也就是说谁作为诉讼委托人？

本田很想作为申请人或委托人，戚永荣在详细询问过她的身份经历后，认为她不具有当事人的法律资格，申请人只能由何淑珍的亲属承担。

本田当时多少有些失望，从她本意来说，既想告倒钱国法，又不愿何桂英加入进来。因为迄今为止，何桂英对遗产之事一无所知。她去东长找何桂英，无非看中了那几枚指印，可以作为对付钱国法的武器。只要能推翻钱国法的"养子"公证，日本那边她本田就是唯一的继承人了。

她知道，何桂英虽然双目失明，没有文化，但她具有的特殊身份不能说不是一种威胁。

但身为律师的戚永荣，只能从法律角度陈述利害，并坚持如果以本田枝子身份去诉讼，这个官司根本无法打。

本田枝子只好同意，让何淑珍亲属何桂英或其他人作为诉讼申请人以及律师事务委托人。

戚永荣着手对津门市公证处的材料进行分析。

他发现津门市公证处把"过继儿子"证明视同为收养关系证明，而国家司法部曾明确规定过"带有封建宗教色彩的过继不能作为收养关系"。

关于收养关系，有关的收养政策和法律规定：凡是建立的事实收养关系，必须能证实双方确实共同生活多年，以父母子女相称，且被收养人与其生父母的权利义务关系确已解除，收养关系自当事人达成协议或因收养事实而共同生活时成立。

戚永荣依据现有的材料和调查很快就作出如下判断：

1. 钱国法与何淑珍的"过继"关系，不能简单确认为收养关系；

2. 钱国法从未与何淑珍共同生活过；

3. 与生父母未解除权利义务关系（生父钱永有退休后，申请由儿子钱国法顶替进厂工作）；

4. 钱国法与何淑珍之间未达成任何收养协议或手续（涉外收养有规定）。

根据以上几点理由，何淑珍与钱国法之间根本不能成立收养关系。

戚永荣对此案有了不小的信心。

4月26日以何桂英、何忠小为申请人，委托代理律师戚永荣起草了一份申请复议书，申请书说明了事实与理由，证明钱国法与何淑珍养子公证与事实不符，违背公证证明的真实性与合法性。

两天后，戚永荣与本田来到津门市公证处，向公证处主任王刚提交了申请书。

王刚打量着戚永荣和本田：你们认为公证书有出入？

是的，戚永荣回答。

你们调查过？

对的，我们对事实经过进行过全方位的调查，认为这是一例错证。我们有足够的证据来证明。

王刚神色不自然起来：这个，也许我们工作中有疏忽大意现象。

5月6日，公证处给戚永荣出具了一份"受理通知书"，说明复查工作需要60天。

60天？

戚永荣摇摇头。时间太长了。

戚永荣决定对津门市钱国法方面的情况，侧面进行进一步深入调查了解。

钱国法与生父钱永有均为津门市玻璃器皿厂工人，了解钱国法的家庭情况应该从这里作为突破口。

戚永荣在出示了律师执照后，先查阅了钱国法的职工个人档案。

在《职工登记表》中"家庭成员情况"栏内，写着"父子（关系）钱永有、母子（关系）王玉兰"及妻刘惠芳和子女当时的一些情况；在"国外社会关系情况"栏内清楚地写着"大娘何淑珍，女，59岁，关系密切，现居住日本国葛城县北葛城郡新庄町大字姜115－8北京楼经商"字样。填表时间为1983年。

查看钱永有的职工档案，在1956年填写的《津门市玻璃厂职工登记表》中"家庭人口及经济情况是否同居供养"栏内，有"钱国法7岁，父子（关系），同居抚养"字样。

1970年《职工登记表》的家庭成员中，写有"钱国法，男，22岁，群众，父子关系（农民）"字样。

1977年《职工登记表》的"家庭成员情况"栏内，仍填有"钱国法，男，1950年出生"等字样。

特别是1980年12月，钱永有退休，按当时政策规定，可以由子女一人顶替，在津门市劳动局印制的《招收职工子女审批表》中，钱国法以儿子身份顶替父亲，上报审批。

从津门市回来，戚永荣的心情渐渐沉重起来。

津门市玻璃器皿厂的所有材料无一不清楚地透露出一个信息：钱国法从未与钱永有脱离父子关系。这么一个显而易见的事实，是每一个稍具基本常识的人都应该懂得的。

戚永荣把津门市公证处1987年出具的（87）津公字第362号公证书和（94）津公字第674号公证书放在一起，发现津门市公证处就同一背景、同一当事人，证明了两种不同的法律关系。

他感到实在不可思议。

他提笔写下了《关于津门市公证处个别公证员出具事实虚假公证书的情况反映》。

他写道：调查结果使我大为震惊。原以为该案有可能是工作不细所致，可是，根据我调查到的证据证明，这绝不是件因工作失误而造成的错证，而是一件由公证申请人与公证人员恶意串通，为达到使公证申请人能非法侵吞他人财产而制造的假证。这绝不是工作上的疏忽大意。津门市是三大直辖市之一，津门市的公证工作一直走在全国的前列，曾在同行中出过不少好的经验，水平这么高的公证处，高级公证员云集，办理这么普通的亲属关系公证，出现这么不合情理的失误，用"疏忽大意"来解释，可能很难说服法律界的同行们。在这里我们不妨试问一下津门市公证处的这位公证员一个简单的问题："（94）津公字第674号公证书养子女关系的成立，依据的是什么法，第几条，第几款？"

两天后，戚永荣决定向公证处的主管部门——津门市司法局再次提起复议请求，以特快专递寄往津门市司法局。

一个半月过去了，仍未见任何回应。

6月22日，就在戚永荣准备再次发函至公证处时，对方作出"不予撤销（94）津公字第674号公证书的复查结果的决定"。

文中没有过多解释，"事实存在，证据确凿"足以让人望而却步，像六月的天气一样沉闷。

戚永荣掩卷沉思。

作为当事人的委托律师，他以维护当事人的合法权益为己任，同样，他一直也以为，作为国家行政执法部门的公证机关，毋庸置疑应高悬法律之剑，公平执法，公正执法。

经过短暂的酝酿，戚永荣征得当事人何桂英的同意，决定提起行政诉讼。

7月28日，原告何桂英向津门市第一中级人民法院递交了行政诉讼书，状告津门市公证处，要求依法撤销津门市公证处（94）津公字674号证明申请人钱国法是关系人何淑珍养子的公证书。

在"事实和理由"中，作了这样陈述：

……

1993 年 10 月 14 日，大姐何淑珍在日本国葛城县北葛城郡新庄町大字姜 115—8 北京楼病故。随后，于 1994 年 1 月 25 日，在大姐何淑珍死后数月，钱国法即向津门市公证处申请办理钱国法是关系人何淑珍的养子公证，寄往域外，意图借用公证行为侵吞我大姐何淑珍的遗产，隐瞒我是大姐的同胞姐妹，是大姐的合法继承人，津门市公证处在未能依法全面客观地收集证据、调查情况和取得合法真实证明材料的情况下，即根据钱国法事先在故城县通谋好的有关部门及个别群众出具所谓证明，就草率出具违背事实与法律的养子公证书。

钱国法现年 46 岁，自出生后从未去过日本国，对定居日本国50 多年的何淑珍从未尽过赡养义务。我国改革开放后，钱国法在1986 年、1987 年意图去日本做工，曾要求我大姐写信以养子之称，骗取申请出国护照。何淑珍为协助夫侄钱国法去日本做工，请人代书了几封信，其目的也是帮助钱国法出国做工办理手续。我大姐何淑珍三次回家探亲，从未提及与钱国法有收养关系。

1980 年 12 月，钱国法在其生父钱永有退休后，接班在津门市河北区玻璃器皿厂工作，至今仍与生父母共同生活在一起。

按照我国收养法的规定，凡是建立的事实收养关系，必须能证实双方确实共同生活多年，以父母子女相称，且被收养人与其生父母的权利义务关系确已解除，因收养关系自当事人达成协议或因事实而共同生活时成立。

原告认为，钱国法在我大姐死后申请办理养子公证，收养人与被收养人之间没达成任何收养协议和其他确实证明收养关系成立的事实依据，再者，钱国法从未与我大姐何淑珍生活过，也没有与其生父母解除权利义务关系，户口一直在国内，且生父钱永有退休后由其接班在津门市工作，故未与何淑珍形成事实收养关系。

按照我国涉外收养办法的规定，何淑珍是侨居国外的侨胞，如果来我国内地办理收养公证，收养人应该向我国公证机关提供该国家或地区公证书，并经我国外事机构认证出具同意收养的声明书和委托书。收养人与被收养人只是一般的书信往来（为了帮助被收养人外出做工的目的），大姐何淑珍生前并未向我国外事机构办理过合法收养手续或声明收养关系的成立，送养人也从未有过送养意志表示。津门市公证处于1994年1月25日出具的确认收养关系成立的证明，是背离我国涉外公证程序的，是不合法的。

当原告得知大姐何淑珍病故后，钱国法串通有关部门出具不真实证明材料办理假公证，意图非法夺取我应继承的遗产，即于1996年4月26日向津门市公证处请求复议，5月20日、6月23日，原告又委托律师向津门市司法局对（94）津公字第674号公证书请求复议，要求撤销（94）津公字第674号公证书，津门市公证处不实事求是地于6月22日作出不予撤销的决定，津门市司法局至今拒绝复议答复。

现原告根据我国行政诉讼法的有关规定，特向人民法院提起诉讼，请求依法撤销津门市公证处（94）津公字第674号公证书。

九

在戚律师忙着"请求依法撤销津门市公证处（94）津公字第674号公证书"诉讼的同时，本田来到东长市公证处，开始了她第二步行动计划。

在东长市公证处，本田花了一天的时间和那些公证人员闲聊。她的声音柔软得很，又嗲嗲地让人不忍心拒绝，到下午竟已经叫得出各自的绰号。

何桂英坐在门口树下剥毛豆，时不时用耳朵谛听远处的声响。树荫从她头顶上覆盖下去，撒落了一地，不时欢快地抖动，如罩了活鲤的鱼网。有风过来，何桂英鬓角的白发飘动起来，身边响起树叶的沙沙声。

天真热，她弯下身子又抓起一把毛豆。

虽然几个月前为那个什么津门市钱国法"养子"的事，她被本田领着去过一次城里，由人家帮着写了些字据，她并不认为那事情跟自己有什么关系。她总以为那是本田的事。可自己花了人家本田的钱，帮人家一回也是应当的。

回来后，她仍然日出而作，日落而息，与往常没有什么不同；生活也一如先前，平静而充实。

姨妈！老远处有人喊。

她侧耳分辨了一下，是姐姐的那个干女儿。

哦，你又回来了。何桂英站起身来，被本田搀着一起慢慢走进屋。

姨妈，回去之后还真想你，你坐下。本田为老人搬来凳子。

不，我给你弄饭去，你肯定没吃饭。

不用，这次回来我还有事情要办。妈妈走得突然，好多事情没来得及做好，只好由我慢慢地处理，妈妈的丧葬费用是我借的钱，也没有来得及还给人家。

何桂英的女婿何忠平进屋来，好不容易在一个木柜里找到一个杯子，杯口有两个缺口。他用开水烫了又烫，给本田倒了杯开水。

借的钱？何桂英想说什么，又住了口。她心想，不会是姐姐生前有些什么债务，让本田到这儿来吧？

大约是猜到了何桂英的心理活动，本田忙说：这事不用劳烦你们，我会想办法的。这次回来，就是为处理善后办一些手续。前几年我在日本存了一笔钱，是以妈妈的名义存的，现在她不在了，我要取钱就很麻烦。唉，她走得这么急，哪里想得到。

老实善良的何桂英只会跟着本田为自己姐姐突然病故叹息，其他什么也没有意识到。

她女婿何忠平却觉得奇怪，问：你存钱怎么会用别人的名字？

日本和大陆不一样，对老人有好多照顾的规定，比如存钱的话就不用收税，不然费用是蛮高的。本田早已料到会有人这么问，便滔滔不绝做了合情合理的解释。

最后本田要何忠平帮她出具关于她代何淑珍去日本银行取款的证明手续，何忠平照办了。

本田又回到东长市公证处，小施伎俩，拿到了东长市公证处出具的"全权委托本田枝子办理有关姐姐何淑珍遗产继承、处理事宜的公证书"。

本田小心翼翼地将"公证书"收了起来。

本田很高兴。她对自己说，从现在起，我算是三根拐杖走路，除了两场官司外，还有一个护身符。

她设想着，如果把山口告赢了，自己当然取得了遗产继承权，山口也没有办法，中国这边就不需要考虑了。如果告倒了钱国法，何桂英取得继承资格，我本田作为何淑珍的委托代理人，照样能从日本提取遗产。

本田本想把这消息告诉三浦，犹豫一下打消了这个念头。

本田却没有意识到，由于过于精明，使她在这细小处犯了一个致命的错误。

十

津门市公证处于 8 月 13 日向津门市第一中级人民法院递交了答辩状。

答辩状说：钱国法提出公证申请后，他们派人调查了故城县外办主任，里老乡寒下村村主任、村支书等人及钱国法的亲属，"证明钱国法自幼过继给其伯父母钱梦生、何淑珍夫妇为养子，这一事实已被当地政府和群众公认"。

这一解释，明显含糊其词，当地政府和群众公认的过继关系，是否就一定是收养关系？事实上，封建色彩浓厚的"过继"在我国法律上是不予承认的，只有具备一定条件才能形成收养关系。

对诉状中提出的"钱国法对何淑珍未尽过赡养义务"，答辩状解释为主要"因两人长期分居两国这一事实使他们不能在一起共同生活"，"何淑珍每次回国探亲均居住在钱国法家与其共同生活"。

何淑珍丈夫钱梦生的外甥刘玉胜（钱国法的表兄弟）在津门市人民农药厂工作，对钱国法与何淑珍的关系，他作了如下描述：

何淑珍生前到过中国三次，第一次是1975年6月至9月，一直在我这儿住，后去金坛、杭州、故城；第二次是1979年9月，入境后直接去了金坛，后来让我去西站接她，再从北京回日本；第三次是1990年4月，先去了河北故城县，后来到我家住。她一直牵挂老家金坛，对老家的亲友很眷恋，精力也一直放在老家金坛，如果我大舅妈（指何淑珍）同意收养钱国法，为什么三次回国都没有和他去办收养公证……

对于钱国法未与生父母解除权利义务关系，答辩中说，是"当时政策并非一定要直系亲属"，钱永有"本着照顾何淑珍的养子，利用他与钱国法的血缘关系的原因，让钱国法顶替上了班"。

既然政策并不一定要子女顶替，为什么当时钱永有、钱国法在所有文件中以"父子"相称？这显然自相矛盾。

公证处的答辩状难以自圆其说，事实终究是事实。

1996年10月，何桂英诉公证处一案开庭，津门市第一中级人民法院判决撤销津门市公证处1996年6月22日作出的《关于对（94）津公字第674号公证书复查结果的决定》和（94）津公字第674号公证书。

戚永荣长长地出了一口气。

而在他背后的本田枝子简直是欣喜若狂了。

此后，津门市公证处于12月2日提出上诉，表示不服一审判决。

经过充分准备，戚永荣律师的那篇4000余字的民事答辩状送至津门市高级法院，要求依据事实和法律驳回一审被告的上诉，以维护法律的严肃性。

天空飞雪飘飘，很快淹没了村庄田野。

戚永荣和他名义上的当事人何桂英，面对面坐在东长市谕兴乡那简陋空寂的房子里。

何桂英一声不响，眨动着失神的双眼。

戚永荣心里一阵发紧。几个月下来，他的代理费分文未收到……

1997 年 3 月 18 日，津门市高级法院传来消息，法院认为（94）津公字第 674 号公证书程序违法，证据不足，一审判决认定事实清楚，适用法律正确，判决驳回上诉，维持原判。

这天，距何淑珍辞世已三年多了。

就在国内为钱国法那一纸公证书诉讼最激烈的时候，日本方面本田枝子和山口的官司也到了白热化阶段。

与国内这场官司不同的是，本田的诉讼在法院呈节节败退之势。

1996 年 7 月 18 日，葛城地方裁判所判决本田败诉。

本田不服，提起上诉。

同年 12 月 20 日，大阪高等裁判所作出维持原判的二审判决，本田枝子的上诉被驳回。

十一

时间到了 1997 年。

戚永荣那边传来消息，钱国法的"养子"公证被津门市高级法院推翻。几乎与此同时，日本最高裁判所也对本田上诉"告财产管理人一案"作出维持原判的终审判决，宣告本田想从日本直接继承遗产的梦想破灭。

本田枝子想，在日本肯定不行了，幸好在中国东长市那边，已经顺利进行，而津门市公证处的败诉，则让本田看到了胜利的曙光。看来当初到大陆去，这一步棋算是走对了。

她把自己已经成为何桂英委托代理人的事情，得意扬扬地告诉了三浦次郎，言语之间颇有炫耀自己的意思。

谁知三浦律师长长叹了一口气，说，你犯了一个错误！你原可以及早告诉我全部情况，如果我能早点知道你在中国的进展情况，与财产管理人的官司就不必这样较真儿地打下去，直到上诉到最高裁判所。因为我们激怒了山口，她又知道你的底细，你认为她会让你如愿以偿吗？完全可以断定，只要你一出现，山口绝不会放出一分钱的。你太自作聪明了！

三浦很不客气地教训她。

早在两个月前，最高裁判所的法官就发函给三浦，告诉他本田的官司从一开始就是无望的，她不可能打赢这场官司，要三浦劝说本田就此罢手。

其实，他三浦何尝愿意跟着本田穷折腾，作为律师，他不可能不了解本田具有什么样的法律地位。本田过高的期望值和穷追不舍的旺盛精力，使他常常处于赶鸭子上架的困顿和无奈之中。他感到可怕，这是个厉害的女人。

然而，本田的大陆之行既然取得如此重大的成果，为什么不早点跟自己通个信息，使自己在最后一刻明智地撤诉。如果是那样的话，他三浦既保住了免于败诉的面子，又可以给最高裁判所法官一个人情，更重要的是缓和了与财产管理人山口久美子的紧张关系。

本田枝子愣在那里。

她清楚地明白了两点：一是要实现自己的如意算盘，显然还不是件容易事；二是三浦律师，她的智囊将离她而去。

不过，本田并没有泄气。因为在中国大陆她已经有了非常好的布局。

本田带上一份财产分割协议书，直奔中国。

此刻的本田枝子简直心急如焚。这时她仿佛一个赌红了眼的赌徒，她要到中国大陆来增加她的砝码。

炎夏的蝉们正拼命地嘶叫，完全不理会本田心中的烦躁。

戚永荣看了本田起草的财产分割协议书，沉吟起来。

本田说，这个官司实际上是我打的，只是借了何桂英的名义，这些大家都知道，这一路上的车旅费，以及所有费用全是我掏的，何桂英一分钱也没出，财产应当怎样分配，还不是明摆着的事情。

戚永荣却有不同看法。

他说，你所垫支的费用在分配前可以算账支付，但何桂英是何淑珍的合法继承人这是不争的事实。从法律和道义上讲，我都应该保护当事人的利益。至于你付出的劳动，我们也有数，在分配中会适当补偿一些，但你终究不是何桂英的近亲属，咋好由你来继承？

因为摆在戚永荣面前的，是一份既不符合法律规范也不尊重道义的协议书。

按照本田的协议书：给津门市钱国法5%，安慰安慰他；何桂英那儿给15%，农村人又不会花钱；其他给个5万元钱就高兴得不得了；而本田枝子却想得到80%。

我不能同意。戚永荣说，这样做明显违反了法律，我绝对不能答应。

戚永荣希望本田能拿出一个稳妥的、对各方面都比较公平，又大体上不能出乎法律规范的方案。

本田火了，说：不管谁继承不继承，我都应该得到这笔财产。

本田可能感觉到口气太硬了一些，又软下来说：戚律师，你有没有替我想想，我一个女人家，为这事吃了多少辛苦，耗了多少精力，好几次我都差点儿累晕倒了，这你不是不知道。

戚永荣回顾这件官司的始末，自然也想到，如果不是推翻津门市的假公证，财产已经被津门市的假养子得去，而合法继承人的权利确实也无法得到保全。从这层意义上说，本田也还是有功劳的。

戚律师犹豫了一下，缓声劝她：你的要求以及你的功劳，我们可以向合法继承人提出，并尽量考虑给予一定的补偿，不过按80%比例分得财产是不合法的。作为一个律师，我绝不能这样做。

有什么不能？本田瞪大了眼睛，她觉得自己很有道理，考虑得很周全，想不到戚永荣仍然不同意，忍不住一阵激动，哭了起来。

她一屁股猛地坐到了藤椅上，椅子发出"嘎嘎吱吱"的声音。她抹了一把眼泪，前额的头发挂在鼻子尖上，伤心地边哭边说，声音也越来越大。

隔壁办公室探出几个好奇的脑袋。戚永荣觉得不能在这儿跟她纠缠了，便推说有事，提了皮包便走。

第二天早上，刚刚到办公室，戚永荣就发现本田已在那里等他。

戚永荣想转身回去，已经来不及了。

本田一脸微笑：早上好！戚律师。

戚永荣无可奈何地应了一句。

戚律师，我昨天与三浦律师商量了一下，觉得还是这样比较好。本田说着从包里掏出一样东西。

戚永荣原以为本田听进了自己昨天讲的话。

这会儿只见本田那肉嘟嘟的手指打开纸头，"协议书"三个字跳入眼帘。内容仍是关于遗产分割问题，本田提出在日本发还，数额比例仍为本田80%，何桂英15%，钱国法5%。本田已签上自己的名字，她让戚永荣代表何桂英签字，最后她再去找钱国法。

我不能答应！戚永荣斩钉截铁道。

他心里很清楚，这不只是财产比例问题，还牵涉到继承人的范围。

因为除何桂英外，何淑珍1993年去世时，她的小妹妹何腊梅还活在人世，其子女可以继承母亲应得的那一部分遗产，何腊梅的儿子涂锁林也已办理相关的公证材料。

本田仍然微笑着。

她走近戚永荣，轻轻柔柔地说：戚律师，昨天怪我不好，你就不要生气了。

但戚永荣低着眼睛，没有看她。

我俩应该什么事都好商量的，这样吧，这次你就关照一点，到时候我从我那里汇20%到你的账上，行吧？

本田轻轻地几乎耳语似的说道。

80%是不可能的，如果那样，我是违法的。戚永荣压住自己的火气，对本田说，即使对你再照顾，也只能把争议部分的40%分给你，这已经是最大限度了。

"咚，咚!"发怒的本田将戚永荣桌上的办公用品一股脑儿用肘部扫荡到地上，砸碎的墨水瓶跳到戚永荣的脚边。

本田将协议揉成一团摔到老远，哭起来：你给不给，给不给，啊，为什么……来找你？我瞎了眼!

本田想不通，为什么自己找来的律师会不帮自己讲话。在她眼里，我请律师是花了钱的，律师就应该为我说话，为我服务。

本田此时又想起了何桂英。

于是，东长市谕兴乡黄桥村的村头，又出现了本田枝子的身影。

姨妈，我又来了！本田亲热地拉着何桂英的手。你看我给你带来什么了，她神秘地从包里掏出一样东西放在何桂英手掌中。离开金坛之前，她在一个小商品市场买了镀金戒指和手链，又买了两个首饰盒，分别装了进去。

什么呀？何桂英把脸转向一边，用手颤巍巍地抚摸着。是戒指？

对了。本田拿起那金光闪闪的东西，轻轻地在阳光下摆了摆，随后给老太戴上。

哎呀，这不好，又让你花了这么多钱。老太连连说着，老太这辈子也没戴过金首饰，这闺女多孝顺，多贴心啊。

你过来！本田喊过邵学云，递给她一个小绸布盒子，这是给你的手链。

邵学云兴奋得脸通红，抓着手链不知往哪只手上戴。

本田紧挨何桂英坐下，长长地叹了一口气。

何桂英转过头来，问道：怎么了？

姨妈，你不知道，钱国法那边的案子虽然了结了，但是还有好多事情，我已经觉得受不了了。

你也真不容易，把这么大的事情办下来。你这孩子也真能吃苦。何桂英感慨地说。

姨妈，幸亏有您老人家的帮忙，不然我妈妈名下的这笔财产真不知要落到什么人的手中。

快别说了，都是自家人，你对我们又这么好。

姨妈，我已经想好了，本田轻轻握住何桂英的手，慢慢地说，我过几天回去先把财产收下来，然后汇款 70 万元人民币到金坛，请金坛公证处给你们，这 70 万元中，给金坛的三姨家一部分，怎么分你们商量，就算我对两位姨妈尽的一点孝心吧。

本田已对戚永荣恨得牙根痒痒。如果他答应代何桂英签个字，何、钱两方的支出至多不超过 50 万元人民币，并且可以少费好多口舌。戚永荣不答应，自己只好到这儿做工作。本田知道，何腊梅的儿子涂锁林不是个省油的灯。

何桂英一家听到本田要拿出几十万块钱给他们，顿觉喜从天降。对于穷困中的人们来说，确实如本田所说，一点小恩小惠就足以使他们感恩戴德。更何况，这件事都是由本田在操办，人家只是借了她何桂英的名而已。

哎呀，这么多钱！老太想说什么，感到女儿女婿正用眼睛盯着自己，连忙改口：行，行，随你，随你。

还有件事，戚律师总不肯跟日本律师联系，我都急死了。时间拖长了，说不定日本那儿把妈妈的钱给钱国法或者交给国家，那就坏了。我想，干脆我们重找个律师。

好，好的。老太直点头。

本田心里很得意：钱国法已解决掉了，剩下的何桂英像面团一样，随我捏揉，只要何老太在我手里，你戚永荣能把我怎样？看我炒你的鱿鱼！

第二天，本田带上何桂英和邵学云到东长市公证处，以何桂英的名义办理解除戚永荣与何桂英委托关系的协议。理由是戚永荣不能维护当事人的合法权益。

随后，本田与邵学云一起将协议书送到戚永荣家里。

戚永荣怔住了。

他知道，所谓的理由都是幌子，关键是没有维护她的不合法权益，他得罪了本田枝子。

何桂英不放心地问：你不是还有事情没办好，没有律师咋办？

找律师？本田笑了起来：你就不用担心了，天底下律师多的是，有的律师还愁办不到案子呢，当然，要找就找能干的。本田坚定地说。

姨妈，本田看着何桂英苍老的面孔，这是一张饱经沧桑和艰难的脸，老人斑爬满面颊，分不清颜色的衣服打着几个补丁。看着看着，本田不禁动了恻隐之心，从这段日子的交往中，她已感受到何桂英和她家人的纯朴善良。

姨妈，过几天我就回日本了，你要当心身体，等我把钱汇来后，你不要太节省了，该吃就吃，该穿就穿，还有，以后我每个月寄钱给你用。

本田枝子回日本后没有完全食言，她开始给何桂英寄钱，每次 300 元人民币，总共只寄了 4 次，共计 1200 元。

1997 年 8 月 24 日，本田枝子通过东长市公证处的介绍，和何桂英一起找到江苏同仁律师事务所的陈洪生律师。

十二

看过所提供的材料后，陈洪生对案子有了一个大体的印象。

在钱国法、本田枝子都被法院否认后，委托人何桂英作为唯一在世的遗产继承人，能否为日本方面所承认，成为至关重要的问题。何淑珍的财产在日本，如果何桂英的身份仅为中国承认，那仅是一纸空文。

何淑珍的遗产究竟是多少，也是一个未知数。

对于何桂英的名字，山口仅在津门市高级法院的判决书中见到过，没有充足的理由，山口是不会答应的。

陈洪生打定主意，便发函给山口，首先说明自己的身份，提出告知何淑珍遗产具体数额、种类及转移财产的程序、时间的要求，同时，陈洪生附了几份材料。

1. 何桂英公证声明。

2. 亲属关系公证书。

3. 津门市中、高级法院判决书。

4. 解除戚永荣办理遗产转移继承的委托关系证明。

隔了一天，山口复函了。她认为钱国法的继承人身份有大量证据证明，如果何桂英要求继承遗产，那么只有在钱、何二人达成协议后，才可以发还遗产；并要求提供何桂英合法继承人身份的法律声明；另外，告知遗产现有3200万日元。

看来，山口先入为主，坚持钱国法的继承人身份，对何桂英的法律地位持有怀疑态度，竟想让钱、何二人共同继承遗产。

这是不可能的。

陈洪生立即发函日本，强调何桂英是何淑珍遗产的唯一合法继承人。

不料，这一去，日本那边没了动静。山口沉默下来。

陈洪生耐心等待着，每天都要竖起耳朵听听有没有日本的消息。

在随后的近一个月时间里，陈洪生数次发传真、打电话给山口，可她就是"千呼万唤不出来"。陈洪生又发函到家庭裁判所，仍如石沉大海。

陈洪生举步维艰。

那边本田的电话倒是三天两头打来，急急地询问案情的结果。

对于这个本田，陈洪生当时并不太清楚她的真实情况，只听她说过自己三十多岁，还没结婚，是台湾去的留学生，等等。

本田不时地夸赞"陈律师年轻有为，前途远大"，不时将戚永荣大骂一通。她说，戚永荣真不是个东西，心太黑，想敲诈她30万元钱，她不答应，他就不给她发钱。还说，戚永荣的儿子看上了她，戚永荣就托其他人跟她说，要娶她，她都没理他，戚永荣就和她过不去。

每次通话，本田都喋喋不休。

陈洪生感到肩上的压力也在一分一分地增加。

　　根据日本法律，遗产继承人迟迟不出现，就会超过时效，遗产将被上缴国库。从法律上来说，钱国法的"养子"地位被否定，本田也败诉，距何淑珍去世已有四年，日本政府完全有理由随时收缴遗产。从这一点来说，每一个中国人都是很不情愿的。

　　这时，熟悉法律事务的陈洪生已经敏感地意识到，财产管理人山口对本田这样一个身份以及她一再的纠缠，很为不满。

　　陈洪生担心，山口一旦发现他的委托人何桂英后面还有一个本田枝子，这案子就无法了结。

　　为此，陈洪生将其利弊说与本田听，劝告本田枝子，如果想让何桂英继承案顺利办下来，你本田就请安静地等待吧，不必出头露面。

　　事已至此，本田也没有其他办法，只得按陈律师的话去做。不过她的日本长途电话依旧常常打到南京来。

　　这时，何淑珍的外甥涂锁林（已故何腊梅的儿子）也打来好几次长途电话。他们似乎也醒悟过来，再三声明他们也是遗产继承人，让陈律师秉公办事，千万不能把他们给忘了。

　　夕阳沿着窗檐矮了下去，办公楼里安静下来。陈洪生这才发现早已过了下班时间。

　　秋叶飘飘荡荡地离开了枝头，大模大样铺在门前屋后的园子里。秋天有成熟的温馨，也有失意的凄清。人们开始将自己一层层包裹起来。

　　面对山口的冷漠，陈洪生感到一味地等待等于放弃机会。

　　与其坐以待毙，不如搏一回，他下了决心。

十三

1997 年 11 月 7 日，陈洪生登上飞往日本的波音 "747"
飞机。

飞机在日本成田机场降落，前来接他的是本田枝子。

这次行踪，陈洪生事先没有通知山口。他知道，由于山口
被这个案子牵涉得很深，也许，自己的突然造访不失为一个好
办法。

又经过几小时的旅途颠簸，跟着本田枝子来到水海道市她
的家中。水海道市是日本的一个普通县城，街道上行人不多，
也不繁华，现代气息并没有渗透这里的每一个角落，人们居住
的大多像中国苏南一带常见的那种两层一幢的小楼房。

本田的家是两座普通的平房，中间围起院子，正对门搭起
神龛，里面有一座张飞塑像，两炷正在燃烧的香火的烟气袅袅
升腾。院子顶部全部用一种透明建筑材料盖起来。

本田让陈洪生就住在她家的客厅中。这不禁让陈洪生暗暗
吃了一惊。

本田首先介绍了她的家庭成员：女儿本田惠子，15 岁，正
在上学；还有替人算命的父亲。

本田特地加重语气，对陈洪生说：我父亲很高明的，什么
事情他都能算出来。本田的样子很神秘。

等了半天不见她介绍丈夫本田，一问才知道本田小村不常
回家，住在郊外他的厂里，陈洪生便更加觉得不自在起来。因
为按中国人的习惯，如果男主人不在家中，一般是不会将其他

男人留宿在家里的。

陈洪生想说什么，本田很快就猜到了：说不要紧的，住在家里方便，这儿的旅店远了些。

其实，刚才快到本田家时，陈洪生看到路旁有一家看上去颇像样的旅店。看来本田是不准备让陈洪生住到旅店里去。

陈洪生一住下来，就和真砂江美通了电话。这真砂江美是陈洪生一个朋友的妹妹，20世纪80年代东渡日本留学，现在今出屋有限公司工作，已入日本籍。出国前陈洪生就通过公司请真砂江美具体协助遗产案的有关工作。今出屋公司地址在东京，真砂表示马上就跟山口联系。

山口没想到中国律师会来到日本办案。在她的印象中，中国人办事都是拖拖拉拉，有始无终的。这起遗产案已进行了三年多，把自己都给卷了进去，那个本田枝子一再控告她，扰得她好一阵不得安宁，硬说她是偏袒那个钱国法，现在又出现个何桂英，而且这两年本田在中国来来去去，谁搞得清她们有没有串通一气，孰是孰非，真假难辨。

山口感到很头疼，加上她本身就事务繁忙，所以前一阵子干脆采取不理睬的态度，心里想隔了这么远，你中国律师也不能怎么样，要折腾就由你们折腾去吧。

这会儿接到真砂江美的电话，山口先是一惊，真没想到这个姓陈的中国律师还真有点儿狠劲，竟然一口气追到日本来。

自己没有任何准备，还是先避开吧。山口想了想，回答说：很不巧，最近手上案子很多，明天就要出差，还有两个案子要开庭，没有时间接待。

对于陈洪生来说，这次日本之行他是抱了较大希望的。他认为自己有足够的证据能证明委托人何桂英的继承人身份。这一点，无论是中国法律，还是日本法律都是能够认定的。对山口，陈洪生虽未谋面，但他相信，只要是一名具有责任感的律师，是会依照法律对何桂英的身份作出正确的判断的。当然，这中间也许需要一个沟通过程。

对山口的托词，陈洪生觉得既出乎预料又在意料之中。没有难度，他陈洪生根本就没有必要跑到日本来。

他直接拨通山口的电话。

山口一听出来是陈洪生，忙不迭地重复已说过的理由，反复说这几天实在没有时间。

陈洪生问山口：什么时候开庭？

山口说：9 日下午和 11 日上午。

陈洪生说：你的意思，在这之前肯定没有时间了？

山口说：是的，有时间我一定会和陈律师见面的。

陈洪生思考片刻说：那我们就等你开庭之后约个时间，好不好？

山口可能觉得不好再推托，便答应说：行。却把见面的时间定在下午 6 点，并且说谈话时间为一小时。

放下电话，陈洪生感到很不是滋味。下午 6 点，即快下班的时候，这种时候见面，本身就说明了山口的态度，还能指望通过谈话解决什么问题？

陈洪生的心高高地悬了起来。

真砂江美很看不过去。她觉得山口太不像话，陈律师为了办案千里迢迢从中国来到日本，你山口与何淑珍遗产案也是有职务关系的人，却一再推托刁难，便气愤地说要对山口的做法进行公开报道。

陈洪生说：算了，一小时就一小时吧。如果我们把握好这一小时，也许会成为一个转机。

不行。真砂很坚决地说：你不要把事情想得太简单，现在不讲好，说不定以后就更被动了。

真砂在电话里毫不客气地告诉山口：中国律师跨国办案诚意可嘉，你却不负责任地将其拒之门外，还刁难阻挠，直接影响到办案的成功与否，严重损害了日本律师的国际形象。你如果继续一意孤行的话，我们就把你的行为捅给新闻界曝光，一切后果由你自己承担。

陈洪生悄悄捏了一把汗。

他不了解日本国情，也不了解山口的个性为人，真砂这一招成功则罢，不成功的话，陈洪生则又一次面临僵局，钻进深深的死胡同。

可能是怕把事情闹大，山口答应考虑考虑。

二十分钟后，她同意将见面时间改在 11 日下午 1 点。

本田过来告诉陈洪生，三浦律师来过两次电话，说是山口三番两次问他知不知道中国的陈律师来了日本，把三浦问得莫名其妙，便只好来问本田。

陈洪生问本田，你怎么回答的？

当然是不知道，你不是关照过的。本田回答。

陈洪生满意地点点头。

三浦的电话透露了一个信息，就是山口对陈洪生不放心，怀疑本田和何桂英合谋，这证实了陈洪生原先的猜测。

无论如何，本田与此案的联系，绝不能让山口知道一丝一毫。一旦被山口发觉，她就会死死抓住遗产不放，继承就会化为泡影。

陈洪生与真砂商量了一下，决定提前一天动身到大阪。

本田也要去，陈洪生想想就答应了。

十四

三个人在一家旅店住了下来，旅店的主人是真砂的一个朋友。

按日本习惯，住宿都是一人一个房间，陈洪生让真砂和旅店老板打了个招呼，慎重地让本田与真砂合住一间，以防万一。因为这样本田就不用进行登记了。

三个华人以不同的身份，为另一个华人的遗产继承案在异国聚在一起，陈洪生一时感慨万千。

第二天，也就是 11 月 11 日下午 1 时，在山口久美子的办公室，陈洪生与山口开始了一场艰难的谈话。真砂江美在一旁翻译。

陈洪生首先介绍自己的身份，说明了来意，请山口多多关照，并送上在国内备好的小礼物。

聪明的真砂翻译得婉转动听。

山口的口气缓和了一些。她慢慢地讲述起事情的经过。

她说：我接管财产的时候，所有的财产都已由葛城警署厅登记，交给警察署葛城地方检察厅，我打开后做了登记。这时裁判所确认何淑珍遗产日本没有继承人。后来中国驻大阪领事馆一位领事告诉我，津门市有个叫钱国法的人是何淑珍的养子。

接着钱国法的委托律师传来了津门市的公证书及翻译件，我要对方出具了书信及证明材料。材料是很多的，法院的两份判决书是津门市公证协会寄来的。钱国法的律师表示虽然败诉了，但仍准备要公证。我对他说，公证是不行的，除非法院再作判决。后来大概是在 1997 年 6 月 9 日，领事馆又有人来找我说，是中国外交部委托他办理何淑珍遗产的。我看他一无材料，二无文件证明，就没有同意。

本田枝子是后来出现的，她最初的想法是，何淑珍没有继承人，她以特别关系人身份继承，我就将钱国法的情况告诉她的律师。这时枝子才对我说，她是养女，而在这之前她从没有讲过，而且她也没有任何手续。

山口喝了口水，继续说道：当时我是这么考虑的，本田没有跟何淑珍入籍，现在在何淑珍死后才要登记为养女，可以作为特别关系人要求。实际上我进行了调查，何淑珍的葬礼，本田枝子没有花一分钱，都是邻居和居委会安排的，费用不到 30 万日元。

陈洪生听完山口的叙述，不慌不忙地拿出一沓材料放到桌上，对山口道：

钱国法的养子身份，已由律师做了大量的调查，两审法院也做了判决，确认其养子身份无效，是终审判决。这些情况你已有所了解。

关于何桂英，你可能知道得并不多，何淑珍共有兄妹四人，哥哥 1961 年就病死了，小妹也于 1995 年去世，她是何淑珍目前唯一在世的亲妹妹，何淑珍没有亲生子女，本田不能成为养女，钱国法的养子身份也不存在，那么按照中国的法律，没有第一顺序的继承人就应由第二顺序继承人即何桂英继承。总之，我认为钱国法不是继承人，钱国法、本田枝子的继承人资格应予否定，何桂英是唯一合法的继承人。

山口粗略地看了看这些材料，微微抬起头说：何桂英的继承人资格我不怀疑，但是这么多钱放出去，总要有足够的证据。

山口接着换了一种奇怪的表情：公证的作用大家都是知道的，我也听说公证处在中国很有力量，但中国公证处的做法与日本不同，很奇怪。

陈洪生和真砂都望着她，等待她的下文。

山口接着说：钱国法的公证书发来后，我认为这是有效力的，已经确认了他。如果不是本田枝子的出现，很可能已放出财产了。当然，法院推翻了钱国法的公证书，应该说判决是有法律效力的。看来中国的公证处是不行的，公证的严肃性和作用都有点儿奇怪。

山口拐弯抹角地说着。

山口又说：何桂英的身份过去我怀疑了，现在听了你的介绍，你做了这么多的调查，我不怀疑了。但老实说，钱国法这么多的材料都被推翻了，判决否定了他的养子身份，何桂英既然是财产继承人，相反却没有判决，我希望对何桂英的身份有个合法的判决。

山口看来是一朝被蛇咬，十年怕井绳。

言下之意，钱国法这么多材料都公证无效，难道何桂英的身份公证就一定算数吗？

这里，除了反映出山口对钱国法的先入为主外，还犯了一个常识性的错误，她以为中国和日本法律一样，可以自我申请裁决。

陈洪生只好解释说：中国公证与日本公证没有什么根本的不同，都是合法、有效的。提起诉讼，只是一种特殊情况，就是有人提出相反的证据要推翻它，不存在另有判决或裁定。如果认为何桂英的材料不够，我可以回去补充。至于钱国法，其身份已被否决，但考虑他与何淑珍的亲戚关系，可以说服何桂英给予其适当的经济补偿。

山口只好承认何桂英是合法继承人，但她提出要报裁判所最后确定，要陈洪生静候她的通知。

这样的结尾可以有多种解释。但第一次会谈，陈洪生也只能说到这里。

陈洪生又试探性地问：能不能让我了解一下何淑珍的遗产情况？

可以的。山口并不介意。

她查了一下记录，报出这样一组数字：

何淑珍去世时，财产折合 47031257 日元。

1995 年前的支出，由丧葬费、不动产管理费、公告费、裁判所手续费、固定资产评估费组成，共支出 2011003 日元。

1995 年结余 45020254 日元；1996 年结余 32720000 日元。

陈洪生没有懈怠，他提出请山口作出会谈纪要，以确认何桂英的合法继承人地位。

谨慎老练的山口知道陈洪生的意思，并不答话，笑笑。

陈洪生见她不表态，随即提出两个人合影的要求，山口答应了。

回到饭店，本田急忙上来问怎么样了。看得出来，她比谁都急。

　　陈洪生和真砂商量，山口今天的态度总的来说是好的。从她自己说的情况来看，基本认可了何桂英的合法继承人身份，而且告知了何淑珍遗产的大致数目，这些应该说是好的兆头。但是，这一切并没有得到最后确认，更没有形成任何文件手续，山口回去后会不会变卦，这很难说。

　　陈洪生决定拜访大阪律师协会山本会长。

　　山本对远道而来的中国律师跨国办案的工作精神十分赞赏。他召集几名部下，认真听取陈洪生的情况叙述，表示会尽快去做山口的工作，尽力促成这件事。

　　回到本田家中，她的丈夫本田小村刚好也回家了。这是个瘦瘦高高的日本男人，看上去比本田大三四岁，他对陈洪生笑笑，也不多说话。

　　本田大概是因为案子的事比较高兴，特地多弄了两个菜。

　　本田夸赞说：陈律师，你真能干，不像是在大陆的律师，倒像是香港律师，能干事。

　　陈洪生说：哪里，其实中国能干的律师很多，只不过人们不了解罢了。不谈其他的，我们所里就有好多这样的人。

　　本田说：妈妈死了以后，我一直很伤心，难过，我们两个人感情很深，想不到她这么快就离开了。现在一到母亲节我就特别思念她。

　　本田的眼圈红了，继续说：以前过母亲节的时候，我就送花给妈妈，和她一起旅游，她一直要办手续让我做她永远的女儿。唉！

　　本田竟抹起眼泪来，鼻子一抽一抽的。

　　这些话，陈洪生已经听她说过两遍。他留心了一下，即使何淑珍当初有心收她为女儿，无论是中华人民共和国法律，还是日本国的法律，本田都不符合条件。因为前者规定被收养人年龄不超过十四周岁，后者规定要经过法院证明。

这样就好了，有你陈律师的帮助，案子马上就可以结束了。我一定要让妈妈的愿望实现。本田用手帕擦了一下眼泪。

"丁零零"电话响了起来。本田抽泣着去接电话，说着说着，大概对方传递了一个什么好消息，本田竟眉飞色舞，咯咯地笑了起来。

陈洪生觉得这个女人有些不可思议。

吃了饭，本田挨着陈洪生坐下，说：陈律师，如果案子办下来，你看给何桂英多少钱？你知道，她一直在乡下生活的。

陈洪生已逐渐了解到她的心思，知道这句话是来摸底的。

他很想告诉她，这笔遗产只有何桂英是唯一合法继承人，他是何桂英的代理人，应当维护的是何桂英的利益。

但这时如果如实告诉本田，她一旦不满足，会立即跳起来，后果不堪设想。毕竟当时一些费用是由本田先垫付的，何桂英根本没钱。

如果案子办成，除结算有关费用外，对本田可酌情额外给予补偿。

但此刻，无论如何不能让她知道底细。

陈洪生淡淡地含糊其词地说：这我是知道的，但何桂英有她的地位，我是个中国律师，你这儿，方方面面我会权衡的。

本田枝子说：何桂英是个乡下人，给了钱都不会用，给她一点儿钱就够了。陈律师，你这么远来日本，吃了这么多苦，他们谁知道？何桂英也不知道，只有我是知道的，你懂我的意思了吧？

陈洪生不置可否地应着。他心里全明白了。

离签证的时间还有几天，陈洪生希望能在这几天中等到山口的消息，顺便到真砂江美所在的今出屋公司看看。

他收拾着东西。

无意中，一样四方方的东西出现在他面前。这是一张印有本田枝子照片的中国公民使用的身份证。

陈洪生简直不敢相信自己的眼睛。他仔细定了定神，没错，确实是本田。

旁边伸过来一只手将身份证抓了回去。

陈洪生转头一看，正是本田。她面有愠色，嘴里嘀咕了一句什么。

十五

回到南京，陈洪生征得何桂英同意，抓紧时间补充了《关于继承胞姐何淑珍遗产的申请报告》《关于何桂英身份相关的公证书的效力问题的说明》《关于何桂英是其胞姐何淑珍遗产唯一合法继承人的说明》和《关于给予钱国法先生适当经济补偿的请示报告》，再次强调何桂英的合法继承人身份，提出给予钱国法 100 万日元的经济补偿请求。

发完传真，陈洪生坐在桌前，闭上眼睛。

他要好好想想这个案子，下一步该怎么办。

山口那里结果未卜，本田这儿已经显得迫不及待；而且津门市钱国法对案子上诉结果很是恼火，已提出申诉。只要最高法院向日本发出"此案正在审查"的公告，则山口再也不会放出财产。与本田的联系一旦被山口发觉，也是一样的结果。

真砂那儿不知道怎么样了？

陈洪生离开日本前，再三委托真砂协助做好山本会长的工作。利用山本会长的威望，也许会对案子有些好处。

想到何桂英，陈洪生心中不禁叹了口气。这个目不识丁的农村老人，却根本不知道怎样维护自己的权利。有时候听什么信什么，谁都可以哄她。

想到这里，陈洪生警觉起来。

案子办到今天这一步，已是很不容易。现在觊觎这笔财产的人，远远不止钱国法一个人。老太太的贫穷无知，很容易被别人利用。

果然不出所料，陈洪生下班刚回家，就接到涂锁林的一个本家叔叔以涂的名义打来的电话。

他告诉陈洪生，钱国法已派律师来过，找了何桂英和涂锁林，说服他们达成财产分配协议。

你们答应没有？陈洪生问道。

暂时还没有。钱国法的那个律师的意思，你办不下来。对方有意顿了顿，接着道：而且，对于我们来说，你是代理何桂英一个人，认她一个人说话，根本没有我们的身份。

陈洪生听懂了他的意思。

他耐心地向他解释，钱国法已被法院否定，何淑珍的遗产现在只能由她的姐妹继承。你们和何桂英是亲戚，要团结起来，相信法律，不要受其他人的干扰。

陈洪生给他吃了颗定心丸。

何桂英有没有签过字？陈洪生又问。

估计没有，津门市来人已经到了东长市。对方回答。

陈洪生二话不说，放下电话，拎起皮包就走，当晚就赶到东长市。

津门市律师只得悻悻而归。

真是"山雨欲来风满楼"啊！

日本那边，本田枝子自从认识真砂后，很快就套起了近乎。她在真砂面前无话不谈，自以为处了个知心朋友。

特别是知道了将来财产要经由今出屋公司保管，本田更是三天两头打电话给真砂，亲热得不行，常常一打就是一个多小时。

她对真砂说：真砂，如果那笔钱转来了，干脆就交给我去处理。你也知道，这件事都是我一手操办的。如果拿到中国去，肯定没有道理。

真砂一听，这样显然不合适，就推说这事自己不好做主，陈洪生是通过公司办了手续的。

本田接着就说了陈洪生一大堆不是。

后来，本田又总是找真砂说在日本放钱的事。

其实，真砂对陈洪生留下了较好的印象。她凭直觉，感到陈律师责任心强，有正义感，办事果断稳重。她担心本田背后会对陈洪生使坏，想来想去，还是把本田的想法告诉了陈洪生。

陈洪生知道后，不动声色，一如既往地与本田应付、周旋。

对何桂英方面，陈洪生进行了必要的安慰和告诫。

本田枝子一方面笼络真砂，另一方面在三浦指点下，又与东长市进行了频繁的联系，她认为现在可以作几手打算了。

转眼1998年春节到来了，陈洪生回到家乡和父母团聚。

一路上盛开着的一簇簇的迎春花,黄澄澄,俏生生,说不出的欢喜和妩媚,给陈洪生郁闷的心田注入了一丝丝清甜。

2月中旬,山口终于告知,她和家庭法院都确定何桂英为何淑珍遗产唯一合法继承人,要求陈洪生迅速前来办理遗产交接手续。

十六

1998年3月24日,陈洪生再次来到日本。这一次,他住在东京的一家旅店里。

之所以这样做,陈洪生是有所考虑的。

随着案情的进一步明朗化,本田枝子想取得遗产的心情越来越迫切,目的也逐步公开化了。她已经不想做更多的掩饰,对陈洪生一本正经的态度感到恼火:你陈洪生是我本田请来的律师,没有我,这笔财产早就交给国家了,你应该听我的。

春节期间,按中国人习俗,亲朋好友熟人之间应互致问候,本田枝子一连数天没有消息,直到正月十六才给陈洪生打了电话。

她还没讲两句话就说:陈律师,就按原来讲好的,到时候我给你20万元吧。

陈洪生听得一头雾水,莫名其妙。

本田却挂了电话。

这次下了飞机,陈洪生在机场足足等了一个半小时,早已过了午饭时间,本田才姗姗来迟。和陈洪生见面后,她也不解释迟到的原因,更没去问陈洪生吃饭没有。

本田面容憔悴，脸色阴沉。

为了取得遗产，她奔波折腾了三四年。从日本的茨城到大阪、东京，从中国的津门到金坛、东长，一路上都留下了她的脚印和汗水。她是在不断与人较量中前进的。从山口开始，到钱国法、戚永荣。现在面对的，应该说是何桂英和陈洪生了。对付何桂英，应该不成问题，东长那边自己已基本上取得支持。但是，陈洪生看来不像想象中的那么简单，要费点儿力气。可她本田不怕，这么多的崎岖险路都已经走过来了，还怕什么沟沟坎坎。她从小养成不服输的脾气和逆反心理，哪怕千难万难，想得到的东西，千方百计一定要得到。

不住在本田家里，主要是易于陈洪生摆脱她的干扰和控制。

本田也觉察出什么，她强忍住心头的怒火。

初春的日本，依然潮湿寒冷。

白天，也许由于太阳的温热浸润了土地，万物便有了几分蓬勃生机；而到了夜晚，人们仿佛来到了另外一个世界，很是清冷。粉红色的樱花全都藏起了它们的笑脸。

这次来日本，本田垫付了12000元人民币给陈洪生。后来陈洪生发现数额不够，提出要本田枝子再增加几千元。本田一直没吭气，直到陈洪生住了下来，本田仍对费用只字不提。

陈洪生只好当着本田的面，与真砂商量：如果拿到遗产，再从财产中扣除掉，费用不足部分由真砂公司垫付。

真砂爽快地同意了。

26日，陈洪生和真砂、本田一同到了大阪。

下午1点，陈洪生在山口的办公室办理了财产的交接手续。

至目前为止，何淑珍遗产尚存3200多万日元，还有一些金饰品及照片等遗物。

陈洪生在家庭裁判所的记录簿上签了字。

这么多现金，显然不方便携带。陈洪生按照事先计划好的，将钱由当地三和银行汇往东京今出屋公司账号上。

钱汇出之后，陈洪生又和山口马不停蹄地赶到葛城，再转乘出租车来到何淑珍骨灰存放处——一座叫锡仗院的寺庙。

寺庙内冷冷清清。只有一炷香火孤零零地冒着青烟，香气并不很浓。镀金的佛像在高大的屋顶下朝人们无声地对视。跨进门槛的时候，一道灵光在人的上空升起。

何淑珍的牌位摆放在上面。陈洪生跟在山口和寺庙管理人后面，祈祷死者亡灵早日升天安息。

管理人是一个年过五十的红脸汉子，和大多数日本人一样，话不多，给人谨慎小心的感觉。从他和山口断断续续的交谈中，陈洪生只听懂"真可怜""不简单"之类的话，看来是在议论何淑珍。

按照日本习俗，寺庙管理人已将何淑珍的骨灰分成一大一小两份，小份装在一个器皿中，是留给后人供祭的；大的装了盒子，是准备入土的。

在知道陈洪生他们的来意后，管理人告诉他们，一个叫本田枝子的女人已经来过。他答应她，无论谁来取骨灰，都要给她留下一点儿，让她尽尽孝心。

于是，陈洪生从骨灰盒中小心翼翼捡出两块小骨片，算是留给本田的。

锡仗院的大门沉重地关上了。

九泉之下的何淑珍，也许以为就要回到她日夜思念的那块土地了，连陈洪生也感受到她的灵魂在欣喜地颤抖。

回到大阪山口的办公室，已经是下午5点多钟了。

陈洪生为事情的迅速办结深感庆幸，由衷地感激山口的真诚相助。

他感到人的真诚是没有国界的。他邀请山口和真砂一起共进晚餐。

山口摆摆手，说还有其他事情要办。

陈洪生再三道谢，就相互告辞了。

陈洪生和真砂江美赶回旅馆，本田正坐在房间的沙发上看着电视。

吃饭的时候，陈洪生和真砂说说笑笑，都觉得蛮轻松的，却发现本田闷闷不乐，埋头只顾吃饭，并不搭话。一会儿，本田忽然又与真砂亲热起来，左一口真砂小姐，右一口真砂小姐地攀谈起来，并不理会陈洪生。

很快，四周的空气变得有些僵硬。

陈洪生便主动跟本田说：我们今天已经把钱接下来了，你说说看法吧，有什么要跟我谈的。

陈洪生想让本田谈谈对这件事整个过程的看法。

没有什么，我们按合同办就是了。本田简短地回答。

陈洪生听了一愣。

他知道，本田把他的话，理解为他跟她要钱，谈收律师费的事了。按协议商定，遗产继承按遗产定额的3%收取代理费。

这也没什么可说的，可本田的口气明显不对头，而且提出这些费用，包括东长市律师的代理费。这个东长市律师当时只是挂了名，合同上并没有。

陈洪生知道，她准备摊牌了。

话不投机半句多，他也不吭声了。

真砂显然也不适应这个场面，在一旁不作声。

吃完晚饭，三个人上了大阪—东京的火车。

列车沿着新干线飞驰，两旁的电线杆和建筑物飞快地往后倒去。车厢里灯火通明，旅客们有的看书，有的闲聊，有的在车身有节奏的运动中打起了瞌睡。行李堆上了钢架，但骨灰盒放在上面显然是不合适的。

陈洪生不由得朝本田看看。

因为这时候只有她接过来是最合适的了。

她却装作没看见。

陈洪生感到奇怪：你不是她的干女儿吗？

真砂这时打起圆场说：算了，我来拿吧。

说着，她捧过了骨灰盒。

返回东京已是 27 日凌晨 1 点了。由于出发时担心当天不能回来，已经将房间退了，这会儿那旅店回答说房间已住了人，恕不接待。他们连续跑了附近街上的几个旅店，都已客满，只好又回到那家旅店。好说歹说，人家总算空出了两个房间，他们这才住了进去。

人住下来了，骨灰怎么办？

陈洪生找来几张花花绿绿的包装纸和毛巾将骨灰盒和其他行李一道交给旅店保管。

中午吃饭的时候，本田仍然气呼呼的，那张富态的肉脸绷得紧紧的。饭吃了没一会儿，就和陈洪生大吵起来。

本田重提东长市那个挂名律师的事情，显得很委屈，对陈洪生说：做人要有良心。

陈洪生一听，不由得也火了：你也配提"良心"二字！你还有什么良心可言？

陈洪生越想越气愤，忍不住声音也高了。

周围桌子上的客人不由得都朝这边看来，虽没什么人听得懂汉语，但从语气上他们判断出，这儿正在爆发着一场剧烈的争吵。

真砂不时两边劝着。她要本田冷静些，不管怎么说，陈律师大老远跑到日本来，是为你们办案的，你应该配合才对。

本田哭着，肩膀在不停地颤抖，浅绿色的羊毛衫被揉皱了角。抹过泪痕后的本田，脸上已没有了往日飞扬的神采，中年人的伤心和疲惫一览无遗地展现出来。

送走本田后，陈洪生反复考虑：任性的本田此刻一句话都听不进去，她的想法，用中国的说法就是已经钻进了牛角尖。遗产继承问题，目前已到了节骨眼儿上。遗产虽已从山口手中转出，但面临着的是由本田还是陈洪生处理，处理的结果显然大不一样。关键问题，是本田在争夺这笔财产。

从房间往下望去，道路上人涌如潮。东京是繁华而拥挤的城市，处处散发着现代化都市亢奋的激情与魅力。新筑成的一条条道路，在拔地而起的高楼间穿梭、流淌，东京古老的城市之风湮没在喧嚣的尘世之中。

身在异国他乡，陈洪生这时突然感到一种说不出的孤独和苦闷。

心中诸事诉与何人？本田的无知任性和肆意妄为，让人难以把握，谁也不能保证这个愤怒的女人会干出些什么。

他突然想到，应该立即更换住处。

他当即就换到了另一家旅馆，要真砂暂时对本田保密。

29 日，真砂告诉陈洪生，钱已由大阪汇到东京今出屋公司的账上。陈洪生说，准备回国后再作处理。

这几天，本田枝子一刻也没闲着。她已经感到陈洪生是不太可能将这笔钱交到她手中了。她感到很生气，你陈律师吃、住、行的费用都是我付的，为什么财产就不想给我？当她知道那笔钱在今出屋公司的账上时，就想到真砂，如果真砂肯放钱其实也是一样的。现在和真砂搞好关系，比什么都重要。

她和真砂联系，自我感觉平时和真砂处得还不错。

真砂和她通话也很亲热，但就是不肯答应放钱给她。

本田一遍遍地把自己的理由讲给她听，真砂只是说："陈律师这么远跑到日本办案，你应该支持他，钱的事情是陈律师一手办的，没有他的同意，公司也不好放钱。"

本田有些泄气。

真砂劝她：不管怎么说，你应该配合陈律师把这个案子办完，这样对大家都有好处，何必像现在这样，大家都别扭。

本田辩解说：不是自己的错。

真砂打断她的话说：不管怎么说，过两天陈律师要回国了，还要经过香港办事，你还是多陪陪他，正好也可以多谈谈。

本田犹豫了一下，答应了。

临走的前一天，真砂陪着本田过来了。陈洪生回程的机票已买好，是 31 日上午香港国泰航空公司班机。

本田自言自语地说：回去的时间差不多。

真砂问：谁回去？

本田说，我要回去，到东长市去。

陈洪生没有多想，说：干脆骨灰请你带过去算了，我要去香港办事，骨灰在身边不方便。

本田答应了。

过了一会儿，她想了想，又不愿意了，说：陈律师还是你带吧。

真砂扯了她衣服一把。

她朝真砂看看，才不吱声了。

31日上午，陈洪生郑重其事地将何淑珍的骨灰交到本田的手上。

本田伸手接过了。

陈洪生再三叮嘱，本田要保证将骨灰带到何桂英那儿，并要本田写收条。

本田说：陈律师你不要这样说。

陈洪生奇怪地问：怎么了？

本田说：我不同意什么"保证"的写法，像犯人似的。

陈洪生说：你总要有个收据吧。

本田这才拿起笔，写了起来。

收　条

　　我本人本田枝子现收到陈洪生律师交给我的何淑珍的遗骨灰，送到何桂英家中，何桂英确认后，给陈律师收条。

本田枝子　笔

1998.3.31

真砂作为见证人签了字，后来有事先回去了。

陈洪生和本田经过中转站，到达机场，一路上两个人的话很少。

就要登机了，陈洪生站了起来，拎起皮箱。

本田不知从哪儿变戏法似的掏出一卷什么东西，塞进陈洪生的右边西服口袋。

这是干什么？陈洪生问。

我们不是已经和好了吗？这是我的一点儿心意。本田枝子有些尴尬地答道。

陈洪生伸手掏出来一看，是大约三四万日元。你留着吧，我不会要的。

陈洪生返身丢给了她，一脚跨了出去。

陈洪生前脚刚走，本田随后就到了东长市。

她把骨灰留在了日本，并且以何桂英口气写了一份关于何淑珍骨灰问题的意见，大致意思是：由于自己双目失明不能前去日本，骨灰就留给何淑珍养女本田枝子安葬。

本田哭着让何桂英摁手印。

何桂英心一软，摁上了。

做好这一切，本田就问何桂英：让陈律师带回来的金银首饰你们拿到没有？

大家自然说没有。

本田说：这个陈律师心真贪，连金银首饰都想拿去。

何桂英女儿女婿想了想，觉得不可能。

本田说：不可能，那他为什么不送来？

第二天，本田喊上何桂英、邵学云和何忠平到了南京陈洪生的办公室，开口要问陈洪生的说法。

陈洪生说：现在遗产还没发。

她眼珠一转：还有首饰呢？

陈洪生说：那是遗产的一部分，到时候该给谁就给谁。

本田说：什么到时候？你就是不想给他们吧！你要把东西扣多长时间才发？

陈洪生说：案子是我办的，我自然会等案子结束的时候办理，你就不用操这个心了。

本田一听这话急了：我不操心！我费了那么多时间、精力，花了那么多的钱，我不操心谁操心？

你支出的钱请放心，到时候肯定要和你算账，你花的精力我也知道，也会补偿给你。

本田根本不想听这些话，或者说，她要听的不是这些话。

陈洪生责问道：为什么不把骨灰带回来？为什么说话不算数？

我害怕。本田忽然觉得这句话讲得很不是时候，就补充了一句：我姨妈现在又没有意见，这有什么。

陈洪生心里笑了起来：本田，你真的认为自己很聪明吗？

离开陈洪生那儿，本田又直奔东长市公证处。

这一次，她在何桂英那条件极差的家中一住就是二十天。

连邵学云都在心里说：这女人真能……

十七

过了两个月，也就是 1998 年 6 月初，本田又到了东长市，住在东长宾馆。

随后她就和公证处的靳福明和赵罗生去何桂英家，拿出已拟定好的财产分割协议，要何桂英摁手印。

这时候的何桂英，经过陈洪生及其家人的影响，已不像过去那么轻信本田了。

她不肯摁。这是本田所没有料到的。

于是，她就把何桂英拉到房间里边哭边诉：姨妈，无论如何你要把这件事办一下，我本田枝子也不是太坏，我给你寄钱，又给你买戒指，办这个事也不是为了我一个人。

何桂英就有些慌了，忙去安慰她。

本田赶紧握住何桂英的手，眼泪啪嗒啪嗒直掉。

本田握着何桂英的手慢慢走了出来，本田也停住了眼泪。

何忠平忍不住了，上前说：这边的事情，我们已经商量好了，由我做代表。

本田很快地朝他看去。

何忠平不理睬，继续说：这个事情怎么这么急？我们还没有商量，你们就写了。

赵罗生将协议送到何忠平跟前说：你一看就知道了，我们也是为你们好。如果钱汇到南京，你们是拿不到钱的。

何忠平不相信地用眼睛瞟着他，走到屋子门口，倚在门框上蹲了下来，闷起头来扒拉着鞋帮上的干泥巴。

靳福明也笑嘻嘻地劝何忠平答应这件事，早一点把这事了结。

何忠平想了半天，抬起头说：我们上次到公证处去，司法局的头头儿也在场，都说金坛那边是有继承权的，分钱也有他们的份儿，这会儿他们不在，我们不好签字，哪能这么随随便便摁手印呢。

本田朝他乜斜着眼睛，不等他说完，就说：何忠平，你今天不签字，一切后果你要负责。现在公证处的人都在这儿，我要控告你。

本田的胸脯剧烈地起伏。看得出来，她很恼火。

何忠平只是说：金坛他们人不在，你有本事把涂锁林他们找来，光是跟我说有什么用。

本田见何忠平不松口，一时没有什么结果，只好走了。

紧接着几天，本田和身着制服、头戴大盖帽的公证处的人不时地跟何忠平讲这件事，要他签字。

何忠平始终不同意。本田就口口声声要控告他。

何忠平心里没了底，有些疑惑起来：这大盖帽可是代表了政府和国家，他们跟在本田后面像模像样的，别到时候找我的麻烦。

正在这时候，涂锁林过来了。

何忠平就跟他说这个事情，问他咋办，说：人家陈律师是真心帮我们办这个案子，现在公证处来拆人家的台，真不是个东西。

涂锁林说：我也找人研究过法律，遗产应该我们得。他们现在又要我们签什么协议？

何忠平说：你干脆就住我家吧，有事也好商量。

涂锁林便在何忠平家住了下来。反正现在田里也没有什么活计。

这天，本田跑过来，看见涂锁林，觉得来得正好，又拿出一份协议，协议的意思是：本田枝子从何淑珍遗产中拿出 20 万元给何桂英，20 万元给涂锁林。

涂锁林看了一遍，很快就反应过来：本田枝子给我们钱？

这不就是说，本田变成继承人了！我们拿的是她本田的钱？

涂锁林哼了一声，将协议丢在桌上。

本田以为涂锁林是嫌钱少，就趁何忠平转身进房间的时候，悄悄地说：不行的话，我另外再给你 8 万块钱，行吧？

涂锁林飞快地在心里算了一下账，思忖着：陈律师讲得一点儿也不错，这女的现在还在糊弄人。

但他不想跟她多说什么，便说：要签字，就得要陈律师在场，不然不好办了。

本田气得跺脚走了。

没过两天，东长市公证处托人捎话，约何桂英、何忠平和涂锁林 18 日下午一定在家等候，在本田枝子财产分割协议上签字，由公证处公证生效。

18 日这天，闻讯赶来的江苏电视台准备对这起耗时五年之久的跨国遗产继承案进行独家报道。

摄像机对准了东长市。

并不知情的何忠平、涂锁林此时正在为公证处发出的"指令"紧张不安。

毕竟是与土地打了半辈子交道的农民，他们知道法律的存在，但却不能理解法律所包含的各种内容。在他们的眼里，政府即是法律的象征，政府机关的行为代表着权威性，公证也就是公正。看来，东长市公证处准备跟他们动真格的了。

他们开始惶恐不安。

与此同时，他们又对自己错在哪儿感到茫然，更不知道该咋办。

当天一早，两个人就如同惊弓之鸟一样躲了出去，跑到与东长市搭界的江苏仪征境内的公路边上，旁边有一座电话亭。

电视台的记者们找到了本田住宿的东长宾馆，请她谈谈对这个案子的看法。

本田弄不清记者的真实意图，她支支吾吾，不着边际地说了些什么，一边着急地看着手表。

左等右等不见本田的靳福明和赵罗生说着话走进宾馆。

他们是约好和本田一起去何桂英家"解决"问题的，没进房间就听到里面有几分热闹。侧身听了一会儿，两个人赶紧悄悄地回去了。

当记者顶着烈日步行十多里找到何忠平、涂锁林时，两个人正守着电话亭焦急地张望。

他俩不敢回去，害怕遇到东长市公证处的人。在记者反复解释后，两个人才答应回家。

惊魂未定的何忠平走到村口时，执意要涂锁林先去探听一下东长市公证处的人究竟还在不在他家，怕他们会抓自己。

本田知道记者们来者不善，事情闹大了，对自己没有好处，便有些紧张，悄悄地收了兵。

几年来的努力全部白费了。

就这样结束了？本田问自己，几年来自己就这么白忙了？她仍说服不了自己。

本田真的不甘心啊！她觉得自己没有错。

她一夜不眠。

第二天，也就是 19 日，她就带着七拼八凑的几份材料离开东长市，飞回了日本。她想通过真砂取出存在公司账上的那笔财产。

但是，她并没有想到，就在她费尽口舌说服真砂放钱时，那笔钱已经汇往中国南京，真砂只是按陈洪生的意思和她周旋。

十八

6月26日，陈洪生在江苏省公证处的见证下，依照法律程序发放了何淑珍的遗产。

何桂英抚摸着她姐姐的遗物和照片，两只手轻轻地颤抖，泪水从她那干涩的眼窝中涌了出来。晶莹的泪光显现了寂寞的幽谷、石壁、森林、楼宇，长荡湖的水光也折射了出来。

还有芦苇、渔船、腾跃的鱼儿。

起风了，美丽的长荡湖轻叹一声，微微摆动起来。

淑珍姐姐，你回来吧！何桂英在心里呼唤着。

可何淑珍的骨灰至今仍滞留在本田的手中。

本田扬言还要打一场跨国官司。有关这场遗产的纷争，看来还要延续下去。

只可怜故去的何淑珍老人，为了她所留下的一笔遗产，至今芳魂未泯，依旧在异国飘荡……

面对逝去的情爱

最苦闷最孤独时，他对我那么好，那么体贴。想自杀前，我摸摸他的脸，不管当初是真是假，他毕竟给过我温暖。

他梦呓着"婷婷"，和平时一样。

最牵挂的是女儿。

《罪犯情况登记表》这样记载着：

姓名：赵婷

性别：女

民族：汉族

出生年月：1970 年 10 月 28 日

文化程度：初中

捕前职业：某市公司职工

犯罪类别：故意杀人罪

刑期：15 年

……

随着管教干部小孟的一声"赵婷"，走进门的她朝我微微一点头，恭敬并不过于拘谨。她个子高挑，五官周正，不难看出当时的她身边一定不乏追求者。

我看看桌上的案卷，没错，是她，亲手杀死同居数年的恋人赵某。

我不能明白，怎样的一段经历才会使眼前这个年轻貌美的女人作出如此疯狂的举动。

认识赵安军是在我离婚两年之后，那时的我很孤独、苦闷。

和前夫是 1990 年 4 月结婚的，他是一家化工厂的工人，我对他谈不上有什么特别深的感情，主要是我妈做的主。

他家条件还可以，独子，就一个妹妹。因为没有自己的房子，我们就和公婆住在一起，丈夫对我也蛮关心的。

不久，我怀孕了，妊娠反应得厉害，丈夫、婆婆围在我身边团团转，有一阵子我吃什么就吐什么。

这时婆婆总是问我想吃什么，我直摇头。婆婆还是问，想吃酸的还是辣的。我说我什么都不想吃，其实婆婆是想从中推测出我怀的是男孩还是女孩。

　　婆婆见问不出什么，就请人去算。怎么算的我不知道，反正算下来的结果都是男孩。婆婆高兴得很，家里什么活儿都不让我干，连我换下的内裤、袜子什么的都被她掳去洗了，把我侍候得像皇后似的。

　　有一次我姐来看我，我俩一同上街闲逛。姐忽然想起她的一个同学分配在离我家不远的妇产医院，好久都没见面了，我们就一起去了。

　　我姐那个同学见我大着肚子，就说做B超看看是不是带把儿的，做下来的结果是女孩。我回家也不敢对家里人说这个事，心想是男是女生下来才能算数。

　　临产的那一天，我心里特别紧张，我知道一家人特别是婆婆盼着我给他们生个孙子，在产房里我头脑中不断交替着"男孩女孩""女孩男孩"的念头，等待着医生的宣判。

　　晚上7点50分，孩子生下来了，当医生告诉说是一个千金时，我在心里说"完了"。

　　医生将我推出产房，我偷偷看了一下婆婆，她的脸上没有一点儿笑容，木木的，也不问我要不要吃点什么。

　　当时我肚子饿得要命，产前因为紧张和疼痛已经有大半天没吃过东西了，还是早上10点多钟吃了一点儿饭，喝了小半碗桂圆汤。

　　丈夫前一天夜里陪我，下午被他妈换回家睡觉了。婆婆说她要回家去，我以为丈夫很快会过来的，谁知直到晚上10点多钟，不对，大概11点才来。

　　我问他怎么这么晚才来，他说他妈刚刚才告诉他我生了。

　　我不知道生女儿是不是我的一大罪过，反正生女儿之前一切都好，生女儿之后一切都不好了。由于我怀孕时反应大，营养吸收得少，生孩子时身体很虚，加上下身水肿，医生要我住院疗养。

可到第三天婆婆就等不及了，说照顾起来不方便，还要花钱，催着我出院。其实从家里步行到医院也只要 10 分钟。

回家没有几天，婆婆就拐弯抹角地跟我说，过去的一个老邻居的媳妇生了丫头，还没出医院就抱给人家了，又说现在自己不能生想抱养孩子的人很多。

我听懂了她的意思，心里一惊，脱口就说不行。

等丈夫回来，我把这事告诉他，他也不同意。

这以后，婆婆心中有了怨气，尽管她不说出口，但能明显感觉出来。她一会儿嫌孩子吵，一会儿又嫌孩子尿尿多了，过一会儿又说我不会给孩子把尿——要知道，那是在腊月里，每当我一听到哭声赶过去抱起孩子时，尿布已经湿了，婆婆就发牢骚，说是我害得她老洗尿布。

当我丈夫回来时，她又数落给他听，丈夫就说以后他来洗好了。婆婆立刻又说她洗的尿布怎么怎么卫生干净，用开水烫过好几遍什么的。其实有一次我无意中看到，她拎起尿布在自来水龙头下冲了一遍就晾了起来。

我在丈夫面前什么也没说，毕竟是他妈，他听了肯定会不高兴。只要婆婆不再提把孩子送人的事情就行。

赵婷沉醉在往事的回忆之中，眼睛微微眯起。

我想象着她初为人母时的那种幸福，襁褓中的婴儿白白嫩嫩、酣睡在母亲温暖的怀抱里，天空中或许纷纷扬扬飘着雪花。

内心被母爱充满的赵婷，此时一定是世界上最幸福的，却不知道自己以后会为此付出代价。

就这样，婆婆还是不满意，经常找碴儿骂人，一开始我是忍着的。

我妈在我结婚时跟我说过，结了婚那边就是你的家了，对她好不好无所谓，一定要对婆婆好。

我一直记着妈妈的这句话，尽量对婆婆好。

但有一次，我实在忍受不住她的指桑骂槐，跟她吵了起来。

她高声骂着粗话。这时坐在房间里的公公也听不下去了，出来叫她少骂几句，婆婆更恼火，抓起桌上的茶杯和碗就往地上砸，把脸盆也摔到门外。

当时好多邻居都过来劝架，我气得哭了。

晚上丈夫见情况不对头，猜到又吵过架。婆婆将丈夫拉到她自己的房间里，声音隐隐约约的，我想一定在说我的不是。

过了一会儿我忍不住靠近门口，听到里面丈夫说："你怎么能这样待她，你自己也是女人，生男生女又不是她的责任……"我听了这话心里很感动，觉得丈夫毕竟对自己是关心理解的。

我们也动过另立门户的念头，但丈夫有顾虑，他是独子，老人不愿意的话，他这样做就意味着不孝。他就劝我多忍一忍。

但婆婆没有因我的沉默忍让而罢休，她的最终目的是要我为她带来一个宝贝孙子。

我做不到这一点，我不能抛弃我的女儿，这一点我到现在都不后悔。

婆婆对我有了一些变化，那就是当我丈夫在家时，她作出对我很好的样子；丈夫一走，就换了一副面孔。我们仍不停地吵闹，丈夫夹在中间两头受气。

有一天，我和婆婆在剧烈的争吵中推搡起来。她扬手要打我，我手臂一挡，又顺势一推——我那天可能气极了，否则不会有那么大的劲儿。你不知道，那段时间我 1.70 米的个子瘦得只剩下 92 斤。

婆婆跌倒在地上，胳膊上擦破了皮。

丈夫回来后，听了婆婆的哭诉，我打她的"罪证"她当然不会放过给儿子看。

那天晚上丈夫打了我，是用穿着皮鞋的脚踢的。我的背上、乳房上、腿上被踢得青一块紫一块。

这是丈夫第一次动手打我，从那一刻开始我就绝望了。

我想这是第一次，也是最后一次。以前婆婆打骂我，我都能受得住，因为心里有丈夫，他会安慰我、疼我的。现在，我还有什么？

后来妇联来调查这件事，要我告丈夫轻伤害。

当时事情已闹得大了，对我来说有两条路：一是拘留他，二是离婚。

实际上事情发展到这一步，我也是没有想到的。从心里来说，我没恨过我丈夫，特别是那次他跟他妈讲的那些话，我一直记得。现在回头想想，我们婆媳矛盾那么大，他的处境怎么也不会好，日子也不好过，说不定哪一天精神也会崩溃的。

我选择了离婚，闹到这个份儿上只能这样了。

交离婚诉状的前一天晚上，我通过他的朋友约他出来，我很想和他说说话，诉诉心中的委屈，说说事情弄成这个样子的无奈。

我和他之间，虽说是我妈做的主，但他是我唯一交往过的男人，人又很踏实顾家，知道照顾我。我对他是重视的，我想我们之间的误会应该能消除的。

那天晚上，在朋友家等到 10 点多钟，他还没来。

我不甘心，对朋友说，说不定他有什么事被缠住了。

朋友看出我的心思，叫我晚上就住在那儿。

我竖起耳朵，听着周围的响动，他骑的"二八"永久自行车的声音我很熟悉，往日到了下班时间，一听到这声音，我会高高兴兴地抱着女儿到门口去迎他。

我等啊等啊，一点儿睡意都没有，就这样坐着等了一夜。

我知道我是没希望了，诉状就这样交了上去。

赵婷这时候慢慢低下了头，我不知道她此刻在想些什么，但能感觉到她对这段婚姻生活的深深依恋和失望。

现代人爱把婚姻比作围城，都说外面的人想进去，里面的人想出来。赵婷却是不自觉地走了进去，又被一种无形的力量逐了出来，她是一步一回头走出来的。

低下了头的赵婷，让我不能看清她的面容。她坐的小凳子是犯人劳动或参加活动时自带的那种。

"赵婷"，我叫她。她抬起清丽的面颊。

我让她换坐了办公桌后面带靠背的木椅。

"谢谢！"她感激地朝我笑笑，又清了清嗓子。

离婚时女儿判给了丈夫。

本来我是要女儿的，法院的人劝我算了，因为我所在的工厂快垮了，在市里又没有住处，父母又都在县里。

在法庭上只要我提出要女儿，法官们就宣布休庭，要我冷静。有个女法官很能理解我，大概因为都是女人吧，她说你现在这样一个人没法带孩子，对孩子也没什么好处，等以后自己安定下来再接孩子也不迟。

这话挺有道理的，我就答应了。不管怎么说，他毕竟是女儿的父亲。

我这辈子最大的遗憾，就是对不起小孩。想起小孩是最痛苦的事情。

离婚后，我决定离开那儿，离开那个让我太多伤心的地方。

我先在一家工厂打了一年工，想想这样下去干不出什么名堂，我还有女儿呢。我开始自己跑生意，水晶、点钨灯管、石英制品什么的。出差到外地，只要有小孩玩的地方我都去转转，买些女儿吃的玩的东西，总在心里想着，说不定再过几年，我就可以牵着女儿的手笑着跑进来了。

赵婷说到这儿忽然不吱声了，她呆呆地望着前面。

沉默。我和她无声地守着。

一会儿，我问她："女儿哪年生的？"

"1991年1月21日，阴历腊月初五，属马的。"她不假思索飞快地报了出来，"今年虚岁十一了。"

她仍呆呆地望着前面不知什么地方。

我默念着她的话，重新翻看了一下她的卷宗：有期徒刑15年。

15年，5475个日日夜夜，按照新《刑法》规定，也就是说，无论如何，当她走出这女子监狱的大门时，她的女儿早已长大成人。她女儿的童年梦想，只能永远成为一种美丽的梦幻。

同为女人，同为母亲，而且都是一个女儿的母亲，她的女儿与我女儿年龄相仿，在这样一种特殊环境里，我不便与身为改造对象的她过多地交流什么或暗示什么，但我能感受到一位母亲与女儿扯不断的骨肉情感和思念之情。

她更没有想到，离婚，只是结束了她的一段生活，另一段生活才刚刚开始，在远远地向她招手。

离婚后，我发疯似的做生意，跑业务。那两年生意不像现在这么难做，我揣着离婚分得的 8000 多块钱作本钱，又跟姐姐和哥哥借了一万多元，就这么干了起来。

当时我抱定一个心思，心不能贪，只要有一点儿赚头我都去干。苦点累点没关系，只想着早日挣足一笔钱，买一栋房子，把女儿接过来。

我是在芜湖认识赵安军的，他是一家公司跑供销的，离过婚，没有孩子。

在外地遇上江苏老乡，谈得还算投机。他是盐城人，离我家乡不太远，分手时我们互相留了电话。从这以后，他就常常打电话给我，说想念我。我感觉出他话里的那种意思，想回避他。因为我的心死了，我不想再结婚。起码那时候还不想，但又不愿过分伤他的心，不管怎么说，做个一般朋友总是可以的。尤其，我在生意场上多个朋友多条路。事情就这么拖着。

到了 1995 年 3 月，我去青岛谈一笔生意。他知道后说，正巧他要路过那儿去北京办事。第二天他就找到了我住的那家招待所，拎了满满一兜水果和梅子什么的。

我说，晚上我约好人家谈事情。

他眼巴巴地看着我说，我们好久没见面了。

我看了一下他的眼神，很软弱，很无助。只掠了一眼，我就看不下去了，心软了。

我给人家打了电话，推说晚上有事走不开，明天再去。赵安军就一副很开心的样子。

过了两天，我要回去了，他说他和我一道走。

我感到奇怪，不是要去北京的吗？他愣了一下，说那边已经有人去了。

他买了两张车票，说把我先送到家再回去，反正这几天也没什么事。我也就没当回事。

想想人真是个矛盾的东西，离婚的那阵子我觉得忽然间什么也没有了，工作没了，家庭没了，连女儿都不能保住，觉得自己整个就是一个空荡荡的躯壳，什么依靠也没有，心里有苦闷不能对父母说，心中唯一的希望就是女儿。

想起婚姻，我就感到几分恐惧。

我对赵安军说过，这（指结婚）是不可能的，我离过婚，有女儿。

赵安军就说，我也离过婚，你有女儿，我们可以把她接过来，我会把她当亲生女儿来养。

我仍没动心，主要是怕想这方面的事。

但可能是女人天生的软弱吧，那时候能有一个朋友不管男的还是女的来关心我，对伤心孤独的我来说是个巨大的安慰。我怎么能拒绝呢？他那一脸认真的样子，谁又能想到是装出来的呢？

就这样，赵安军跟我回了家。我跟父母介绍说，这是做生意时认识的一个朋友。父母没说什么，父亲顺手递了根烟给他，我妈就到厨房张罗饭菜去了。

赵安军陪我父亲坐着聊了一会儿，就去我妈那边帮忙，又是刮鱼，又是灌水，真像上门女婿似的，他这样的表现我没想到。

看他鼻头沾了一片鱼鳞"伯母"长"伯母"短的滑稽样子，我忍不住要笑。妈妈感到很意外，她怪我事先没打声招呼就把对象带回家来，我有口难辩，不承认吧，解释不通，承认吧，似乎又不是这么回事。

妈妈对他是外地人还特别在意，她叹了一口气，摇摇头。

我猜想，妈妈是舍不得我嫁到外地去，离开她。

赵安军这次像是下定了决心，那天他没有走，一直跟我父母谈到深夜两点多钟，妈妈仍然不太愿意。

那几天中，我对赵安军的看法有了一点儿改变，不管怎么说，他的做法让我感动。我骨子里性格较野，有逆反心理。第一次婚姻是我妈做的主，最后弄成这样的结局，现在她又不同意，这时我的天平开始向赵安军倾斜了。

过了约一个多月，我到他那儿出差，他要我去他家，我就去了。

他的父母、哥哥、妹妹全在家，看得出来是有准备的，已经把我认作未过门的儿媳妇了。一家人对我很好，我和他妹妹晚上睡在一起。我俩同岁，也很谈得来。他的家庭又给我增加了一点儿幸福感，我不再那么惧怕婚姻了，也开始慢慢接受了他。

赵婷调整了一下坐姿，目光重新转向我。

我发现，她的睫毛又浓又密，和那乌黑的眸子搭配在一起，使那张原本就端庄秀美的脸蛋儿平添了一种生动的美感。

赵婷也许即将走出不幸婚姻的阴影了。我在心里暗暗对自己说。同时另一个声音在问我：她找到幸福和安宁了吗？

我忽然想起一个问题："他为什么离婚的？"

"他偶尔提起过。他说，当时结婚他俩都老大不小了，后来她老嫌他没有钱。两个人为钱的事老吵架，又没孩子，就离了。她比他小两岁，在郊区的一家供销社做会计。"

从那以后，我们开始了断断续续的同居生活。他那儿有一室一厅的老式房子。一般我一个月总要在那边待一到两个星期。

他是属蛇的，比我大 5 岁，个子 1.82 米，长得也不错，周围的亲友都说我们蛮般配的。他平时也是爱睡懒觉的人，可只要我到了，他每天早上起来为我煮稀饭，再到门口小吃店买油条。

有几次我看家中有剩饭，就说早上吃泡饭就行了。

他不答应，说我胃不好，吃泡饭会难受的。说实话，我的前夫尽管人也挺不错，但不像他这样细心，会照顾我。

我外出跑生意，每到一个地方他都要跟我通电话。那时候他在盐城的家还没装电话，他关照我每到一处告诉我的父母，他通过我父母知道联系电话后再往我这边打电话。

有一天晚上，我忙到 10 点半才回旅店，洗漱之后我坐在被窝里，心里想着这么晚了他肯定不会来电话了，天气预报说他那边有大雪。

在我迷迷糊糊的时候，他的电话还是过来了。我听得出话筒里"呼呼"的北风在刮着，想象得到他站在公用电话亭外冻得发抖的情景。

我抱怨他为什么遭罪非打这个电话。他说听不到我的声音他一夜会睡不着的。

那段时间，是我一生中最幸福的日子，我像个小女孩一样享受着他大哥哥般的关爱和细心的体贴。

虽说离过婚，做了两年生意，但真正与我有密切接触的男人几乎没有。那种甜蜜的感觉……怎么也忘不掉！

我感到自己在感情上渐渐依赖他了。

他陪我去看过两次女儿。以往我看女儿时，都让原来的一个朋友陪着壮胆，主要是怕前婆婆又说出什么难听的话来。这两次是他主动提出来的，可能他也看出女儿在我心目中的分量了。

第二次去的时候他还主动为孩子买了一套"魔奇"天蓝色套装，可惜买小了，女儿穿不上。回去的路上，他在汽车上跟我说，我们快些买房子吧，早些把荣荣接来。我女儿叫荣荣。

我听了非常高兴，不由得抓住他的手，握得紧紧的。

不过，唉……他叹了口气。

我问怎么了？

他皱着眉头说，可惜手头上没这么多钱。

我连忙安慰他，没事，我还有钱呢。

他搂紧了我说，婷婷你真好，我真有福气。

我想着多挣点钱，尽量把未来的小家准备得更舒服一点，就想跑湖北、陕西一带。他把朋友送他的一把藏刀给了我。

我看那藏刀刀鞘和刀柄都雕着漂亮精致的花纹，刀口锋利发亮，不由得心里有些起毛。

他说你带着，以备万一防身用，说不定哪一天会派上用场。

又是一阵沉默。

我有些醒悟过来，问赵婷："你用的……就是这把？"

她头也没抬，只是轻轻点了点。

我感到一阵窒息，这种戏剧性似乎太残忍了。

她低着头，右手轻轻地，但用力地一下一下捏着左手的大拇指。

我静静地等着她，并不催她，我知道此刻应该给她时间。

过了好一会儿，她又慢慢讲了起来。

他见我不肯接，转身到抽屉里翻出一条方格手帕想把刀包起来。

哪知手帕太小了，他干脆不知从哪儿拽出一条新毛巾，是常用的白地儿红条的那种，包好后塞到我随身带的黑皮包里。

事实上，我一直没用过，不……

就那一次……

我更加拼命地挣钱，半年中又赚了两万多元。除了以前赚的，这一年中赚的钱都以他的名字存了起来。我已经完全把他当我的主心骨了。

他做的煤炭生意，少不了要送礼打点人家，我自己掏钱为他准备好项链、中华香烟和茅台酒。当然这方面女人比男人精明，我操办的话会便宜省钱一点。

有一年，大概是1996年1月吧，我在济南参加珠宝订货会。

正忙着，他打电话过来说，潍坊那边的生意有点儿麻烦。我马上把自己手中的生意放下来去了那儿。

1996年大概三四月吧，反正是春天，我们决定买房子。

跑了几趟，看中了离他家不远的河西的一套三室一厅的商品房，结构和质量都很好，一共要13万多元。

赵安军这两年生意不好，开销铺路又花了两三万块钱，还有些钱在货款上。他说手头上剩下不到3万元了，我特地回家拿了2万块钱，我妹妹给了我5000块钱，我又将我的一张5万块钱的存折取了出来。两张存折共7万块钱，一块儿给了赵安军，又借了些钱总算凑齐了房款。

在买房子期间，我觉得他好像比以前忙了许多。

一天晚上，他不在家，我和他妈边看电视边闲聊。他妈告诉我说素华（赵安军前妻）来找过安军。我听了并没有在意。

第二天他妹妹又提到这个事，我就觉得奇怪了。他们又没有孩子，按理说不应该有什么联系的。我就跑过去问他妈，他妈什么也不肯说了。

那天我吃过晚饭，早早地回到我们住的房子里等他回来。

8点多钟他到了家，跟我说话，我不理他。他觉得奇怪，过来扳起我的下巴问，谁惹你不高兴了。

我就问，是不是人家找过你了？

他问谁？

我说你知道。

他做出莫名其妙的样子说，天晓得吧。

我只好说了出来。

他说，没有啊，怎么可能的事情。

我想想他的妈妈、妹妹平时都对我那么好，不会骗我的。但他还是不承认。

他又说，我没告诉你，其实我跟你这事，我父母是不同意的，这是他们故意这样说的。

我只好将信将疑。

房子要 1997 年年底才能拿到。我盘算着，干脆先把女儿的户口迁过来，等到那一天，我就有一个真正属于我的家，有我的孩子。

一想到这些，我就开心得不得了。我想，这几年我没有白吃苦，老天是公平的。

我托一个朋友约了管片儿的户籍民警吃饭，以后好请人家多关照些。是夏天的一个中午，在洪四饭店请的客，要了一个朝北的叫"幽兰厅"的小包厢。

正吃着，有人寻呼他，他看了一下没吭声。

我那个朋友主动把手机递过来给他，他支吾了一声，说不用。

一会儿寻呼机又响了，他看也不看就摁掉了。

我发现他低头的时候，用余光偷偷地扫了我一眼。

我开始注意了。

当天下午我就到电信局去查到了那个号码。我照着这个号码打了过去，是个女的，我就挂掉了。

这次他承认了打电话的是他前妻，他说她是托他办事的，他不好推，毕竟夫妻一场。

我问是什么事。

他答不上来，装着要洗脸的样子躲到卫生间去了。

我追了过去，一把夺过毛巾，要他把话讲清楚。

他也火了，吼着说有什么讲清楚的！接着狠狠地把我一推，走了出来。

他的态度让我吃惊，他从来没对我这么凶过，以前他处处让着我。

我哭了起来。他却"啪"地打开电视机。

我想他一定是嫌我烦，哭得更伤心了。

过了一会儿，他才过来拉我。我不理他，他连拖带拽把我抱上了床。

这以后，他经常到深夜十一二点才回家，一到家总是倒头就睡，连喜爱的足球赛也很少看了。夫妻生活以往我们一周一般两次，也变成十天八天一次。

只要我问他，他总推说朋友约他有事。

有一天下班刚到家，寻呼机就响了。他看了一下，说了声"不要等我吃饭了"，就匆匆忙忙又出去了。

我想想不对劲儿，又想到了查号。

服务小姐说："对不起，机主要求保密。"

我心中不安起来，忍不住把这些事情告诉他妈。

他妈意思叫我把证（结婚证）领了。"你不知道，有时我们也管不了他。"

他妈幽幽地看了看我，声音低了下去。

听了这话，我心里空空的，有了一种不祥的预感，但我不愿意想下去。

第二天下午，我就动身回了老家，把领结婚证用的户口簿和户籍证明拿了过来。

正在这时我怀孕了。

在这之前，我已做过一次人流，但这一次，我想把孩子留下来。

他听说要领结婚证，先没吱声，过了一会儿才说："不急，房子一时又拿不到。"

我心里一阵难受。

他是变了。那时候他对我的追求是那么热烈迫切。

我想了一下，说："为荣荣的事，我又找了那个民警，得我们有了结婚证才好办。"接着我又说，"荣荣快上小学了，户口迁迟了麻烦。"

他说了句："那好吧，我问问。"

几天过去了，他只字未提。

到了第六天，我忍不住了，问他办证的事情怎么样了。

他说忘了，又改口说，人事部的人不在。

又过了一个多星期，我又追问他。他说晓得了，过两天就去。

就这样一推再推，我看看手中的户籍证明，已经过期了。

我忍不住打断赵婷的话，问她："这时候你有没有想过离开他？"

"想过。"赵婷肯定地说，"我那时已经明显感到我们之间有了其他的障碍。这事如果早两年发生，我会走得干干脆脆。但现在我在感情上已经很依赖他，这两年已经慢慢爱上了他。他那时对我那么好，换了任何女人都会动心的。我已经习惯被他的关爱包围，我试想过离开他，心里却一阵一阵疼痛。我也意识到，从此也许我没有什么自尊了。我恨他，恨他当时为什么对我那么好。"

当时的赵婷决定拥抱自己的婚姻。我从她把孩子留下来的叙述中，已感觉到了这一点。

女人为情而爱，这是自古的定律。外表无论多么坚强的女人，都逃不过此。但更多地，女人为情而迷惑、丧失，难以从情爱的暗堡中摸索出来。

矛盾着的赵婷，也许曾试图远离这份危险，可惜她的力量还是单薄了些，在她看来，她只能走这一步了。

我趁他睡觉时，偷偷翻看过他的寻呼机，留言的信息全部被删掉了。不过我猜出多半还是他那个前妻素华的信息。

后来有一段日子，他又跟以往一样下班就回家，晚上陪我看电视，我想可能他收心了。

那晚，吃过晚饭，他帮我洗碗，又把冰镇的西瓜盛到碗里叫我吃。

我吃着吃着就把怀孕的事告诉了他。在这之前我暗暗发誓暂时不告诉他的。

他一愣，忙问："多久了？"

我说40多天了。

他说："怎么不打掉？"

我心里凉了半截，不由得说："我们难道不应该有个孩子吗？"

他看了我一眼，又很快将目光移开："我的意思……现在还没有房子，最好以后再说。"

我不想搭理他，一个人呆坐着，忽然心头升起一团疑云。

我借口想吃冷饮，一个人出了门，照着记忆中素华的那个号码打了好几遍，一直没人接。

我有点儿悟过来，原来她不在家。后来我才知道那段时间她去外地培训了。

后来我偷偷打听到素华回来的确切时间，心里暗暗说，但愿这些全是我的多心，安军和她不会有什么的。又安慰自己，我比她年轻，比她漂亮，周围人都这么说，又比她能干，有什么可担心的呢？

我紧张地数着日子，到了那天，赵安军终于没有回来。

那天晚上正好下着暴雨，我发疯似的打他的寻呼机，也不知道打了多少遍，一点儿回音也没有。

我去找他！我对自己说。

可是，上哪儿去找？望着黑洞洞的天空、空荡荡的大街，我人生地不熟的一个外地女人，到哪儿去找？

一直到第二天早上，他都没有回来。我找到他的公司，同事说他上午没来。我没办法只好找他的经理。经理是个不到50岁的秃顶男人，听的时候就很不耐烦，说这是家务事。

我说你们应该管一管。

他说我们不管这种事，要找你应该找他父母去。

我当天就回了老家，一连几天他也没有任何电话。我想，过去这时候他可是难得一天不打电话过来，一听到铃声，我总是第一个抢过话筒……我终于没能忍住拨了电话。

他"喂"了一声，我不知怎么搞的，声音又变得冷冰冰的了，我说："有些事情没有必要再瞒下去了，总要有个结局。"

他"嗯"了一声后不吱声了。

　　我又说："我们好聚好散，我不为难你，你把我买房子的钱给我就行了。"说着，我的眼泪一下子涌了出来，心脏被揪住似的一阵阵发紧。

　　过了好一会儿，他才说："我现在肯定拿不出那么多钱，这事当初你自愿的，反正以后再说吧。"停了一下，又说，"我不懂你那么泼妇似的吵到我单位上去是什么意思，要出我的洋相，啊?"

　　我听他一叫，控制不住地哭了起来："你还好意思说，你是不是人啊?"

　　我边哭边骂，他不知是理亏了，还是招架不住了，连说，你冷静冷静，以后再说吧。

　　我一天天看着日出日落，仍然发了疯似的每天想着他，想着想着就偷偷地哭。

　　我妈看我老是发呆伤心，告诉我伤心过度会动了胎气。

　　第十天我住不下去了，又回到盐城。

　　大街上跟以前一样人来人往，我的感觉突然跟以往不一样了，觉得自己像个病人一样，虚弱得快倒下来了。

　　我不由得摸摸肚子，他（她）已经两个多月了，那是他的骨肉。安军，安军。我在心里抖抖瑟瑟地喊着他的名字。

　　我把那把带绿塑料圈的钥匙抓在手上，这钥匙也是那年他配给我的，他怕与另外一把分不清，特地又扣上塑料圈作记号。

　　开了防盗门，里面的门却没能打开。

　　我很快醒悟过来，被反锁了。

　　我呆立在那儿，一动不动，过了一会儿才使劲捶打起来。

　　一会儿门开了，我一进门就把门锁上。

他和那个素华站在我的面前，床上乱七八糟，厕所的水箱还在"哗哗"进着水，我觉得自己快撑不住了，一下子坐到床边的小沙发上，我全身的血直冲脑门。

赵安军赶快过来想拉我，被我一下子用手打开了。

素华想跑，但没打得开门。

"别走！"我一下子站了起来，冲到她跟前，拼上全身的力气狠狠地"啪、啪"抽了她两个嘴巴。

素华一手捂脸，一手推了我一把。

"你们疯了！"赵安军从后面上来抱住我，把我往房里拉。我放声哭了起来。我使劲跺着脚，好像只有这样才能将多少天的委屈和愤怒发泄掉。

"别，你不能这样！"他害怕了，一把将我抱了起来。

我不停地挣扎着，他的脸被我抓破了，我被他按在床上。

"你撒什么泼？"素华恶狠狠的声音，接着高跟鞋的声音急促地传了过来，"你不看看这是在盐城，公了私了没你说话的地方！"她的手指直指着我。

他恼火地吼了声："还不快走！"

"真不要脸，老赖着男人不滚！"她尖利地骂着。

我要起来跟她拼个明白，又被他按住了。

高跟鞋"嘚嘚"远去了。

赵安军松开了我。我的太阳穴一跳一跳地疼，也不知道哭了多久，到最后只是无声地流着泪。

他在床边坐了好久，终于说："你也知道了……她也怀了孕。"

她怀孕的事我第一次听说，但我不想说什么了。

他头也不抬又说："明天我就搬到厂里去住……你回老家去

吧！孩子的事情你看着办，愿意留就留着，不愿意就打掉。"说完就去了厨房，过了一会儿就喊我吃饭。

我没答应，呆呆地看着窗外渐渐变黑的天空。

一会儿他又进来了，脱了衬衫和牛仔裤在我身边躺下，伸手抚摸着我，接着又解开我的衣服。我一动不动，心里想着拒绝他却没有一点行动。我感到我依然强烈地爱着他。我要他，要他的一切！而他什么话也没有。

我绝望地望着躺在身边呼呼大睡的他，觉得自己什么也没有了。婚姻、家庭、孩子，离婚出来，我是想好好干一番事业的，为给女儿迁户口，前婆婆及老家的人都知道我快结婚了，可这样我有什么脸回老家去？活在世上有什么意思？

我翻出那把藏刀。

这时，我听到他喊了一声"婷婷"，跟平时一样。

我坐到床边，仔仔细细看着他，摸摸他的眼睛、他的眉毛，不管当初是真是假，他毕竟关心体贴过我。好几次我身上来事了，都是他把脏衣服洗了。夏天洗澡，他常常让我先洗，最后他洗澡时，连我的衣服一起洗掉。

我流着泪，把脸轻轻地贴在他的脸的一侧。

我拔出了刀。

这时门外楼梯上，突然又响起"嘚嘚"的高跟鞋声，声音一下一下的，和那个女人的皮鞋声一模一样。

这时我的血，又开始往上涌了起来。看着他熟睡的脸，恨上心头，一切的一切都是你造成的，你欺骗玩弄了我，现在又说什么不适合了，你骗走我的心，你毁了我啊！

"嘚嘚"的声音更近了。

我想到他俩在床上的情景，我疯了……

后来我就到公安局自首了。

人大约都是这样：自己所爱的人，如果一定要失去，宁愿给上帝或魔鬼，也不愿给他人。

她从婚姻阴影中走出，却又上演了另一出情爱的悲剧。

赵婷凝视着我飞快移动的笔端，说："自首的时候，想一了百了，我也不想活了，之后发现对亲人的伤害太重太重。

"过去我一直对爸爸有偏见。上囚车时，爸爸紧紧抓住我的手，手都疼了，囚车开了，爸爸追了好远。我在盐城看守所待了6个月才判，我爸爸一直在盐城守着，也不知道住在哪儿。

"离开那儿的时候，爸爸迎面走过来，又老又瘦，我快认不出来了。妈妈一直很要强，跟我见面哭个不停，爸爸阻止了她的哭泣。

"以前一直以为爸妈不疼我，现在才知道……"

我问她："现在还恨赵安军吗？"

她回答："谈不上恨，因为他已经走了。刚来时，老想两个人在一起的时间，以前想过他，现在不想。"想了想，又说，"可以说，又恨又爱。说恨他，他欺骗伤害我，让我落到这个地步；说爱吧，又被我杀了。在看守所时，我很想留下孩子，为他留下一条根。周围的人都劝我，这样对小孩将来没啥好处。"

我又问："你现在有什么想法？"

她的眼睛眯了起来："我最牵挂的是女儿。"

顿了顿，她接着道："还有，如果你要写的话，一不要用真名，二要告诫世人，要做新女性，要以事业为重，不要沉溺于个人情感，要勇敢地面对生活，没有必要像我这样。"

女模特的悲凉人生

　　日子川流不息，她每天起床、做操、吃饭、劳动、睡觉……在铁窗历历可数的黑色栏杆中，她努力搜寻着那些最值得回忆的人生片段，让思绪搭乘时间的快车，碾过生命中那些无法逾越的坎坎坷坷。

《犯罪情况登记表》记载：

姓名：高丽红

性别：女

民族：满族

出生年月：1970 年 1 月 30 日

文化程度：大专

捕前职业：无业

犯罪类别：贩毒

刑期：无期

……

爱的梦魇

高丽红出生在黑龙江省鸡西市一个普通家庭。5岁那年，父母离婚，她便被郊区一对三十多岁的夫妇抱养过去，没过几年，养父养母相继生了一个女孩和一个男孩。

十几年过去了，财会专科学校毕业的丽红悄悄长成一个十分漂亮的大姑娘。她容貌俏丽，皮肤白净细腻，1.70米的个子，亭亭玉立。她和同厂的吕玉宽相爱了。吕玉宽比她大10岁，离过婚，有一个儿子，他是厂里最年轻的车间主任和技术骨干，他的聪明和率直让丽红着迷。看他手忙脚乱地侍弄儿子，丽红不声不响地为父子俩打来饭菜，又趁午休时间替他把孩子的衣服洗了。

受宠若惊的吕玉宽陶醉了。丽红爱他那种男人的憨厚，心疼他不得已的潦草和疲惫。她相信，这就是缘分。

两人开始同居之时，恰逢工厂倒闭。他们做起了小生意，把木耳、大豆之类的特产用火车倒到南方，第一趟就赚了九千多块钱。尝到甜头后，丽红干脆把待业在家的妹妹也喊来一起帮忙，又在闹市区开了一家建材店，生意也不错，一年半下来，已赚了60万块钱。

这时，他们已经生了一个女儿。周围的人都知道他们发了财，找他们的"朋友"猛然多了起来，吕玉宽就开始不停地请客。

她不好多说什么，知道男人都是要面子的。她自己却舍不得花钱，那时候电话没有普及，联系进货什么的，她都骑自行车去。有一次半路上淋了雨，回家就发高烧，躺了整整一个星期，却从来没舍得坐过一次出租车。

看到一些有钱有地位的人开始用上"大哥大"，她花一万五千多块给他也买了一只，她不想让心爱的男人受半点儿委屈。

一天晚上，吕玉宽回到家，不无羡慕地说，搞水产的陈老板买了一辆私家车，刚刚带着老婆孩子去哈尔滨兜了一圈回来。

丽红问他："那车要多少钱？"

"没问，大概要 10 来万吧。"他不经意地回答。

她起身从柜子里掏出存折递给他："拿去，我们也买。"

他又吃惊又感激地望着她。

隔了一天，那辆紫红色的桑塔纳汽车就开了回来，她早早地倚在门口等着。他把她按在软软的座位上，两人都傻笑起来。她的眼里含了泪珠。

他说："这下好了，以后不用你骑车了。"

两个多月后，即 1992 年 11 月的一个晚上，丽红的一个朋友告诉她，吕玉宽喝酒过后洗桑拿，还找了小姐。

丽红不相信，两个人爱得那么真那么深，不会的不会的。

朋友见她不信，就告诉了吕玉宽包房的房号。

丽红将信将疑地去了。当她推开包房的门时，眼前看到的是两个光溜溜的裸体并排躺着……一阵眩晕后，她的爱情大厦瞬间坍塌。

她的先天性心脏病发作了。当她在医院醒来时，吕玉宽已在床前整整跪了一夜，她却无法再次面对他。

10 天后，当她出院回到家里时，却再也找不回以前那种温暖惬意的感觉。她想到了死，她觉得只有死亡，才能让她的心灵得以解脱。

她贪婪地亲吻着孩子的小脸小手，下定决心走了。

在茫然地寻找归宿之时，她忽然觉得自己该享受一下人生。这些年一直活得很累很辛苦，该为自己活一次。

她想到了美丽的南方，她希望那里能成为人生的最后一站。

与死亡擦肩而过

高丽红带着 3 万元钱，乘飞机先后到了广州、海口、三亚。她第一次知道世界原来有这么大啊，她梦见自己变成雪白的海鸥在海面上自由地掠过……

"美丽的地方应是我的归宿了。"她想在这里跳海，但游人太多。

于是，她买来 50 片安眠药，又买了一瓶白酒，回到汽车旅社将药捣碎了，就着半瓶白酒一狠心灌了下去。

可死亡却没能与她同行。她被同住一个房间的贵阳来的旅客救下了。在住院的 20 天里，那个同房间的旅客经常来看她，开导她，并帮她垫付了所有的抢救费和住院费，而高丽红包里的两万多块钱她却一分没动。

丽红庆幸自己遇到了好人。好人姓曾，丽红喊她"曾姨"。

曾姨是贵阳人，到三亚来，是为了催货款。她见丽红的病情和情绪基本稳定下来，就劝她说，如果不急着回去的话，跟她到贵阳玩玩，散散心。

丽红答应了。

到贵阳后，从死亡边缘走回来的丽红，开始一夜夜地想家想父母想女儿。她想回去，但一想到吕玉宽，她心底那根敏感的神经便又被触动了。她想到了曾经抛弃了自己的亲生母亲，丽红为此一直不肯原谅她，但现在她才知道母爱是多么的可贵。

她给妈妈发了一份电报。妈妈第二天晚上就来了电话，告诉她有个表姐就在贵阳，让丽红去找她。

激情再现

表姐夫妻俩做房地产生意，有自己的一套别墅和私家车。天生丽质却面容苍白的丽红出现在表姐家门前时，表姐惊喜地拉住她的手："没想到我的小表妹是个美人儿！"当即让丽红搬过来住。

丽红容貌出众又知书识礼，表姐很喜欢她，便要留她多住些日子。

自此，表姐无论是谈生意，还是宴请朋友都把丽红带在身边，颇感自豪。

1994年3月，位于闹市区的一家大饭店举行剪彩仪式，表姐应邀参加。她照例喊上丽红，又帮丽红精心挑选了服饰，一件小立领收腰双排扣长袖连衣裙把她婀娜的体态尽数展现出来。

略施粉黛的丽红在剪彩仪式开始前几分钟，随表姐翩然而至。

那天晚上进行了时装表演。演出结束后，时装表演队长站到姐俩儿面前，并向丽红发出了邀请。

做时装模特？这对于已经不再想安分守己过日子的丽红来说，充满了诱惑。

她不愿永远活在生活的黑暗中，于是她一口应允。

猫步、扭胯、摆造型，进入时装队的丽红在教练的指导下刻苦练习，日子在她的汗水中悄悄流淌过去。空暇时间，模特们都三五成群去逛街，她却捧起一本小说或散文，随着书中人物的悲或喜，试图找回失落的文学梦。

1994 年秋天，丽红结识了外省的一位青年作家晓兵，漫长的电话交往后，神秘的爱情在两个人之间开始激荡。

于是，在长久的绵绵期待后，晓兵来到了贵阳。

于是，在那个寒冷而温情的夜晚，在那盏古朴典雅的白纱罩灯下，丽红和晓兵跌入了前途未卜的爱情之谷……

丽红心里清楚，晓兵是有妻儿的。

罩着黑纱的爱情

爱情的魔力让丽红不再感到孤单，她更加用功了。

不久之后，她就在"T"台上声名鹊起，很快成为当地红极一时的时装模特。

知名度的提高，为她带来大把的金钱。她开始出入高消费场所，买那种几万元的貂皮大衣和钻戒。

身边求爱的男人越发多了起来。有的大款甚至不惜重金想包她做"二奶"，她一概拒绝了。她只爱晓兵，只要一有机会她就会不远千里去看他。

丽红患了重感冒，晓兵知道后便催着她上医院，每过两个小时就打电话过来"检查"一次。

丽红揶揄他："你别只看着我，把自己照顾好就行了。"

他做起事来不要命，这一点丽红很清楚。

晓兵沉默了一会儿说："我知道，还要陪你几十年。"

"几十年？"

丽红喃喃地重复着，一片愁云从心底深处弥漫开来："我听说过一个故事。一位老人来到一座城市寻梦，希望找到几十年前的情人。他坐着汽车辗转在这几经变迁的偌大城市中，不停向身边的人们打听着。后来他发现路边坐着一位老太太和她的孙子。老太太对这儿的历史很熟很熟，他们聊了起来，最后老人吃惊地发现这位满头白发、脸上堆满慈祥皱纹的老太太，就是他当年的恋人——那个美丽纯情、让他几十年不能忘怀的年轻姑娘！老人怔住了，时间太残酷了，他默默地望着祖孙俩的背影，什么也没说。"

丽红边说，边想着自己的经历，一时很伤感："如果男女主人公互换一下角色，结果会完全不一样，可能这就是男人和女人的差别吧。"

"不！"晓兵急急地接上话头，"听我说一个故事给你。一对年轻的恋人因为战争的原因天各一方。几年后，当小伙子重回故地时，姑娘早已不知流落到何方。小伙子铺开信笺，将对女孩的无限思念倾诉出来，时刻带在身边，而且终身未娶。几十年过后，当年的小伙子已进入暮年，由于一次意外事件，那个存放信笺的钱包丢失了，老人大病一场。幸运的是，那只丢失的钱包恰好落在一个邮差手中，这位好心的中年人被这陈旧不堪的信笺中所表达的忠贞爱情感动了，他为这封几十年未发出的信开始了艰难的寻找，一年之后终于送到收信人手中。"

丽红浑身一颤。

晓兵继续说着："你知道吗？那位姑娘同样终身未嫁，她和他竟住在同一座公寓楼中！五十多年啊，他们浪费了那么多美好的时光和青春，他们是用心等待的。红，我不要你绝望。我会离婚的，你等我，好吗？"晓兵郑重地说。

丽红失重的心再一次被爱情点燃。

她开始发疯似的想念他。

他说秋天到来时，他就会迎娶她。

1995 年 7 月他路过贵阳时，给她带来了离婚协议书。他说请再给他一段时间处理一些事务，到年底就结婚。

欣喜的丽红带他游览了黄果树瀑布、华西公园和遵义城。两万多元的旅程让晓兵玩得很开心。

在旅途中，她完完全全地接纳了他，她迫切地想要为他生个孩子。

爱情也许真的只是短暂的。从贵阳回去后不久，晓兵的电话明显少了。他总是在电话里告诉丽红他很忙，每次都很快地挂断了电话。

丽红的心头开始疑云密布。

这时，她发现自己怀孕了。兴奋的她马上告诉了晓兵。

可谁知，他却说自己还未做好心理准备。

她流着泪，答应他去做人流。

手术那天，他没来，只是托花店送来一大束鲜花，小卡片上写着他很短的祝福。

秋天快过去了，晓兵再也没有提结婚的事。

丽红的心悬空了。

他的电话也越来越少，好几次手机拨通了却没人接。

凋零的树叶一片片从丽红头顶飘落。

1996 年情人节那天上午，晓兵一早就打来了电话。丽红心里似乎得到了一丝慰藉。

她突然问他："今晚出去吗？"

他说在家。

丽红立即起身直奔飞机场，下午就悄悄地来到了他所在的城市。

百感交集的她，找到了他居住的那栋公寓楼。

她在无边的黑暗中等待。

晚上 10 点钟，晓兵亲昵地拉着一个身材苗条的年轻姑娘走进了公寓。

爱情背后的黑纱再一次笼罩着丽红。

她发疯似的要忘记自己，忘记他，忘记一切烦恼……

她开始吸毒。

暗黑的人生之旅

在两年的模特生涯中，丽红已积累了 90 万元家产。她用这些钱开始不断地购买毒品来麻醉自己。大半年后，这些钱便只剩下了 20 万元。而丽红原本单薄的体质也越来越差。

冷静下来的她，想到了戒毒。

她和"毒友"王薇一起来到了无锡西山人民医院。一个戒毒疗程要 12 天，但才过了 3 天两个人就受不了了，一起跑到上海再次开始吸毒。

一到上海，丽红便被这儿的繁华吸引住了。聪明的她知道自己已经不可能在模特队久留，便决定留在上海。

这时的丽红已经完全过惯了一掷千金的生活。她吃住都在宾馆，再加上吸毒，她的钱款在急剧减少。

丽红又想到了戒毒。就这样，在吸吸戒戒、戒戒吸吸中，丽红只剩下一万多块钱。而且由于毒品摄入量的增加，她的身体已是弱不禁风。

毒还得戒。丽红开始变卖随身携带的贵重物品，最后只剩下那个永远关闭的手机。

看着它，丽红的泪水模糊了双眼，那里记下了她和晓兵多少的绵绵情话啊！

这一次，丽红终于戒毒成功。

但已经麻木的心灵，促使丽红走上了一条更为黑暗的人生道路。

在上海买毒吸毒的过程中，丽红通过王薇认识了毒贩徐进，两个人就同居了——虽然她在后来才知道，徐进家乡有一位正腆着大肚子的妻子在等他。

现在的丽红迫切需要大量的金钱来支撑她的高档消费，在大量赚取金钱和大笔花钱之时，她寻求着生活的平衡点。

她开始走向贩毒这条暗黑的人生之旅。

1998 年 3 月 13 日，丽红和徐进两个人在无锡贩毒时被当场抓获。

无锡市中级人民法院《刑事判决书》

……

经审理查明，1997 年 11 月 5 日，高丽红、徐进携带毒品海洛因 50 克由无锡窜至南京火车站附近贩卖；

1997 年 12 月 20 日，徐进伙同游龙携带海洛因 38 克由上海窜至南京，由高丽红及徐进以 200 元/克的价格卖出；

1998 年 3 月 13 日，徐进伙同游龙携带毒品 122 克，由上海窜至无锡，在徐进的指使下，高丽红及游龙携带海洛因 100 克到烤鸭馆附近，欲等人交易时被当场抓获。

经检验，海洛因含量为 42%。

……

徐进被判死刑，上诉后改判为死缓；高丽红被判无期徒刑。法官向她宣读判决书的一刹那，她彻底清醒了，也后悔了。但是，太迟了。

她将在漫漫铁窗生涯中消磨掉可贵的青春年华……

爱的绝望

　　她原来在单位是系统劳模、先进标兵。

　　3 年前，她和他相识了，她为他献出自己的一切，他为她写下情意绵绵的《卜算子·促织吟》；3 年后，他的冷酷无情让绝望的她疯狂了……

　　《罪犯情况登记表》记载：

　　姓　名：袁玉娜

　　性　别：女

　　民　族：汉族

　　出生年月：1966 年 5 月 18 日

文化程度：高中
捕前职业：公司业务经理
犯罪类别：故意伤害
刑期：死缓
……

突如其来的爱情

坐在面前的袁玉娜几乎不假思索地写下了这首词。这是当初他送给她的。

卜算子·促织吟

皆言生苦短，
伶仃风雨后。
岁岁奔波岁岁愁，
一见君如故。
秋凉念晚意，
别后情更忧。
尽看落花邀寒急，
暗思却心头。

袁玉娜出身于工人家庭，高中毕业后顺利进入了康新集团公司工作。聪明好学的她经过自己的发奋努力，不到 30 岁就被任命为业务经理，并被评为系统劳模和先进标兵。1994 年 8 月，她向组织递交了入党申请书。

很快她被派到武汉分公司工作，经常穿梭于两地之间。她很能干，有男儿般的豪爽，不久就结识了一群生意场上的朋友。

1995 年 5 月，她回总公司时，一个朋友为她接风，认识了高大英俊的沈如刚。他儒雅诙谐的谈吐，让袁玉娜对他倾慕不已。他对她似乎也充满好奇，目光不时悄悄打量着她。她有所觉察。

最后合影的时候，她的身边刚好空了一个位子，原本站在后排的他一声不吭地走到她身边。他的手臂轻轻抵着她的后背，她微笑着，不知不觉偎了过去。

分手的时候，他要了她的联系电话。

他说他在工商局工作，喜欢古诗、绘画。她说她也是，爱看散文、小说，有时自己还写点儿什么。

他的眼神像月光一样在她四周散开。

她看着他，不吱声。

他拢住自己的目光，眼睛变得幽深幽深的，他用很笃定的口吻说：等我的电话，再见。

6 月初，袁玉娜去了武汉，没几天就接到沈如刚的电话，说要来武汉看她。

她握着话筒，没等他说完心就怦怦跳动起来。

放下电话，她抚住跃动不已的心窝无法平静。这是她与丈夫以外的第一个男人的约会。她是那么喜欢听他的声音，而他就要来到自己的身边。

同宿舍的女伴刚好出差去了，她把他迎进宿舍，做了她最拿手的几个小菜。

两个人都斟上酒，宿舍地方小，小方桌只能靠在床边。沈如刚没有坐在对面，而是坐到床边——她的身边了。

她脸红了。

沈如刚端起酒杯，反客为主含情脉脉地盯着她："来，为我们的欢聚干一杯。"

她一饮而尽，从来没有的爽快。接着她又回敬了他。

他谈了他的家庭。他说他的老婆没文化，他还谈起少年时的文学梦、他的工笔人物画，感叹着自己怀才不遇。

他俩一杯接一杯地喝着酒，她觉得自己的心和他越来越近。

她想起丈夫与小保姆的种种不规矩，她为这次约会找到了理由，一切都自然而然地发生了……

蝶恋花

他在武汉整整住了一个星期，她向周围的人介绍说：这是我丈夫。

他就温和地向大家点头微笑。

两个人约好，回徐州以后各自离婚。

临走前一天晚上，他情意绵绵地为她写下了《蝶恋花·咏情》：

> 应怜秋波相欲流，
> 最苦多情，长怕别离后。
> 洪益小巷语未够，
> 归元禅寺不祈求，
> 断肠相思，难眠随梦愁。
> 浮生教伊恣意度，
> 意浓情深伴侣走。

他写得一手好字，字体刚劲流畅，袁玉娜小心翼翼将其收在日记本里。

她很快向丈夫提出了离婚。

丈夫以为是因为小保姆的缘故，就说：你给我一段时间，以前是我对不起你，以后我一定会改正。

父母知道以后，也劝她不要离。妈妈甚至对她说："你要是离婚的话，就不要进我这个家门！"

他们哪里知道袁玉娜已经铁了心。

1995年7月底，她终于拿到了离婚证。儿子判给了丈夫，她只带了几身衣服就头也不回地走出了家门。

往哪里去呢？

娘家是回不去了，她只好每月花160元租了一室一厅的房子。沈如刚自然成了这个新家的常客。

袁玉娜看着家里空荡荡的，心里就难过。

他就抱住她说："你等着我，我肯定要离的，我们什么都会有的。"

他说，只要老婆同意离婚，他什么都不要。

袁玉娜心中颇感安慰，于是就买了一套安居工程预售房。预付了一半款，其余三万多元分几年还清，房子要一年以后才能拿到。

这对于准备重新营造一个新家的袁玉娜来说，象征着幸福生活的开始。

咀嚼爱情

沈如刚不让袁玉娜去武汉了，理由是怕她学坏。

袁玉娜心里想，他这是爱我才这样的，就回到总公司。因为这里的工资比武汉低，她就私下到大江公司兼任了业务员，这样可以领取双份工资。

直到这时，袁玉娜才知道沈如刚不是工商局正式在编人员，被爱情冲昏头脑的她并不以为然，心想只要两个人好就行。

他出差到东北、广东时，她每次都主动将2000块钱塞到他的手里。

她要让他知道，她是爱他的。

那次他从沈阳回来，袁玉娜邀了两个要好的朋友摆好蛋糕等着他，原来那天是他的生日。

望着她几个月来明显因奔波而消瘦的脸颊，沈如刚冲动地写下了那首令她一生难忘的《卜算子·促织吟》。

袁玉娜倾慕他的才华，她把他写的诗和词全都工工整整地抄在一个缎面的笔记本上。直到现在，她还能一字不漏地把它们背下来。

沈如刚每周一到周四都在袁玉娜那儿住。

他在的那几天，袁玉娜每天都变着花样弄好吃的菜。

周末，沈如刚回去了，她一个人就吃着剩饭剩菜打发日子。晚上一躺到床上，看着空荡荡的另一边，她的心里就发慌。

一想到此刻沈如刚正和他妻子在一起，她的心里就忍不住酸溜溜的。

有几次袁玉娜控制不住自己，在夜深人静的时候便拨电话过去，听到话筒那边是个女声，她便吓得赶紧挂了。

每当她对此抱怨不已的时候，沈如刚就对她说："别担心，等她同意离婚，我们就结婚。"

周围的人一直都认为袁玉娜做生意有钱，事实并非如此。不过，袁玉娜很要面子，她认为富有是能力和实力的象征。她就顺着人们的心愿做出富有的样子来。她支付两个人在一起的所有开支，这似乎已经成了习惯。

他的口袋里空了，就会说"有没有 200 块""有没有 100 元"地向她开口，她就像沈如刚自家开的一个小银行。

渐渐地，她感到手头吃紧了，她不光要承担儿子的一部分费用，还要负责这个新家的所有开销，还要按期偿付房子的分期付款。毕竟是个女人，她不得不开始算计一点儿了，对沈如刚也不像以前那样有求必应了。

沈如刚在穿戴方面很是讲究。他喜欢穿名牌，穿最好的面料，而她也觉得他在外面的形象好，自己也光彩。但现在，经济状况不得不让她对此有所改变，但她没想到，沈如刚的反应却很激烈。

那天，吃饭的时候，沈如刚说现在羊毛衫已经过时了，要买就买羊绒衫，既轻巧又保暖。

袁玉娜问要多少钱？

他说，900 块钱。

袁玉娜心想，真是贵了一点儿，羊绒衫不一定比羊毛衫实惠。沈如刚还有好几件羊毛衫都挺好的，而且他老是开口要这个要那个，也太自私了。

她便说："你能不能将就一点儿，别把自己当作公子哥儿！"

一贯"受宠"的沈如刚哪受得了这个，抬头看了她一眼，嗖地站起来，把碗一推就走了。

沈如刚半夜回来后，看到蒙头大睡的袁玉娜，他一把就把被子给拽了过去。

袁玉娜火气也没消，就用力一翻，被子又被卷过来。

沈如刚"妈的"一声，一脚将她踹下了床，然后拍拍手走了。

袁玉娜趴在地板上伤心地痛哭着，恨他的狠心和无情。但手中抓着他的枕头，她又闻到了他那熟悉的气息，恨，一下子就消解了。

她知道自己已经离不开他了。

钥匙

1996 年 11 月 10 日，沈如刚拿到了离婚证。

他把离婚证放在桌上让她看。

她想，这应该是自己新生活的开始了，便很高兴。

谁知，沈如刚却冷冷地说："我累了，给我打盆洗脚水来。"

她有些疑虑，但还是很快打来了洗脚水。

他说，他在商店里看中一套皮尔·卡丹薄型西服，2900 块钱，叫她有空给拿来。

太贵了，她在心里叫了起来。

自从离婚以后，她就没舍得给自己买一件像样的衣服。刚离婚时，她还常常去看儿子，给儿子买些吃的穿的，现在也是好久没买过了。自己的工资和兼职挣来的钱，全部花在房子和日常的开支上了，而沈如刚却没掏过一分钱。

她心中不悦，但还是克制住了，就说："现在季节还没到，等一等再说吧。"

"什么？"他的眉头紧皱起来。

"现在家里还要买房子……"

"嗵！"他一脚踢翻了洗脚盆，水溅了她一脸。

袁玉娜从没想到他会这么冷酷无情，以前那个温柔多情的沈如刚到哪里去了？

1997年5月，沈如刚的中专函授学习快毕业了。他告诉袁玉娜自己拿到文凭就有希望成为单位正式在编人员，不过要"活动活动"。

袁玉娜知道他又想要钱，她很想告诉他自己已经没有多少钱了，又怕他误会，转念一想这是件大事，不能耽误了，便咬咬牙取了3000块钱，怕不够，又添了2000元。

当她把钱交到他手上时，沈如刚说："现在请客费蛮高的，先用着再说吧。"

袁玉娜心中一冷。

过了一个月，新房子拿到了。可袁玉娜手上总共还有不到两万块钱，房子只能简单地装修一下了。

沈如刚听她说了家里的情况后，有些不太相信："你没钱了？"

她说是的。

他坐直了身子，紧盯着她："是不是真的？"

"真的。"

他不吱声了，走到阳台上去。

她心里七上八下的，不知道他在想什么。

从那以后，沈如刚完完全全变了一个人，有事没事就和她吵架，房子装修的事情不闻不问，回来直嚷家中又脏又乱，却一点儿也不肯帮忙，有时干脆回他前妻那儿去了。

沈如刚的冷酷让她不寒而栗。

她本以为自己找到了真爱，便不顾一切地投入了进去，但现实却变得如此残酷。盛开的感情之花一天天枯萎，加上连日的操劳，她又瘦又憔悴。

沈如刚看到她这个样子，不仅不心疼，还笑着说："你照照镜子吧，又老又丑。"

终于有一天，沈如刚向她提出分手："我以为你有好多钱，谁晓得就那么点儿小钱，还是分手吧，你也养不起我。"

这时，袁玉娜才完全看清楚他的丑恶嘴脸。当初的情爱、诗词等一切原本美好的东西，原来全是假的！

她浑身战栗着。

她为这个男人牺牲了家庭、儿子、父母和名声，如今却是这般结局！如果现在他不要她，她还有什么脸面见人？

她不甘心，就算是个火坑，她也得跳下去。

她不同意分手。

沈如刚笑笑："如果你拿20万元来，我马上和你结婚。"

袁玉娜哪里拿得出这么一大笔钱。几天后，她出差去了新疆，回来后却发现沈如刚连同她买给他的所有的东西都不见了。

她不甘心，找到沈如刚最要好的朋友。

谁知那个朋友却对她说："沈如刚说，他认识了一个女的，做生意的，很有钱……后来我们发现你对他是真心的……你还是趁早和他分手吧，不然没好处。我们说你蛮可怜的，他就把钥匙交给我，让我们找你去，说谁可怜你，谁就可以去找你，还告诉了我们你的地址。"

袁玉娜顿觉天旋地转，脑子里不断转着两个字："钥匙！钥匙……"

他竟然把钥匙给了别的男人！他把我当什么了！

谁知，没两天，沈如刚又来了。

袁玉娜以为他回心转意了，就拿上出差为他买的羊绒衫。

他穿上照照镜子，自言自语地说："这个配我还差不多。"

他接着说，前妻的表妹很有钱，有 500 万元家产，人又漂亮，每次两个人见面，她都逗他，他想去找她。

袁玉娜的脑子"轰"一声就炸开了：原来他要穿着我买给他的羊绒衫，去勾引别的女人！

她一把抓起羊绒衫就往厨房跑，她要烧掉它！

不料，沈如刚一把就将羊绒衫给夺了回来，然后得意扬扬地走了。

飞蛾扑火

1997 年 9 月 3 日，天还是很热。

夜里十二点多，沈如刚醉醺醺地踢开了袁玉娜的家门。

他坐在床前的小凳上唠叨着："我本来想回老婆那儿睡的，不知怎么就跑到这儿来了。"

袁玉娜一听，气不打一处来："你不让你老婆死心，又不同我结婚，你究竟想干吗？"

他说："想甩掉你，看你又老又丑，恶心！还就这点儿钱！"

沈如刚又说起他已经和前妻的表妹交换了电话号码。

袁玉娜气昏了："你真缺德，连自己的亲戚都不放过！"

沈如刚却说："缺德的人多了，有几个遭报应的？要怪就怪你长得丑，口口声声说爱我，你拿什么爱我？你爱不起！看你睡在那儿，我就觉得恶心！凭我这张脸，马上就可以找个比你年轻、漂亮的女人。"

她盯着他那张晃动着的漂亮面孔，突然一个念头跳了出来：都是这张脸在害人，要不是这张漂亮的脸，她也不会落到今天这种人不人鬼不鬼的地步。

袁玉娜心中有了一种压抑不住的冲动。

她想起前几天去看小孩时，遇到前夫。

前夫说："你又黑又瘦，何苦呢？我现在还没结婚，只要你回来，我们一家还在一起。哪怕到外地去，过几年再回来，我知道你丢不起这个脸。"

袁玉娜却说："我这是自作自受。"

现在的她已经心灰意冷。

"他也应该为此付出代价！"她恨恨地想着。

早晨6点，她悄悄地起床了，她不小心碰响了凳子，把沈如刚给吵醒了。

他骂骂咧咧地又说了好多难听的话。

袁玉娜定定神，拿出一只空茶杯，倒了半杯刷卫生间马桶用的硫酸端到他的床前。

她把杯子放在地上，蹲在床前，她还想最后再看一看他，毕竟在一起几年了。

睡梦中的他，眉头跳了一下，仍是那张她一直为之痴迷的漂亮面孔。

袁玉娜犹豫了。

可能感觉到了什么，沈如刚睁开了眼睛。

她紧张地不敢正视他。

此刻，她真希望他能说出几句好听的话来，就算是假的，她也会相信。

但沈如刚看了她一眼，满脸的厌恶，翻了个身背过脸去，对她不理不睬。

他还是那么绝情！

袁玉娜的心开始颤抖。

她狠狠心，端起杯子，一闭眼把硫酸往他脸部泼过去。剧烈的灼痛让沈如刚一下子坐了起来。

她慌了，一把抓过床前的水果刀，向他身上捅了过去……

她穿着睡衣就奔了出去。

她用抖动不已的手拨通了"110"："我杀人了！"

后悔莫及

案发以后，袁玉娜对沈如刚依然痴情不改。

听检察院的人说，他的眼睛瞎了，她说，我可以把自己的眼角膜给他；又听说他被刀伤了肾，她说，愿意把肾捐给他……

在看守所里，她还记得他的生日是阴历九月廿六日、公历10月24日。在沈如刚生日的前几天，袁玉娜给他寄了一张明信片，上面写道：

"再过两天就是你的生日了，我没有鲜花，暂奉上一片落叶。你还记得你写给我的诗吗？想想我俩那时是多么好，现在却落到这步田地，两败俱伤。我还爱你，不管你到什么地方，我出狱后还侍候你。"

他没有回信。

袁玉娜至今还在说:"平心而论,刚开始他未必就是骗我,也许是他把我想得太完美了……"

袁玉娜是独生女,母亲没有工作,并患有心脏病和糖尿病。老夫妻俩都七十多岁了,平时靠父亲 500 元的退休金生活。袁玉娜出事后,父亲一夜之间便有一只眼睛失明了。

在袁玉娜服刑期间,两位老人蹒跚着来看望女儿。由于两个人都不识字,摸了整整一天才找到监狱。袁玉娜买的那套安居房每月 340 元的房款,现在也由父亲从退休金中扣除……

袁玉娜后悔了:"不值得,太不值得了。当时如果两个人心平气和地坐下来谈谈,也不至于这样了。"

她现在常常想念儿子,担心儿子会不会受继母的气。

在看守所时,儿子托人捎来 200 元钱,说是过年大人给的压岁钱,要妈妈买些好吃的东西,还捎来一张系着红领巾的照片,背面写着:"三好学生,语文 118 分,数学 100 分,英语 100 分。"

……

爱情是人生最美丽的梦。

这个梦,一定不能掺杂怨气、自私、冷酷与仇恨。

希望袁玉娜的故事不再重演。

没有写完的日记

　　她，容貌秀丽，家庭条件优越，又当过兵，接受过高等教育。可为了顾全所谓的"面子"，极端自私的她竟向无辜的孩子抛出了罪恶的红丝巾。

《罪犯情况登记表》记载：

姓名：洪艳

性别：女

民族：汉族

出生年月：1979 年 7 月 8 日

文化程度：大专

捕前职业：某市开发公司职工

犯罪类别：故意杀人

刑期：死缓

……

2000 年 4 月 28 日

下午刚睡午觉，被蓉蓉硬拖起来去看电影《红樱桃》，就是报纸上成天宣传的那部片子。似懂非懂地，不咋样，蓉蓉倒是看得津津有味的。

看完之后我俩又逛商店，这一点倒是一致的，穿了几年的军装脱下了，一下子觉得没衣服可穿，也不知道应该穿什么好。

她说，干脆我俩在大街上免费参观参观吧。两个人于是目光贼贼地四下打探，像是好久没尝到腥味的猫。

路上人真多，在海岛上我们一年四季摞起来，大概也没这么多的人，恐怕真是地球要爆炸了。

蓉蓉望了一会儿就直喊眼花了，真没出息，连辨别力都没有了，她说是得了海岛综合征。

我说就你毛病多，下次看本同志（不，从现在开始应该改为"小姐"了）的。有个女孩子穿的白毛衣外罩一件浅驼色短裙蛮好的，肯定适合我，裙子可以再短一点，她的腿没我的好看，太细了一点。

回家后一直没记日记，也不知道怎么过来的。

还记得 3 年前刚穿上军装的那种感觉，很新奇，也很兴奋，不知道自己将面对的是什么，过怎样的一种生活。大姐老说，她们那时候最羡慕的就是当兵或上大学的，说她自己没有这个运气。

言下之意我是幸运的，我经常从别人的眼睛里读出这种意思，可是我怎么没有感觉到呢？

蓉蓉弄了个副连级，又入了党，她的收获比我大，毕竟比我早去了两年。

一回来我就发现，周围的人问得最多的是这个，然后就是工作问题，问得人心烦，好像个个都很替我们操心。

2000 年 6 月 20 日

下午我被他们喊去打牌，玩得蛮开心的。玩牌真是个轻松的事情，不知不觉时间就过去了。

晚上吃饭又是张海做的东，他们都喊他"老板"，说他做生意发了财。

他笑嘻嘻的，看样子真是发了财。不然怎么老是他请客，让他做"冤大头"？小五子太精了，什么时候都是一毛不拔的铁公鸡。

张海这个人也真有意思，就那么听人家摆布。他这个样子做生意能赚钱，我觉得太不可思议了，都说无奸不商，十个商人九个奸，除非他是九个之外的那一个。

他们说他只有初中学历，他爸爸以前是蹬三轮车的，不知是真是假，但好像张海没提到过家里的情况。他让我们这些人看到的是他老是在掏他的钞票，他有钱，他的气比我们粗，腰杆子也比我们壮，他的头发永远是那样一丝不苟，摩丝打得雪亮，他的衬衫总是穿得很鲜亮，而且都是名牌。

蓉蓉说他是故意显阔，怕我们不理他。想想可能是真的。

人的出身真是玄妙，从娘胎里就注定某些东西，比如机遇，比
如生活道路，有的人一生坎坷，有的人一帆风顺，有一个好的
家庭出身，首先就为今后的工作和生活打下坚实的基础。

看看自己，应该算是不错的。不然张海有什么必要围着我
们转呢？看他那样子，觉得真没必要，自己又不是不能活，非
要跟人家贴在一起干吗？

2000 年 8 月 3 日

张海从上海回来了，送来一件鹅黄色无袖连衣裙和一套资
生堂化妆品，裙子是台湾的"巧帛"牌，做工精细得很。

我问他花了多少钱？他不肯说，只说看看合不合适。裙子
很合身，式样也不错，没想到他的眼力真不孬。

他看了也一个劲儿地点头，说这种颜色只有我的肤色穿才
衬得出来，皮肤白的人穿什么颜色都好看。上次给我买的那件
衬衫是肉色的，也适合我，一穿上去衬得皮肤更加细腻。他的
心这么细，倒是原来一点儿也没想到的。

穿上那件衬衫的时候，妈妈曾经问我哪来的，我说是自己
买的，妈妈就没有再问。

我想即使她问，我也不可能说实话。他们不可能同意我跟
一个已婚的男人交往。其实我从没提出过买东西，都是他主动
送的，我不收也不好，让他面子上过不去。不过像现在这样接
二连三地买东西，我也没有预料到，他毕竟是有妇之夫。

我跟他交往，最初和大家一样，是一般朋友意义上的交往，
不是蓉蓉几次来喊的话，我还不一定愿意去哩。

管他呢，反正我没跟他要什么。

不过，从这些方面来看，他这个人倒蛮细心的，会替人着想，可能是年龄毕竟大些，而且结了婚的缘故，这种性格倒是蛮适合我的。

以后找对象可以找性格像他的，不然用我妈的话说，肯定要天天吵架。

马上又要函授了，据说这学期的课程比较多，要学 8 门课，都是以前听都没有听说的。好在现在还没上班，到时候该上课就去上课。其他同学基础也不比我好多少，人家能学我就能学。

2000 年 8 月 28 日

张海下午喊我去他那儿看看。

他租的是两室一厅朝南的房子，家具、电视机都已经运了过来。他说这几样东西就花了将近三万块钱，对了，还有一套布沙发。

我问他："你这是干吗？"

他说："为了你……我们以后就住在这儿。"又说，"我已经提出了离婚。"

我说："我又没有让你离婚，离不离婚那是你的事情。"

他回答说："小艳，你不是不知道我是真的喜欢你，喜欢跟你在一起，你不管要求我做什么我都会答应的。"

听他的口气，好像是我让他离的，这怎么可能。我心目中的男朋友不是他这个样子的，他应该是高高大大风度翩翩，有文化有体面的家庭出身，当然，也应该有一些钱，保证能过上安逸的生活。他的条件离我设想的远了些，尽管他有些钱，却没什么情趣，还有一个孩子。

他把我拉到身边，坐到沙发上说："小艳，我第一次认识你就喜欢上了你，那时我总是请人吃饭，其实就是为了跟你在一起，不然我会那么傻？"这样的话已经听他说过好几遍，我知道他对我是真心的，不然不会这样。

但他讲要离婚，这让我紧张，我从没想过要他离婚，更没想过要嫁给他，男朋友和夫妻是两码事，我一直这么认为。

他说选沙发时本来想喊我一起去的，想想这同样是件累人的事儿，就打消了念头。

他问我："你看这式样、颜色怎么样？"他买的是布艺组合式的，面料是咖啡淡黄色格子的，我蛮喜欢的，很有家的味道。

他又笑着问我："多长时间来一次，能不能每天都来？"

我真不想回答，觉得他在这件事上认真得过了头，不知道是不是因为大我8岁的缘故。

我不吭气，他拉我胳膊："跟你说话呢。"

我含含糊糊地说："知道了，再说吧。"

蓉蓉跟高中同学谈起恋爱来了，那个人现在在浙江大学读硕士研究生，父亲是交通局的副局长，家里已经为他买了一套房子，蓉蓉把他写给她的信拿给我看，字也不错，她说他以前和同学曾上岛看过她，问我有没有印象，我说记不得了，她说等春节回来给我"亮相"。挺得意的。

2001 年 2 月 14 日

今天一早他就让花店送来一大束玫瑰，好多好多，还沾着水珠，我大概数了数，足足有五六十支。花好看，被人爱着确实是好味道。

妈妈回家看到了肯定要问是谁送的，我只能再一次蒙骗她。

上个星期她就问我："小艳，你现在是不是跟什么人谈对象，那个人有老婆？"

我回答她："没有，你听谁说的？"

她说："真的没有？怎么说得像真的。"

"怎么可能的事。"我回答得很干脆彻底。"大概看错人了吧。"

妈妈没再说什么，她也很忙。

这次怎么交代呢？干脆说有同学追我得了。

一会儿，张海的电话就来了，他问我："玫瑰收到了吗？"我说收到了。

他问："你开不开心？"他的声音很温柔，我心里软了下来，他是爱我的，就说："开心——"想想又补上一句，"听到你的声音就高兴了。"

可能难得听到我说奉承的话，他一下子高兴起来，声音也高了："她已经答应离婚了，等离婚证拿到以后，我带你出去玩，你不是喜欢旅游吗？我们干脆先去海南、深圳玩上一圈。现在天气去那儿正好，听说那儿有好多好玩的东西，我也一直想去。还有，你看看，要不要什么时候我去你家见见你爸妈？"

我几乎看见他在电话那一头手舞足蹈的模样，他怎么能断定下一个要娶的人一定是我呢？和他在家的时候，虽然我俩的身体在一起，他教会我好些生活上的东西，但是仍然觉得他离我很远，是那种情感上的远距离，我清楚地知道他不是我梦中期待的白马王子，他更适合做我的哥哥。

他快离婚了，我的心在往下沉，心里有点儿堵，他说到离婚就一厢情愿地兴奋，他已经把这件事情作为向我表达感情的手段。有什么必要呢，现在这个样子我觉得很好。

我没有回答他的话，我要想一想。

海南和深圳，我还是要去的。

2001 年 6 月 18 日

我们在收拾东西的时候，张超来找爸爸，幼儿园明天组织春游，他要张海陪他去买东西。

离婚时把他判给张海了，张海说这是法官的意思，考虑到他老婆所在的工厂快倒闭了。

见我不理睬张超，张海说他已经想好了，要把孩子送到爷爷那儿去。

那小孩脸上衣服上都脏兮兮的，看了让人不舒服。

我问张海，他咋认得我们这儿的。

张海说记不得了，可能自己带他来过。

我和张海说着话，张超就爬到沙发上跳来蹦去，一眨眼的工夫沙发就脏了，干干净净的格子布上一个一个的脚印。

张海也看到了，他连忙上去把张超揪下来，动作猛了点儿，张超摔在地上大哭起来，一哭，脸上更难看了。

张海说不要管他，我就去收拾洗漱东西，把游泳衣也放进包里，这是下午张海刚刚给我买的，大红色，很漂亮，听人家说过海南有个兴隆温泉，风景很美，我们这次一定要去。

跟家里人说是去深圳看一位战友，妈妈不放心我大老远一个人去，说让哥哥送我，我没让，说是有朋友用车子送我到车站，深圳那边战友去接，妈妈这才放心了。

张超说爷爷让他今晚睡在爸爸这儿，他好久没跟爸爸睡了。

张海说："爸爸明天要有事情，你马上回爷爷那儿去，以后除非爸爸让你来，平时不要过来，记住了？"

又给了20块钱让他买零食，张超才不情愿地走了。

2001 年 7 月 9 日

中午，张海烧了几个菜，喊我去吃饭。

他面有喜色地告诉我，这几个月生意做得蛮好的，赚了4万多块钱，加上以前的积蓄，差不多有20万元了。

他说他过去一直藏私房钱，一年有时藏1万元，有时藏2万元，主要是自己打打牌、抽抽烟，认识我之后，他存得更多了。说他老婆看上去精明得很，老是掏他的口袋，公司发的购物卡全都掳去不算，连磁卡什么的也要盘问清楚。

"哈哈。"他觉得好笑，"我一个大男人要哄她还不容易，离婚时她以为自己得了便宜，没让我多说就答应了，其实……"他边啃骨头边笑起来，又津津有味地给我讲故事，"你知道吧，我老婆的一个堂弟前几年公安学校毕业，分配到我们公司的户口段上干户籍警，刚好我们公司被小偷撬了好几间办公室，我的办公室也被撬了，8000元现金和2万多元的活期折子被偷去了。这因为是串案，被市里列为重大案件，没过10天就破了案，我们公司这儿全是那个堂弟一手经办的。我的哥们儿开玩笑说，这下完了，老婆知道了肯定要床前跑了。"

他自斟自饮，喝了一口白酒："你知道怎么着？那堂弟正谈着女朋友，也在我家提到想结婚的事，我花2000多块钱买了一台小鸭全自动洗衣机送过去，说是关系户送的。堂弟到最后在他姐姐面前，还说姐夫我的好话。"

我对他讲的这些小市民把戏不感兴趣，就淡淡地敷衍他："你蛮聪明的。"

他可能喝了酒，谈兴很浓，放下筷子看着我："不是那样，我现在哪有这么些钱啊！"听他的口气，我应该感激他才对，真是好笑。

他又说："小艳，我想老是租房子不是个事儿，干脆买一套房子就结婚。我算了一下，钱基本够了，以后我们再找个保姆，你上不上班都无所谓。房子买什么样的，你拿主意，或者明天我们一起去看，好吗？"

我想回避这个话题，就说现在自己才到公司上班，没有时间。

他又说，那你说说要买多大的，我去看。

我回答他说不知道。

他很不高兴，絮絮叨叨地说，他这两年为了我，几乎没怎么顾家，儿子几乎不要了，说他付出了多少多少。

我本来对他的做法就不感冒，他这一说更让人生气，好像是我逼得他这样的。同时我觉得，他这样做是为了换取我的婚姻，真烦。

我跳起来，不客气地跟他大吵了一场。

他说我没良心。

2001 年 7 月 20 日

下午他妈妈来找我，让我无论如何去劝劝他。

这能怪我吗？他翻我的寻呼机，查电话号码，还跟踪我，让我在朋友面前面子往哪儿搁？

那天他往陈新呼机上留言，警告人家"不得好死"什么的，害得我向人家解释半天，他们一定在背后笑话我找了一个什么样的人呢。

分手，我早就想分手了，我们又吵了一场。

现在两个人吵架已成家常便饭了，我终于正式跟他提出来分手。

这几天他没来，我更懒得去理，谁知道他在家要死要活的。

我去了之后，他妈说："洪艳，我不好硬求你怎么样，愿不愿意结婚是你的自由，我只求不要让他有什么三长两短的。"

他妈妈是个本分人，平时很喜欢我，看老人用那样的眼光看着我，我心软了。

有时心里很烦，不答应他吧，说起来谈了那么长时间，生活上、经济上几乎融合在一起，尤其他给我营造的那种高消费、没有生活压力的氛围很适合我的个性，要我现在走出这样的生活圈子也是万难的；如果答应吧，心里实在不甘，他的家庭背景、个人文化素质都与我要求的相距太远。

特别最近发生的几件事，我觉得他太下作卑鄙了，而且他比我大那么多，又结过婚，还有一个孩子……在同学和朋友中，目前还没有一个人嫁二婚的，家里人肯定也不会同意。

2001 年 8 月 2 日

晚饭后，我把与张海的事情告诉了爸妈。哥哥没有回来，明天再跟他说吧。

妈妈问我："谈了多长时间了？"

我说："以前就认识，后来慢慢谈起来的。"

她又问了他家父母、兄弟姐妹情况，突然想了想，问："上一次我问你的事，是不是就是这个人？"

"没有。"我肯定地回答，"那是人家瞎编的，我不是天天在家吗？"我反问道。

妈妈无话可说了，她肯定想不到我和他的关系深到让我进退两难的地步。

我能告诉她我已经和他生活这么长时间了吗？能告诉她我脖子上挂的手腕上戴的不是什么"工艺品"，而是他买给我的货真价实的钻石黄金首饰吗？能告诉她张海不仅结了婚而且还有孩子，我即将去做一个7岁男孩的后妈吗？

不能，绝对不能。

如果知道真相，不仅妈妈爸爸，连哥哥嫂嫂也不会同意的，他们一定认为我昏了头。

2001 年 9 月 1 日

下午张海来家和爸妈见了面，他买了好些礼物，两瓶五粮液、两条中华烟、八盒太太口服液、两盒精装长白山野参，晚饭又把我们一起请到长城饭店。

爸妈的态度平和，谈不上多热情，也看不到明显的反感。

他来之前，我再三叮嘱他，孩子的事万万不要提，他心领神会，说他知道。

好戏开了头，接下去怎么样，我不知道。

家里亲戚朋友这么多，不知道能瞒几天，毕竟是个大活人。

前一阵子说起孩子，他表示可以把孩子送到太仓的朋友李延浩那儿去，后来又说李延浩总是在外面跑，没有时间谈这个事。

我说："看来你是骗骗我的吧？"

他急了："没有，绝对没有，真的找过他好几次。"他又求我，"小艳，这么长时间了，你还说这些话，真的让我难过，我这辈子最大的追求就是看到你满足的样子。我真的把你看得比儿子还重要，何况，我们以后还可以有自己的孩子。"

他说再想想看。

这个事儿总要解决，不然一点儿面子也没有了。

2001 年 11 月 25 日

下午他一再追问我，他说："我想起来了，你那两天也不晓得到哪儿去了，你说，张超究竟是不是你弄走的？"

他已经猜到什么了。

我撑不住了，这两天张超的脸老是黑乎乎地在我面前晃动，眼睛一睁一闭的，像是瞪着我，骂我，又像是挣扎，我老觉得自己仍然在那个河边。

我睡不着觉，不能熄灯。

不能说，绝对不能说，好些事情坚持到底就能胜利。

没人看见我和张超走在一起。

可是，我还是紧张，只好说了出来。

他呆了，说："你完了，活不过半年了。"

他伤心，说自己一下子什么都失去了。

我听懂了他的意思。

这已是案发的第三天。张海要洪艳告诉家里人，洪艳不肯，她说还有两天就是她爸 50 岁生日，说什么也不能败这个兴。

他脸色白白的，一动不动地躺在床上，像死人一样，洪艳胆怯地坐在他身边。过去的她可不是这个样子。

他突然坐起来："干脆，我们走吧，走得越远越好。"

洪艳问上哪儿去？

他说："去新疆，我们把钱全带上，能待多久就待多久。"

这是流亡生活，洪艳想也没想就直摇头。

第五天，洪艳的爸爸过50岁生日，张海和洪艳强打精神，若无其事地为父亲祝寿。

第六天，张海陪在洪艳身旁，洪艳把事情一五一十地告诉了父亲。

洪父是政法系统的处级党员干部，听过之后如五雷轰顶，怎么也想不到自己的亲生女儿活活断送了一条无辜性命。

他上前一步，抡起胳膊"啪、啪"狠劲甩了女儿几个巴掌。女儿长这么大，他从没打过她一下，他想过去是不是自己太娇惯放纵女儿了。

洪艳妈妈瘫坐在沙发上。

下午，洪艳在家人和张海的陪同下投案自首。

正因如此，洪艳才幸免一死，被判死缓。

洪艳被羁押在作案地——太仓，张海也去了那儿，还买了东西去看望过她。

判决书下来之后，他给她写了一封信，说他准备回老家去清理外欠账，要她不要瞎想，他会等她的，云云。

送监狱投改之前，张海又把自己新的手机、呼机号码托人给洪艳，说有事可以找他。

以后就没有音信了。

洪艳把这些号码都扔了。她想，如果他要找我，很好找的。

投改两年来，洪艳表现一直不错，现在被安排在监区站小岗，协助管教干部把好大门进出关。

和其他女犯相比，洪艳说话时神态从容镇静："现在我感激我的父亲、哥哥，是他们劝我投案自首。家人把我养这么大，他们一直在付出，承受了好多好多东西。"

她的眼睛一闪，苹果脸生动起来，"想想以前的一些交往，蛮好笑的。如果跟他（指张海）发展下去，不是被他杀了，就是被毁掉。他是偏激型的人，没有就不行。反正一开始就走错路，发展下去不会是喜剧的。"

"每次人家采访我，希望我讲'后悔'，对不起这个，对不起那个，我不肯讲。不是不想讲，而是已经到了这一步还讲什么？让人家笑话。"

"现在我最想讲的，是我的生活信心蛮足的，为父母，也为自己。每个人都有挫折，有灾难，比如车祸、癌症什么的，也有跌倒的时候，过去的已经过去，我会珍惜今后。"

"坐过牢，也就赎罪了。"

大墙内的特别婚礼

　　20 年前，他和她被迫分手。20 年后，他俩在监狱举行了一场特别的婚礼。

　　在人生的重大变故面前，为了心爱的女人，他作出惊世骇俗的举动。

　　沈秋云，一个幸运的女囚。

　　2004 年 5 月，江南的春天山明水秀，17 日这天，一场特殊的婚礼正在某监狱女子中队热烈而庄重地进行着。一对新人都已人到中年，身穿黑色西服风度翩翩的新郎是某物资公司业务经理何苏生。略施粉黛、一袭洁白婚纱曳地的新娘是正在服刑的女犯沈秋云。

　　一个人被判刑入狱，亲友们唯恐避之不及，而何苏生在沈秋云遭受这样的人生变故之后，却能够抛弃世俗偏见，依然与她牵手，此间演绎了一段怎样的情缘？

　　夏日的一个午后，面对我探询的目光，沈秋云饱含深情地开始了心灵的追述……

　　我跟他是在表姐的婚礼上认识的，那是1978年的秋天。他是表姐夫的战友。那天人很多，吃酒的时候他正好坐在我的对面，我发现他在悄悄打量我。过了两三个礼拜的样子，表姐告诉我，姐夫的一个朋友想和我谈恋爱，凭直觉我就猜到是他。我答应了。

　　当时他当兵退伍回来不久，在县里875工程开山，我在电子元件厂上班。我在家是老大，要帮父母洗衣服、烧饭，他每次都在一边帮忙，他做的豆瓣鱼蛮好吃的，我的两个弟弟吃起来不停筷子。

　　但父母对他不太满意，认为他家在农村，各方面条件都不如我。我觉得他很好，又很爱我，就嘴上答应，暗中仍悄悄跟他来往。我父母发现后，就告诫我说，如果再不听话就跟我断绝关系。

　　我没办法，只好约他出来，当时是1979年夏天的一个晚上，我们在离他姐姐家不远的一条公路边见面，路的两边是稻田，水沟里的青蛙叫得很响。我说我父母这么反对，就算了吧。他说，随你，我是希望谈下去的。他哭了，我也哭了。他拉过我的手，握得紧紧的，以前我们连手都没有碰过一下……

1981 年 10 月，经人介绍我认识了史永明。他是木器厂的工人，性格内向，长相一般，1983 年 1 月我们结了婚，年底我生了个儿子，史永明对我很好。

1993 年，我们商量着开了一家新城卡拉 OK 歌舞厅。我们两个白天上班，晚上经营舞厅，生意好得很。那时候舞厅没有什么竞争，钱好赚。开了没几天，我中午在家吃饭，有电话过来说客人要到舞厅来玩，我让丈夫先去，过了一会儿我把家收拾好也过去了。一推门，就看到何苏生和我丈夫在聊天——他稍微结实了些，基本上没怎么变样。

他叹了一声说："是你，沈秋云。"

我也脱口而出："何苏生！"

这时候他已调到县物资公司工作，以后他就经常来。

沈秋云长得丰满红润，圆圆的脸上一双眼睛大大的。

采访之前我听中队干部介绍过她的情况，她是个聪明能干的女人，投改以来表现一直比较突出，是生产上的骨干。刚刚到我面前的那一会儿，她微微偏着脑袋，一双眼睛紧盯着我，我读懂了她目光里的疑问，笑着说："谈谈你自己，谈谈你和他。"

她的眼神一下放松了，变柔了，我能感到一股积淀已久的情感从她心田深处缓缓散发出来。她将自己坐的小凳子轻轻往前挪了挪——为了更靠近我，当然，也在不经意间拉近了两个陌生女人之间的距离。

在整个过程中，我发现她叙述的条理非常清晰。

沈秋云忙碌了一阵回到吧台上，往玻璃杯里倒了些开水喝了两口，何苏生从舞池红红绿绿的光影里走过来，站在她的身边。舞曲转成舒缓的慢四，激昂骚动的人们刹那变得情意绵绵。

两个人都不说话。

还是他先开的口，问："怎么不问问我？"

她看着他点着了一支香烟。

"你结婚之后我才结的婚，她在装饰城做建材生意，也是人家介绍的。"

"听说她很能干的。"沈秋云真心实意地说。

"是的，我们现在已买了两套房子，儿子也 8 岁了。不过，我们迟早会走那条路的。"何苏生皱着眉头吐出了一股烟雾。

"什么路？"

"离婚。我跟她分居已经快两年了，不知道为什么，我跟她就是谈不来，县城就这么大，谁见过我们一起活动过的？"过了一会儿，他又问道，"你们怎么样？"

"我们蛮好的。"沈秋云老老实实地说。

何苏生不吱声了，一丝惆怅从心底渐渐漫上来。

此后，何苏生常常来舞厅帮秋云的忙，自己生意上的应酬也往这儿带。

秋云本身就长得白净，歌声又很甜美，待人接物又很和善，县城包括附近郊区有头有脸的人渐渐地都喜欢往秋云的歌舞厅跑，生意很快火爆起来，歌舞厅的名气也越来越大。

一天晚上，四五个喝得醉醺醺的小伙子闯了进来，门票也没买，一进来就嚷嚷着"老板娘，老板娘"！

秋云和丈夫闻声迎上来，为首的一个长着络腮胡的壮汉瞪着发红的眼睛要秋云陪他跳舞，旁边一个瘦高个儿也附和说："来吧，我们老大有的是钱。"

络腮胡舞了舞手，咧着嘴笑着说："全陪，大家每人一次！"说完这句话，这一伙儿人都怪笑起来，络腮胡晃了晃，朝前走两步，伸手来拉秋云。

秋云本能地往后退，急忙用目光寻找史永明，却见史永明不知什么时候躲到了那几个人的后面。

那几个人在嬉笑起哄着，说什么"开舞厅本来就是为了赚钱的，今天把我们陪好，包你不吃亏"！

秋云涨红着脸，心里恨着丈夫却毫无办法。

这时，何苏生从舞池那边过来，大喝一声："干什么？"就用身子挡在秋云的前面。

"干什么？玩玩嘛！"

"要玩也不能逼人家。""那我们走！"其中一个家伙高声叫了起来。

络腮胡嘴里的酒气不停地朝外喷着："老板娘跟我们一起走，换一家舞厅玩玩！"

何苏生转过身子，一把拉住秋云的手："你们有什么资格叫她，沈秋云今天哪儿也不去！"

这时候何苏生的几个朋友也过来了，那几个青年低声嘟囔了几句，走了。

秋云感激地朝他望着，她的手还被他握着。何苏生宽大温暖的手掌、宽厚的双肩、方方正正的脸庞让她的心敏感地悸动了。她感受着从他的掌心传出的体温，这种感觉秋云一生也无法忘却。

何苏生来舞厅的次数越来越多，由最初的一个星期两三次到后来的每天都来，帮着秋云照应生意，有时他来得稍晚一点儿，她就借口迎客到门口去，在夜幕中努力辨认他的身影……

他开始带着她在他的朋友中亮相。他和妻子感情早已破裂，互相之间根本不会计较什么。但何苏生感到幸福重新回到了他的身边。这种情绪感染着秋云，她悄悄地将他和丈夫比较着，她觉得他更像个男子汉。

爱情，重新点燃了这对曾经的恋人……

看着她陷入回忆中的那张温和的脸，我低头看了看手中的《罪犯情况登记表》，上面写着：

姓名：沈秋云

性别：女

民族：汉族

出生年月：1958 年 4 月

文化程度：初中

捕前职业：个体舞厅老板

犯罪类别：容留妇女卖淫

刑期：9 年

……

丈夫很快就觉察了，很生气，我们之间开始了争吵。

1993 年 12 月 28 日，是我儿子 10 岁生日，我们摆了 5 桌酒席，我也请了何苏生，吃酒的时候我和何苏生坐在一起，有时照顾他，为他夹菜。酒席散了之后史永明和我大吵一场，他认为我让他在亲戚面前丢了面子。从这以后我和何苏生开始幽会，是在他姐姐家（沉默，沈秋云垂下眼皮）。

他说我们早就应该在一起的，我们浪费了10多年的青春。他姐姐知道我们的事情，很同情我们。我们大约一周去一次。

到了1994年的大年初二，我和丈夫回娘家拜年，一进门就看见何苏生已经在那儿了，我一下子傻了眼。史永明气得转身就走，说今天应该女婿给老丈人拜年，既然女婿来了，我还拜什么年！

1994年5月，我和丈夫离了婚，儿子和新买的一套价值10多万元的房子都给了丈夫。我住在老房子里。8月，何苏生也离了婚。

1994年10月，我开了家叫"老地方"的歌舞厅，招了十几个小姐，生意非常好。在这段时间，他曾提出过领结婚证，但我只顾忙着做生意赚钱，心想反正两个人都已经在一起了，早点晚点无所谓，就这么一直拖下来。

1996年8月22日，我在"扫黄"集中行动中被抓，自己一直以为罚点钱关几天就可以回家，9月28日收到刑事拘留通知书时我仍然这样想，直到11月15日叫我在逮捕证上签字时，我才知道要坐牢了。

这时我才知道，我做的那些是犯法的，可当时我一点儿也不懂，只知道那样能多赚钱。我真悔啊！

我哭了整整一天，一是哭舞厅，抓的时候生意很好；二是哭他，心想这下完了，肯定要分手。

我偷偷写了一封信给他，向他提出分手，毕竟9年的刑期是残忍的。实际上我很爱他，但我没有办法。

管教干部小陈跟我聊过，女犯入监最初的一段日子思想感情最不稳定，担心失去丈夫或男友的精神寄托，行动上往往作出相反的举动，主动提出离婚或分手，其实只是一种痛苦的试探。犹如捡起一颗石子投入平静的水面，紧张地看看能不能激起涟漪一般。

他看过信也哭了，对我说：你放心，我们是有基础的，只要好好听管教的话，好好改造，我在家等着你，我们的爱是不变的。

从家里到监狱要坐 3 个多小时的汽车，往返要整整一天，按规定来说，他没有见面资格。管教了解到我的情况，很照顾我，我们每半个月都能见上一面。

他除了送钱给我外，还带来我喜欢吃的一些东西和衣服。我让他不要买衣服了，这儿有得穿（指囚服）。

他说那是两码事，要把你打扮得跟以前一样漂亮。他知道我喜欢红色，就给我买了红色羊毛开衫，冬天又买了紫红的毛线，请他姐姐为我织了件套头毛衣，春天的时候又送了新的全棉内衣。

以前他的衣服都是我为他准备的，现在却让他操这些心，心里真不好受（沈秋云眉头微微颤了颤）。

看他很疲劳的样子我很心疼，就对他说："苏生，太累了就别来了，写封信就行了。"说完我的心又提起来，因为他对我是最重要的。

我有时胡思乱想，如果他哪一天离开我了，我不知道自己能不能过下去。再一个就是，人的感情是会变的，我们这儿有的人，刚刚投改时丈夫还来看，送点东西安慰安慰，过不多久就没有音信了，再过一段时间等来的就是离婚。

他长得高高大大，经济条件不错，为人又好，外面现在又那么开放……他才40岁。

我的话没说完，他就打断了我："不行，我要来的。"

我感动地哭了，觉得我没看错人，他还是十多年前的那个他。

9年时间共计3285天，要到2005年8月才能回家啊！这本来是应该属于我俩的宝贵时光……

他拥住我说："秋云，听我的话，过去的已经过去了，从现在开始好好改造，争取减刑，那样我们才能早一天重新生活在一起。"

就是从这时起，何苏生萌生了一个大胆的念头：与秋云结婚。

可这在通常情况下，几乎是不可能的。

特优会见是近年来对已服刑一定时间，在生产、改造等方面表现突出的犯人实行的一项体现人道主义的奖励政策。

获准特优会见的犯人与配偶、亲人可在一定范围内共同生活一段时间，通常为晚上6点至次日早晨。监狱为此专门兴建了一栋3层楼房，院子四周栽种了冬青、夹竹桃、茶花等植物，虽然季节尚未到来，但是从楼下小餐厅里飘出的阵阵饭菜香已足够让人感觉到这儿生活的温馨。

在管教的帮助下，沈秋云和何苏生的结婚日期，定在 2000 年 5 月 15 日，地点在女子监狱的特优会见室。

这是一场在高墙内举行的特殊的婚礼。

何苏生和沈秋云的弟弟、妹妹及妹夫清晨就赶到监狱，何苏生为秋云准备了两套婚纱，一套纯白的，一套粉红的。秋云选择了那套白色的。

何苏生走过来，将赠给爱妻的结婚礼物——一条工艺精美的铂金项链和一只铂金钻石戒指给秋云戴上后，紧紧握住秋云的手。

二楼中间那间最大的特优会见室，成了他们的新房。窗户上、桌子上、床上都被贴上了大红的双喜字，这是心灵手巧的管教小李用专门买来的绒纸剪成的。原本雅致漂亮的碎花窗帘被换成大红色的，被套、枕头也都被换成新的，一大束沾着水珠的红玫瑰耀眼地绽放在窗前。

夜色更深了，大家都退了出去，没有人提出闹新房，大家知道时间对于他俩来说是多么珍贵。

四周静了下来，只能听到彼此的呼吸声。

苏生在秋云耳边低语："婚礼简单了一点，你别介意，我们回家再补。"

秋云又一次热泪奔涌而出……

结束这段回忆时，沈秋云睫毛上挂着晶莹的泪珠。

我由衷地说："沈秋云，你是个幸运的人。"

"是的。"她答道，"这里的姐妹们也都很羡慕我。去年 8 月 28 日是我的生日，苏生和我弟弟、妹妹一起来了，向我祝贺，待我弟、妹走了之后，他又跑到县城为我特地买了一束鲜花，说是我结婚后的第一个生日要有鲜花才行。当时连管教都很感动。"

现在他一周或两周来见我一次，每个月最少两次。每次我都记下来的。

有一次他没来，我一整天都心神不定，劳动时差点儿出了问题，什么想法都出来了。一会儿猜是不是他在路上出了什么意外，一会儿又想是不是生病了，最担心的还是他是不是变心了，整夜都没睡着。

第二天一见到他，眼泪止不住一下子就流出来了。

他问我什么事？

我说你怎么说话不算话。

后来，有一次他的肩周炎发作了，很严重，不能动，他硬撑着还是来了。

我看他脸色不对，很憔悴，就怪他干吗硬要来。

他说，怕我担心，不开心。（说到这儿，沈秋云再次泪眼婆娑）

从改造到现在，我已经获得好几次奖励。1998 年第 4 季度被减刑 1 年，1999 年上半年获大会表扬，下半年被评为改造积极分子、优秀改造骨干。今年 4 月，我又被减刑 1 年半。

我取得的成绩与他是分不开的，每次告诉他，他比我还高兴。

沈秋云是幸运的。但在采访过程中，我发现她自始至终没有笑过，哪怕是一丝笑意。

我猜想，她是个要强的女人，也是个认真的女人。现在她身陷囹圄，生活给予她的那份沉重，她还不知如何面对。

她突然问我："要不要看一下照片？"

我不知道指的是什么照片，还是立即说好。

她很快地出去，一会儿就拿来一本书，她从书中翻出三张照片，一张是身穿白色婚纱的结婚照，旁边那个穿西服的人不用说一定是何苏生了，背景是楼前的一棵树旁，照片上的沈秋云化了淡妆，右鬓插了一串粉色的小花，略含几分腼腆。另外两张是何苏生在办公室的单人照，看得出这是个庄重、敦厚的男人。

"祝贺你！"我刚想把照片还给她，无意中发现反面有字。

仔细一看，婚纱照的反面写着：

"秋云妻留念：何苏生永远属于您、想念您。"

另一张单人照上写着：

"秋云妻留念：爱您等您想念您的丈夫　苏生"

最后一张没有留言，只有断断续续几句话：

"长相知不相疑""恍恍惚惚""心神不定""说话不算数"。

我不解，问她这是什么。

她有些不好意思，说，那几天他说来却没来，我不知道怎么办，随手写的。

人活着，总要有份精神寄托，尤其在遇到挫折的时候。

何苏生在沈秋云生活中乌云密布的时候，成为了她强大的精神支柱。这促使她在积极改造，不断减刑的同时，也为她今后步入正途而铺就了一条光明大道。

沈秋云无疑是幸运的，我为她默默祝福。

同时，我的心里又有些黯然：不知有多少改造中的犯人，能受到亲友的如此礼遇，能得到人间如此的真情实意呢？

骨语探秘

在全国刑事技术物证鉴定，尤其是陈旧尸骨 DNA 鉴定领域，贾东涛被视为国内极少数能读懂"骨语"的人。他能让陈旧尸骨开口"说话"，准确无误地指认受害对象，使真凶无所遁形。

——作者题记

2011 年 4 月，上海依然春寒料峭，微弱的阳光透过围墙外高大的枝干星星点点地闪烁着。在被誉为"司法鉴定最高殿堂"的司法科学技术研究所报告厅里，贾东涛这位来自南通的刑侦专家已和大家交流"陈旧尸骨的鉴定方法"长达四个多小时了。

现场反响热烈，掌声不时响起。研究所 DNA 实验室负责同志感慨地说："我进所工作快三十年了，听一位基层的公安法医来所作学术报告，这还是第一次。"

自 1998 年以来，贾东涛和他的团队检验各类案件三万余起，破获刑事案件七千余起，帮助全国公安机关检验疑难案件八百余起，在中国刑事科学技术领域擦亮了南通公安"命案必破"的金字招牌。

若干年后，贾东涛所在的南通市公安局物证鉴定所的仪器设备和检案水平均达到全国一流水平，先后被评为"全国公安机关司法鉴定重点专业实验室""全国公安机关一级 DNA 实验室"。

海安陈尸案

那年的腊月，苏北的田野一片孤寒寂寥。海安县角斜镇来南村村头的姜大星家又吵起来了。"李家又来要人了！"熟悉的邻居都这么说。姜大星的妻子李萍四年前失踪了。姜大星当时说老婆是跟自己吵架之后赌气出走的。谁都知道李萍性格倔强，身强力壮。他这么一解释，大家也都信了。可是半年过去了，一年也过去了，老婆离家，姜大星却一点儿没有着急心焦的意思。更让人费解的是，姜大星为何从不外出找人？

那天的雾好大，外面什么也看不见。还有两天就要过元旦了，两个孩子一早就乖乖上了学。姜大星仍像往常一样赖在床上，顺手点上一支烟。突然，棉被上火星"滋滋"直闪，棉花冒出了焦煳味。姜大星吓了一跳，立马手忙脚乱地扑起火来。"死人啊！"闻到焦煳味的李萍火冒三丈地跳将起来，劈头就骂。

"你才死人呢！"姜大星恼火地回骂。两个人互相推搡着。毕竟是女人，李萍很快居于下风。打不过，从来要强的她干脆直奔厨房，抓起菜刀就砍了过来。简直是疯了！姜大星惊呆了。他先是闪身让开，接着扯起棉被将李萍扑倒在地，夺下菜刀，死死卡住李萍的脖子。李萍很快就没气儿了。等反应过来，他一下子傻了。

如今两年过去了，三年过去了，转眼间四年了，悲伤、焦虑之下的李家唯一能做的，就是向姜大星要人！

接到举报，派出所民警立即开始突审具有重大作案嫌疑的姜大星。测谎仪前，精神早已濒临崩溃的姜大星很快就坦白了一切。可是在案件诉讼过程中，却遇到了麻烦。法院指出，该案缺少证据链中关键的一环：证明尸骨是李萍的。

贾东涛清楚地记得，那是一个阴雨惨淡的下午，警方在姜大星家屋后猪圈旁的一棵泡桐树边挖出了那具已经发黑的尸骨。

当时贾东涛正在集中精力攻克一项基因型的课题。海安杀妻案的难度他知道。尸骨先是被送到省厅，后又被送往北京进行线粒体测序鉴定，结果仍然失败而归。

为什么？骨骼中的 DNA 含量本来就少，又深埋地下四年，钙化非常严重，检验失败自然是预料之中的事。

案件被移送到检察院后，尸骨是谁很快成为争议热点。

法院刑庭的庭长明确表态："99％可以肯定是死者，但还有1％，必须靠 DNA 鉴定。要不然就无罪放人！"

案件很快被退回补充侦查。此案的侦破一时陷入了僵局。

尸源查找，在命案侦破中极其重要。确认了尸源，就预示着侦破案件已成功了一半。2005 年公安部公布的四起重大错案之一的"佘祥林"案件，就因无尸源的 DNA 鉴定，导致佘祥林冤枉入狱十一年。此后，通过 DNA 鉴定结果认定尸源，便成为案件侦破的关键。谁都不敢掉以轻心。

骨骼，是确证尸源的常见物证，但骨骼中 DNA 含量低，降解严重，其 DNA 鉴定一直是横亘在刑侦科研人员面前的一大难题。多少年来，一直无法成功破译。

现在，这个烫手的山芋交到了贾东涛手中。

几经交涉，法院的态度十分坚决，寸步不让。

那些日子，贾东涛满脑子都是那具枯黑、沉默的尸骨。他似乎看到了李萍那双凄苦、无助的眼睛。他决意全力破译其中的密码。

检验，失败。再检验，再失败。

他一次次调整方案，结果仍是一次次检验的失败。

问题究竟出在哪里？冷静下来，贾东涛觉得不能全部按照书本上来做，不能按照老方法来做，要跳出固定思维，要找到一种新的方法。

看着面前的人骨，贾东涛陷入思考：这不是一根骨头，是整个骨架。骨头在哪里，DNA 就在哪里。小单位基因少，附集到一起就多。0.6ml 的滴管不够，就 1.5ml，最后用到了 10ml……

与此同时，他上网查遍各类资料，检索到美国一起交通事故沉尸十八年的案例，终于查到改良提取骨骼 DNA 的方法和石蜡包埋组织的 DNA 提取方法两篇重要文献。他不禁惊喜万分，于是一遍遍重新调整方案。

二十天后，尸骨十六个位点的基因型终于被成功扩增出来，确定尸骨与被害人李萍父母血样的基因型符合亲子关系。

原本断了的证据链条，因为贾东涛而实现了无缝对接。

在海安陈尸案侦结后，贾东涛冷静地思考了很多很多。现在南通刑警明确提出"命案必破"的要求，全力提升队伍战斗力，可怎么样才能让刑事科研技术在破案中发挥更大的作用呢？陈旧尸骨的研究鉴定，在命案侦破中占有一定比例，也一直是困扰刑技人员多年的难题。这次海安陈尸案虽然破了，不等于下次陈尸案能破，必须找出规律性的东西来，才能从根本上解决问题。

自此，他迷上了"骨语"。

破译陈旧尸骨的"骨语"，成为贾东涛科研攻关的一项重要课题。他搜集了足够多的检材反复检验，耗费大量时间和精力取得海量数据，以固化"海安尸骸"成功检验方法的可重复性和检出率。

耗时四年，贾东涛终于完成了"陈旧尸骨DNA提取方法研究"的课题。他用改良硅珠法首创了陈旧尸骨DNA检测鉴定，填补了国内空白，将国内陈旧骨骼、牙齿检验成功率从70%提高到95%以上。

2007年1月，贾东涛在《中国法医学》杂志上公开发表论文，在国内法医界引起轰动。有了这种鉴定方法，佘祥林案、赵作海案中被忽略的最关键、最困难的DNA检测就不再成为问题。

2009年，贾东涛获得公安部科技进步二等奖、江苏省公安厅科技进步一等奖。他个人也成为了全国刑事技术物证鉴定尤其是陈旧尸骨鉴定领域的领军人物。

贾东涛"骨语神探"的美誉不胫而走。

开启探索之旅

滦南县南临渤海，背倚燕山。20 世纪 70 年代中期，贾东涛出生在该县坨里镇的一个小渔村里。他是家里唯一的男孩，自然成了全家寄托的希望。

二十岁那年，贾东涛顺利考入华西医科大学法医专业。在他获悉法医专业毕业生大都进入了公安系统后，无形中，他心底竟悄悄生出了对警察这份职业的向往。

大学最后一个学期，贾东涛在北京市公安局法医中心实习了半年。在那栋略显沉闷的大楼里，贾东涛对法医有了崭新的认识。

突发而至的警情、杂乱无章的现场、案件的挑战性、工作强度、危险系数等，全都大大超乎他的想象。误餐？常事儿。加班熬夜？不稀奇。

可几位头发花白的老法医一辈子就没换过岗。他们甚至想都没想过。他们心无旁骛。对此贾东涛不禁肃然起敬。

生长在海滨的贾东涛，自然对大海有着深沉的留恋；同时他也体会到了警察的艰辛与传奇。他下定决心：找一个靠近大海的警队扎根！

1998 年，江海交汇的南通市公安局刑警支队向贾东涛抛出了橄榄枝，敞开了怀抱。已一路南下福建的贾东涛，在接到南通刑警支队的通知后，不假思索，毫不犹豫就背着简单的行李和一捆书过来了。

南通江风海韵，风光秀美，清澈激荡的濠河，迂回曲折地环绕着古老的城区。风尘仆仆赶来的贾东涛，还没来得及欣赏身边的美景，便一头扎进了刑警队。这次分配，专业对口，从事物证鉴定工作。他心里一块大石头放下了。

每天上班，他早早就到了办公室，在实验室等着送检，认真做好每一例检测。一遇到有出现场的任务，他总是缠着领导要跟着去。

黑瘦却勤快的贾东涛，很快引起了分管技术的副支队长方建新的注意。

贾东涛把自己的时间排得满满的。白天，物证检验，出现场；下班后，又自加压力找课题，凡是与工作有关的法律条款和相关规定都反复研究。那个《人体伤害鉴定标准》条款，他差不多一字不漏地全都背了下来。他还学习了验血型，深更半夜找不到新鲜血液，干脆抽自己的，前后抽了三十多次，本就瘦弱的身体只剩下五十多公斤。

简直疯了！妻子刘德丽忍不住骂他。刘德丽是贾东涛的大学同学，老家在四川泸州，是家里的独生女。当时刘德丽家里想将贾东涛调到泸州去，可南通刑警支队根本就不想放他走。情急之下，方支队长动用私人关系硬是把刘德丽从泸州"抢"了过来，安排在一个分局当法医。在方支队长眼里，他俩都是"宝贝"。

贾东涛满脑子都是实验室的那些事儿，工作起来有一股"疯"劲儿。

岂止"疯"劲儿，他还有一股"愣"劲儿，爱较真儿，爱抬杠。

在讨论案件阐明观点时，他会把书本上的条条框框拿来佐证，可又不仅仅局限于书本，总能说出点儿不一样的地方。使用编程软件，他居然能发现其中的漏洞，提出来让大家讨论，全然不顾人家满脸尴尬。

好家伙！方支队长看在眼里，喜在心头，打心眼儿里喜欢他这股"傻"劲儿，还有就是那股"钻"劲儿。四十出头的方支队长拍拍贾东涛的肩膀："小伙子，好好干！刑侦技术就看你们的了！"

可是不久通州发生的一起杀人案，却给贾东涛当头泼了一瓢冷水。

囿于条件，贾东涛对通州案的检材，是按照免疫学方法检测的，不料竟得出与事实相左的结果。

真的错了吗？他不服气。

送到省厅检验，结果证明贾东涛的方法并没有错。

那么，问题究竟出在哪里？

遗传学家早就提出了"基因"概念，即基因是决定生物性状的遗传物质基础。而基因是由人体细胞核内的 DNA 组成的。一张基因图谱，可以说就是一张指路图，能够直接为破案指明方向，起着刑侦断案的决定性作用。

为什么不直接采用 DNA 检测呢？

通州这起案件的检测结果，让贾东涛在承受着巨大精神压力的同时，也令几位支队领导感到震惊。他们敏锐地意识到，要实现南通刑警"命案必破"的目标，目前的刑事侦查技术包括设备已跟不上形势需要，急需更新换代。

支队领导一商量，决定申请成立 DNA 实验室。在向局领导汇报后，获得了大力支持。于是，2001 年，南通刑警正式成立了 DNA 实验室。

当时，全省地级市的 DNA 实验室，只有省会南京一家。南通 DNA 实验室的筹建，为全省其他地级市公安机关作出了表率。

谁来负责这项工作？大家都在猜测着。

方支队长胸有成竹，鼎力推荐，贾东涛成为当然的不二人选。

为什么？人家肯钻研，能吃苦，英语六级！

解码 DNA

南通市公安局 DNA 实验室于 2001 年 8 月正式挂牌成立后不久，310 分析仪、2400 扩境仪、移液器、离心机等器材一个个都到位了，都是进口货。

实验室正式成立之前，支队派贾东涛去省厅学习了几个月。现在面对这些仪器，贾东涛十分珍爱。特别是那台美国产灰白色的 310 型全自动遗传分析仪，方方正正的，价值百万元呐。以前，贾东涛在省厅 DNA 实验室见过，知道它的价值。这是市局下决心，动员几个县区局共同支持购来的。他左瞅瞅，右看看，又绕着仪器心肝宝贝似的来来回回转了好几圈，总也看不够。有了它，烦琐的灌胶和上样过程，全部由泵和自动进样器完成，每次检测之前，只需把样品放到自动进样器的样品盘中，设置相关参数就行。可是，光这台仪器的说明书就有砖头厚，且全部为英文。要想彻底搞懂这台仪器，就必须吃透这部"大砖头"才行。

为此，贾东涛先是对着英汉字典逐条翻译，后来又花几百块钱买了一个电子翻译机，还自己兑换美元购买了国外文献。

这事不知怎么让方支队长知道了，结果他被劈头盖脸地数落了一顿："贾东涛你傻啊，要花钱就跟我说，这都是为了工作！"

贾东涛傻乎乎地笑了。

那一年，还发生了一起疑难案件。一名长期入室盗窃的犯罪嫌疑人，一次作案过程中突然遇到返回的失主，遂转为暴力抢劫，涉嫌将女失主杀害。由于这名嫌犯的反侦查意识较强，一直戴手套作案，在现场贾东涛只提取到了受害人的血迹。而嫌疑人始终没有供述其杀人的罪行。

为了寻找更多的证据，贾东涛带着同事忍着恶臭，去嫌疑人家里的化粪池打捞，可什么也没有找到。最后，因缺少杀人物证，嫌疑人只以抢劫罪获刑。

眼睁睁地就让嫌疑人逃脱了。贾东涛感到十分憋屈。这再一次引发了他的深思。

看来，一个好的技术员，不仅要会摆弄实验室里"静态"的仪器，更要能对检材有一个感性"动态"的认识。只有知道现场发生或可能发生的一切，才有可能弄清楚检材从哪里来，利用程度如何，究竟发生过什么样的变化，从而才能准确地找到真正有用的物证。

考验贾东涛的时刻终于来了。

2004年仲春的一个深夜，启东江龙镇陈鹤飞家的两层小楼火光冲天。待村民从梦乡中醒来报警救火时，年轻的夫妇二人早已在大火中毙命。

现场让人惊骇不已。犯罪嫌疑人杀人后，用汽油焚烧了现场。两层小楼被烧塌了，呈废墟状。两具尸体高度碳化，其中一具尸体的一只小腿烧得只剩下一小块。现场几乎没有任何有价值的物证。

后经侦查发现，犯罪嫌疑人先用竹刀狠命砍杀夫妇二人，陈鹤飞与作案人有过一番搏斗，但因受伤，很快毙命。从尸体检验中受害人牙根被竹刀齐齐砍断的情况分析，作案人年轻力壮。他杀人并焚尸，似与受害人有着不共戴天的深仇大恨，应该是仇杀无疑。

陈家究竟惹怒谁了呢？办案人员排查来排查去，也没有排查出一个像样的对象。继续再排查，按照年龄、性别等条件，一个叫吴金山的打工青年进入了侦查视野。

吴金山是租住在陈家西隔壁的房客，三十岁上下，连云港人，两年前带着老婆来启东打工。他的孩子刚会下地跑。吴金山一脸无辜地对办案人员说道："那天我也帮着救火了，衣服都被弄破了。"

几经搜索，摆放在一楼客厅的一双蓝色塑料拖鞋引起了贾东涛的注意。杀人现场在楼上卧室，可一楼门厅口的这双拖鞋鞋底却留有被害女主人的一滴血。

"这双拖鞋凶手可能穿过，只要穿过，一定会留下痕迹。"贾东涛如获至宝，说完这句话后，一头扎进了实验室。

结果让人非常失望，细胞太少了，无法提取。

查找资料，国内也没有相关先例。贾东涛有些泄气。

大队长朱奇慧鼓励他："别急，耐心做，不急在这一两天。"

贾东涛挠挠头，让助手找来各种泡沫拖鞋、塑料拖鞋和袜子。

"你这是?"朱大队长问。

"我来试试。"附着在物件上面的人体组织往往少得可怜,而且没有再生复制可能,稍不注意就会被破坏,导致检测工作中断。现在只能先做实物试验,再视情况确定下一步的走向。

贾东涛把拖鞋洗干净,穿着走路,上楼,检测后发现能得到自己的 DNA 信息。

他又把拖鞋洗净,穿上袜子,走路,上楼,发现仍能检验出 DNA 信息,只是数量少了许多。

不错。他稍稍放下了心。只是还得继续。

为什么?因为需要多次的实验结果才能保证数据的稳定,同时掌握相应的细胞分泌部位。

贾东涛一遍遍地反复模拟作案人的各种步伐形态。

几年来的钻研让他深刻认识到,世上万物都处在一个动态之中,每一瞬息的变化都会影响甚至带动其他物态的变化。这千变万化的物态,或许就是刑事科研需要破解的一个个谜团和密码。

功夫不负有心人。贾东涛总算找到了最佳部位:脚掌与后跟之间汗腺最多,是细胞分泌最旺盛的位置,提取效果最理想。

在案发现场找出了三个人的混合图谱。可是,要从三个人的混合图谱里找出嫌疑人,仍然让贾东涛头疼不已。

那一边,已是第二次被调查的吴金山依然对答如流,无懈可击。谈话,放人。再谈话,再放人。居然上演了几次"捉放曹"。大家都窝火得很。

这一边,比对,没完没了地比对。方支队长和朱大队长不时催问结果。而检测图谱总是不稳定。

几个月里，贾东涛茶饭不思，度日如年。他时而满怀希望，时而满腹惆怅。他觉得自己快要崩溃了，可还是不敢有丝毫懈怠。

案发之后大家都眼巴巴地等待着实验室的结果，再耽搁，嫌疑人就有可能跑了。所以，必须与时间赛跑。

大队长朱奇慧给实验室专门买了一张沙发床，一有案发就安排人员送来面包、牛奶等食物。贾东涛索性把实验室当成了家。很多时候，他只有利用数据扩充的三个小时等待期，定好闹钟，抓紧时间蜷到沙发上眯瞪一会儿。

他不断给自己鼓劲儿，知道自己在不断接近目标。

终于，吴金山的基因图谱清晰地显现出来。

那年8月，启东非常炎热，知了没完没了地拼命嘶叫，更增添了人们的烦躁。那一天，吴金山的心理防线终于溃败，供认了自己的罪行。原来，吴金山租住的房子是陈鹤飞母亲的。三年前，他带着妻子来启东打工，一年后孩子降生。可和美幸福的感觉还没有体会几天，有个邻居半开玩笑地对他说，你儿子长得怎么一点儿不像你呢？你说什么？他反问。你真看不出来啊？不是挺像隔壁小陈的吗？这句话深深刺伤了他。回家之后，他搂过儿子左看右看，鬼使神差地越看越像隔壁小陈。奇耻大辱啊！他越想越气，越看越恨。眼看着陈家活得光鲜滋润，自己却带着老婆为一日三餐奔波辛劳，他满腹的仇恨一触即发。他开始了颇为严密的"复仇"计划。那天深夜，他带上早就磨得雪亮的竹刀和大桶汽油，毫不费事地进入了陈家，换上拖鞋，蹑手蹑脚地上了楼。借着月色，他放下油桶，直奔床前，对着陈鹤飞夫妻两个人猛砍过去。被砍中的陈鹤飞奋起反抗，与吴金山扭打起来，终因受伤严重很快倒地。已被恶魔附身的吴金山旋即打开事先备好的汽油桶，把小楼上下特别是两具尸体浇了个遍，哆嗦着点上了火……

后经查明，吴金山的儿子与陈鹤飞根本不存在亲子关系。

当侦查人员将检测结果告诉了吴金山后，他半晌不语……

突破死局的人

2005 年 7 月 8 日，湖南省冷水江市发生了一起轰动三湘的命案，其作案手法之凶残与奸诈程度被媒体称作"可挑战人类想象力"。受害人遭锤打枪击后，被肢解沉尸于两县市交界地带的江中。数日后，凶手之一的唐某落网，但在警方押着他指认作案现场的途中脱逃，后溺死于江中。而另一名凶手余某被抓后，全盘翻供，破案受阻。

只有找到被害人的尸身，才能完善证据链。为此，冷水江警方在酷暑中搜寻两个月，终于获得了一只脚掌和一只断手的尸骨。手、脚骨有明显的刀砍伤痕。这些尸骨是不是受害人的呢？因尸骨在江水中浸泡太久，国内各大鉴定机构均无良策。

经北京市局推荐，南通市公安局 DNA 实验室临危受命。贾东涛担纲率队反复检测，最终确认这就是受害人的残肢遗骨。

同年 8 月 26 日，国务院授予南通市公安局刑警支队"特别能战斗刑警队"荣誉称号，被公安部荣记集体一等功。这是全国公安系统的最高荣誉。

这是一支善打硬仗、能打胜仗的精锐之师。身在其中的贾东涛别有一番感触：作为一个异乡人，他的工作业绩，他的学习进步，他的家庭生活，哪一项都倾注着同志们的心血，倾注着支队甚至市局领导的关爱和支持。

贾东涛的妻子从四川调来之后，根据她的意愿，局里安排她当了现场法医。从四川石油管理局退休的岳父岳母过来之后，方支队长得知贾东涛的岳父老刘有一手烧川菜的绝活儿，专门跟警犬大队打招呼，让他去食堂上班。老两口本来担心生活不习惯，现在不仅与女儿团聚，而且每月又能增加一些收入，开心极了。有岳父岳母帮着妻子烧饭做家务，家里的大事小情根本不需要贾东涛操心。特别是女儿降生之后，贾东涛每次回家，妻子和女儿在他嘴里都成了"宝贝"。

他深有感触地说："每起案件都是一个团队在破，每个人的成长都离不开他工作、生活的土壤。"

2011年年底至2012年年初，贵阳花溪区先后发生三起针对年轻单身女性的杀人案。凶手不仅手段残忍，而且反侦查能力很强，将女性杀害后，伪造强奸现场，而凶手本人没有留下任何痕迹。

侦破工作进行了一年半，没有任何进展。本来寄望很大的死者衣服、手机等检材上，始终没能检出犯罪嫌疑人的DNA。当地一位领导开玩笑说："这些物证坐的飞机比我们办案民警坐的都多。"话语里透着无奈。

和血液、皮肤等人体生物检材不同，触摸性物品上能留下的人体细胞含量极少，特别是短时间接触，更难有细胞留存。对于这样的检材，想要发现提取DNA基因图谱，实在是难上加难。这是贵州花溪案难以突破的关键一环。

案件侦破陷入死局后，公安部有关领导想到了南通的贾东涛。几年来，贾东涛帮助外省破获了大量疑难案件。有些案件北京也做不出来的，他都解决了，名气与日俱增。

2013 年 8 月，公安部指派贾东涛赴贵阳协助办案，并将花溪命案中三名死者的衣物、手机等检材，带回南通市公安局 DNA 实验室。

记不清已经多少次检验了，还是没有发现凶手的遗留细胞。

贾东涛不停地抽烟。他失眠了，不仅夜间睡不好，甚至午间也全无睡意，整个人疲惫至极。疲劳过度的他甚至发烧至 40℃，实在挨不过，他才去医院打了点滴。可他的头脑里仍在想着案子，"系列凶杀""公安部大案"几个关键词不时在他脑海中跳跃。绝不能放弃！他告诫自己，头脑中一遍遍演绎着现场可能出现的情节。

在 DNA 实验室的会议室中间，放着一个二十多厘米高的黄飞鸿武功造型的褐色陶瓷摆设。这是广东佛山市公安机关派员来南通考察交流时送的。寓意：永争一流，永不言败。贾东涛非常喜欢。

常规的检测不行，那就另辟蹊径，换一种思路。这是贾东涛一贯的行为方式。

嗯，这样。贾东涛突然灵光一闪：凶手伪装强奸现场，褪下受害者裤子，应该从裤腰处用力；而抢劫的手机要抠出 SIM 卡，卡槽处也是着力点。

根据这个判断，贾东涛反复实验，精心"剥丝"，终于从死者朱某的牛仔裤和死者张某的手机中，提取出嫌疑男性的 DNA，且两个基因组排序均指向同一个人。

由此，在案发一年多后，犯罪嫌疑人的踪迹第一次显露出来。

2017 年年初，贵州花溪案被列为公安部挂牌督办的积案。

贾东涛等待着，他胸有成竹，充满信心。

果然，7 月 6 日，根据贾东涛检出的这组 DNA 基因图谱，警方成功抓获了因抢劫在广州市天河区落网的犯罪嫌疑人李某。李某对在花溪区连续杀死三名女性的犯罪事实供认不讳。

自 2006 年开始，全国各地法医同行纷纷慕名前来南通市局学习，公安部刑侦局也多次邀请贾东涛为全国各省市实验室负责人培训。他均毫无保留地传授经验和做法，培养出一批批全国公安机关陈旧尸骨鉴定能手和专家。他先后帮助北京、广东、吉林、湖南等外省市公安机关解决了四百多起陈旧尸骨的尸源认定。其中，有的案件中的尸骨被埋藏超过三十年，有的一审已判疑犯无罪，但通过贾东涛的辛勤工作，最终使元凶无所遁形。

贾东涛说得十分诚恳："这些成就，不仅属于南通公安，也属于全国同行。只有精诚合作，成果共享，才能共同打击犯罪，维护社会稳定。"

自信与坚持

DNA 检测鉴定大有斩获，按理说，贾东涛可以好好享受一下辛苦得来的劳动成果了。可是，启东姑娘被杀案中，在 DNA 检材缺失的情况下，他成功运用男性染色体比对破获了该案，使他又一次敏锐地发现了刑技领域的崭新课题。

在他看来，自然界法规奥秘无穷，而目前能够科学认知的实在有限。但是，作为一名刑事技术工作者，仍然应该穷尽努力，运用现有的知识，尽可能开启更多的解读之门，寻找更多的解决途径和方法。

贾东涛不仅爱琢磨、爱思考，还天生就是喜欢给自己出题目、找难题的人。

2008 年，贾东涛在第三届全国法医 DNA 检验技术研讨会上提出两个观点，一个是男性染色体的运用，另一个是混合样本的拆分。关于男性染色体的运用，等于在一个大库里，从检材中提取 DNA 进行碰撞，通过男性相关数据库排查家族。可当时不少人都对这项研究持怀疑态度，连一贯支持他的方支队长、朱大队长都犹豫了。

贾东涛非常自信地说："我这么考虑是有道理的，不信你们等着瞧。"

果然，贵阳花溪强奸杀人案，他以事实证明了男性染色体排查的可行性和准确性。而对于触摸性、多人混合使用等疑难检材的 DNA 提取，他则通过创建模拟样本、自体试验等办法，攻克了一个个难题，引起了公安部的重视并得到支持。2012 年，南通 DNA 实验室成为公安部 Y 数据库五个重点联系应用单位之一。

发生于 2006 年 12 月 13 日上午的南通市崇川区文峰街梦想美容美发店女店主被杀案，在十一年后被侦破，则显示出贾东涛自信与坚持的可贵。

接到报警后，警方查明，女店主李某当天被人掐死在店内，案犯劫走受害人女式黄金戒指一枚、金霸王石英手表一只及农业银行卡等物品。

通过重点嫌疑人排查，李某的姘头王某浮出水面。据邻居反映，李和王相好已经好多年了，经常来往，王某的老婆知道这事后，还到店里闹了一回。会不会因此产生矛盾，以致激化呢？

这时的贾东涛已是技术大队副大队长，他带着伙伴们提取到嫌疑人遗留的部分指掌纹和生物检材，决定采用男性染色体检验。通过细致的现场勘查和走访调查，大家奋战数十天，每天采集血样近四百份，连夜一批批送检，又一批批筛除，将现场周边两万余名适龄男性人员的血样全部进行了比对，向全国各省、市、县级公安机关发送协查函件三千余份。最终王某的嫌疑被排除了。

为此贾东涛天天泡在实验室里，饿了泡碗方便面，困了就在沙发上躺一会儿。连续一个多月的高负荷运转，使贾东涛高烧进了医院。

可大半年过去了，案子还是没有拿下。

这起案件后来竟成了南通刑警的一块心病。大伙儿都很不甘心。专案组一位老同志要退休了，临走之前特地跑来找贾东涛，反复叮嘱："东涛，案子破了一定要告诉我，一定啊！"

十一年来，贾东涛一直牢牢地记着这句话。可突破口究竟在哪里？

贾东涛每个月都要到国家数据库查询、比对。他知道，多一分坚持，就多一分成功的希望。基因数据一直就在，它就那么沉默着，不屑一顾，与他对视着，更多的则是与他周旋，与他博弈，与他较量。他唯一能做的，只有坚持。

他苦苦地坚守着，期待着。每一次 DNA 技术升级了，他都用新方法再做一次检验，常染色体检验、男性染色体检验、二代测序检验，等等。

终于，在 2017 年年初，经反复实验甄别，贾东涛确定了嫌疑人的生物检材图谱，比对结果指向安徽蒙城陈氏家族。接着他又通过省厅向全国公安机关发送比对协查。

6 月 12 日，嫌疑人陈山在安徽落网。

随着一个个高难度疑案的破译，贾东涛在社会上的关注度越来越高。他创新而独特的 DNA 鉴定技术引发了多家国际大公司的关注，大家争相出重金挖他，但他却不为所动。

贾东涛说："当案件在我手中告破的那一刻，所有的辛苦都化成巨大的喜悦。这种喜悦就是对我作为一个公安法医的最好奖赏，就是我做刑警最值得骄傲的地方！"

2010 年 9 月，在贾东涛团队的努力下，南通市公安局刑事科技研究所申请认可的十四类检测对象中有三十个项目顺利通过了国家专家组的现场评审，标志着南通刑侦出具的鉴定文书将得到全球六十八个经济体的承认，大大提升了南通刑事科学技术的管理水平和社会公信力。

刑侦科技在破案中发挥着越来越重要的作用。目前，南通市局 DNA 实验室与复旦大学生命科学院联合开展人才培养，如皋、海安、通州、如东、海门、启东 DNA 实验室相继建成，全市 DNA 检验鉴定技术水平和标准化程度取得了突破性进展，位于全国前列。

面对曾经取得的显赫战绩，贾东涛没有满足于现状，而是敏锐地觉察到 DNA 技术的发展趋势，提前谋划全市 DNA 实验室的发展，并制定了 DNA 实验室管理、人才培养、实验室建设、科研创新等相关标准，有序推动着南通 DNA 规范化发展。他自信地说："南通刑事科学技术工作必须整体迈上新台阶，全省领先，全国一流。"

在以贾东涛为代表的南通刑警的不懈努力下，新时代南通刑警继续保持着自 1992 年以来"命案必破"的信心，年年命案侦破率保持在 98% 以上，其中 2002 年至 2003 年、2005 年至 2006 年、2010 年至 2015 年这十个年份实现命案全破。前来考察的美籍华人、著名刑侦专家李昌钰博士禁不住赞叹道：南通刑侦如此高的破案率简直是一种奇迹！

铁血刑警封东磊

　　徐州自古就是军事重镇，以其交通便利、物丰人众、山环水绕成为兵家必争之地。改革开放后，徐州已成为淮海经济区的产业、商贸、信息、金融中心，是江苏省重要的经济、商业和对外贸易中心之一。

　　在这样一个战略要地，要想当好警察，成为百姓幸福生活的守护者，没有孙悟空那样的十八般武艺和能耐，还真是很难胜任。

　　物华天宝，人杰地灵。徐州在公安部评选全国公安"百佳刑警"时，还真出了一个传奇人物。他就是徐州市公安局刑警支队七大队大队长封东磊。

封东磊个头儿中等，圆脸，平头，身材壮实，猛地看上去，并没有什么与众不同之处。然而，他的确就是老百姓传说中的那个智勇双全、除暴安良的铁血刑警，全国公安"百佳刑警"。

运河桥上的吊篮

半夜，邳州市运河镇的新庄村，大运河畔一个十分宁静的村子，60多岁的王玉华跌跌撞撞地扎进派出所报案。

她和4岁的孙子正打算睡觉，忽然听到"沙沙沙"的脚步声。瞬间，绑匪邱如山、葛亚已从楼上翻窗入室，蒙着头，戴着口罩，冲进房间，把她掀倒在地，用胶带封住她的口鼻，又把她绑在床头。随即绑匪便撑开事先备好的口袋，将柜子里的金手镯、玉手镯、金戒指什么的，还有七万多块现金，全都装了进去。临走前，又将小孙子塞进麻袋里，扛在肩上，并特别交代，拿五百万元赎人，不准报警，如敢报警，小命不保。

绑匪一走，王玉华拼命用嘴咬开胶带，连滚带爬，一口气冲进了派出所。

王玉华的丈夫老杨虽没有多少文化，却天生是一块做生意的料，他的五金生意简直赚得屋顶流油。他们有两个儿子、三个女儿，被扛走的孩子是唯一的孙子，老两口一直把这个心肝宝贝带在身边。多么幸福的家庭！可谁知道祸从天降，突然之间杨家的天塌了。

封东磊率人秘密进驻了杨家。一是排查与杨家有关的所有关系人，找出突出矛盾点；二是负责稳定杨家人的情绪。

翻窗入室，宝贝孙子，保险柜，深夜下手，种种迹象表明，绑匪对杨家情况了如指掌，下手精准。封东磊反复分析研判着。他感到，绑匪应该是非常了解杨家情况的熟人。

事情一出，杨家十几口人全都到了，哭着、嚷着，乱成一团。一家之主的老杨像傻了一样，早已没了主意。

时间一分一秒地过去。

一场惊险莫测的反绑架人戏悄悄拉开了序幕。

等待。要赎金，绑匪自然要与家属联系。

封东磊的任务是，绑匪一旦联系，马上采取相应措施。同时，要防止老杨和家人甩开警方直接与绑匪联系。

这类事件有前车之鉴。如何指导受害者与绑匪周旋，在瞬息万变、错综复杂的情况下步步推进，成了破获绑架案的最大学问。

行迹追踪，居然没有发现绑匪的踪迹。既没有可疑的人，也没有可疑的车，难道绑匪扛着小孩飞了？

封东磊苦思冥想，不得其解。

那一天，他来到了高高的堤岸公路。对面运河在夕阳下碎金点点，一条运沙船从宽阔的河面驶过，泛起阵阵波涛。他的脑海里忽然灵光一闪：水上？难道……

他立即组织技术人员沿河搜索，果然发现了与老杨家窗台上的鞋印一致的痕迹。绑匪是乘船而来，难怪躲开了所有监控。看来，对手的反侦查能力很不一般。

住进杨家，实际上那里就成了与绑匪交锋的第一线。压力可想而知。

一天过去了，没有消息。

侦查中，首先排查谁家与杨家有矛盾和经济纠纷。一个个排查，一个个问询，最后全都否定了。再排查熟人作案，同时等着绑匪来联系。

老杨被封东磊的执着所感动，表示愿意积极配合公安行动。

封东磊叮嘱老杨，绑匪如果打电话来，一定要砍价。不砍价，他们会怀疑。

老杨问，砍多少？

砍掉二百万元，就说只有三百万元。

老杨说，行，我准备。

不行。封东磊又说，三百万元也不能一次性给足，先给个八十万元，顶多一百万元。一次性给够了，孩子更危险。

老杨半信半疑，说，好的，我听你的。

两天过去了，还是没有消息。

煎熬。

第三天，电话终于响了。对方是用抢去的王玉华手机打来的，问老杨钱备好没有。

老杨按照事先商定的口径表示只能凑够三百万元，并约好明天先拿八十万元。

明天凌晨1点，你送到东街邮局。记住，只许一个人来，你敢报警，这就是你听到的最后一声。说完，电话里便传来孩子的叫声——爷爷，快来啊！

凌晨1点，封东磊想派人跟去。毕竟机会难得，万一绑匪拿了钱仍要撕票，老杨显然不能对付。但绑匪说得很清楚，一旦发现有其他人就撕票。真是进退两难。

与老杨商量，他是死活不让别人跟着。

面对老杨的决绝，又想到可能出现的危险，封东磊只好作罢。

况且，只带八十万块钱，估计绑匪的胃口不会满足。于是，封东磊便叮嘱老杨，一旦遇到什么紧急情况马上给他打电话。

凌晨，老杨开着一辆车过去了。那个地方既偏僻又空旷，根本没有办法事先藏人藏车。

停车，熄火，等待。

可等来等去，还是不见踪影。终于手机响了，绑匪说换到乐天超市。

来到乐天超市，又等了半个多小时，绑匪再次改变地点。老杨只得听令来到蓝天大厦前。

绑匪让老杨不要动。可一直到天亮，也没有任何人来联系。

后面第二天、第三天，仍是如此。

莫非警察进驻被绑匪发现了？这可是杨家唯一的独苗苗、命根子啊！杨家人焦虑、担心、埋怨，种种负面情绪包围着封东磊。

他只能忍着，不断劝慰和开导老杨及其家人。

其实，封东磊的心里比谁都急。

沉住气。他告诫自己。

几天来，他和手下始终盯着杨家的一切，进进出出，来来往往。累了，就在沙发上打个盹儿；饿了，就啃几口面包，喝口凉水。

有时候，杨家觉得过意不去，要他们和家人一起吃顿热乎饭，封东磊都推掉了。

第五天，老杨的手机再次响起。绑匪来短信问，钱准备得怎么样了。

老杨回答，又找来二十万元，凑齐一百万元了。

绑匪回复，先交这个数，钱给齐了就放人，然后，发来交钱地点。

大家一看地点，都傻了。

那是在运河支流的一座桥上。绑匪让老杨一个人夜里开车上桥，桥中间的钢铁护栏上有个篮子，在那里停车，放钱，开车走人。

一个聪明绝顶的办法。桥上，吊篮，送钱的老杨，神秘的夜幕……

封东磊带人提前赶到桥边隐藏了起来。

这里河面宽阔，晚上灯光昏暗。桥上，大车很多，小车很少。

老杨开车上路了。

封东磊紧紧盯着老杨的奥迪车。一旦有人来取篮子，他便会立即跟上去。

可谁也没有想到，篮子居然是由一个滑轮吊上去的。老杨把钱往篮子里一放，滑轮立即拉动，篮子很快降到桥下。

拉动滑轮的人，事先已守在桥下的一条船上。篮子一到，他把钱一拿，船就开走了。

追？

不能追，孩子还在他们手上呢。人质安全是侦破绑架案的重中之重，对于被害人一方来说，没有什么比保全人质更重要的了。

几年前有一起绑架案，由于办案人员的自负，一定程度上间接导致人质被撕票。封东磊清楚记得，认领尸体那天，孩子面部已扭曲变形，被害人父亲哆嗦着，反复擦拭着孩子的脚掌，一遍，又一遍。封东磊鼻子一酸，扭头走了。可这一幕已深深印在他的脑海里，永远也挥之不去。

以往办理这类案件的交割环节，通常是不见人质不交钱。但这起案件情况特殊，对方手段狡猾，思维缜密，反侦查能力特别强，按常规做法肯定行不通。

只能打破常规分步进行，随机应变，必要时果断出击，既确保人质安全，又能抓捕犯罪嫌疑人。可这样做，难度极大。封东磊承受着巨大的压力。

更让封东磊意想不到的是，正当他们紧张地盯着大桥上的一切时，桥边的河岸工地上那座很高很大的广告牌上，一个绑匪正趴在上面居高临下地观察着，桥上、河中、两岸，全都看得一清二楚。这个绑匪与地面及人质藏身地都保持着密切联系，可谓占据着整个事件的制高点和主动权。

步步惊心。

封东磊坚持按兵不动，显然棋高一着。

正是封东磊的坚持，成功地保护了人质的安全。有时候，放弃实际上是一种保全。

很快，广告牌上发出成功的通知信号。而正是这个信号，让侦查人员发现了新的线索，确定了另一名绑匪的身份和隐藏地，并得知人质目前处于安全状态。

那是一个鸭棚，位于僻静荒乱的郊外。初春的苏北，夜晚仍然寒气袭人。

封东磊带着人蹲守了一夜，盯着鸭棚不敢眨眼。

一夜过去了，什么动静也没有。

有的同志沉不住气了，提出要冲进去。

不行。封东磊不同意。情况不明，绝不能贸然行动。如果孩子在鸭棚，冲进去自然能够解决问题，救下孩子。可万一孩子不在，两个绑匪又不在一处，动作稍慢消息泄露，绑匪就会撕票。

正在这时，鸭棚门突然开了。

一个40多岁模样的男人走了出来，推起门前的摩托车。

事不宜迟，封东磊示意开始行动。

"呼"的一声，几个人猛扑过去。

封东磊已飞一般地冲进了门。

里面没人！

孩子果然被转移了。

上车！封东磊立即命令将那个已被擒获的男人带上货车，直驶指挥部。

情况紧急，刻不容缓。车上，封东磊在思考着。必须突审，必须找到人质，否则孩子生命不保！

于是，车厢变成了审讯室。

封东磊开始强攻突审。黑洞洞的枪口，黑压压的四周，逼人的气势，三下五除二，绑匪很快交代了孩子藏匿的地点及另一个绑匪的下落。

直扑下一个目标。那个绑匪也被逮住了。

孩子终于得救了！

绑匪交代，他们曾在老杨家打过工。封东磊当初的研判是准确的。

案件侦破后，杨家十几号人敲锣打鼓赶到刑警支队送上锦旗。老杨夫妇则激动得长跪不起，双泪长流。

盗窃车内财物案

智勇双全、有勇有谋是一名优秀刑警的必备素质。封东磊身上则兼具了出色的组织指挥、侦查、抓捕、审讯等各项刑事业务素质，既是一名优秀的指挥员，又是一名出色的战斗员。特别是他的审讯功夫，更是声名远播，不仅在彭城徐州有名，而且在省内甚至全国业内都有口皆碑，被提名为公安部审讯专家。

封东磊的审讯绝活儿，用同事们的话来说，那就是他"能审出最好的结果""他审过的别人无须再审了"。

可封东磊自己似乎并没有意识到这一点。有人跟他提到这些时，他居然茫然地问："谁说的？"

2014年7月11日上午10点多，徐州大屯分局辖区发生一起盗窃车内物品案件。包工头孔宁在沛县农业银行城中支行取款后，到煤电公司附近网点办理其他业务。当他回到车旁时，发现车窗玻璃已被砸碎，放在车内的八万块现金已被盗。

侦查发现，孔宁在城中支行取款时，一辆黑色帕萨特轿车已停在该银行门口。孔宁取钱上车离开后，黑色帕萨特轿车立即紧随其后，跟停在煤电公司网点。待孔宁离开后，从黑色帕萨特轿车后座下来两名戴鸭舌帽的男子，扎了受害人车辆轮胎、击碎了玻璃，盗窃了车内现金物品后急速逃离。

与此同时，刑侦支队接到扬州高邮警方协查通报，那里发生一起涉案金额达二十二万元的特大盗窃车内物品案件，嫌疑车辆已逃至徐州境内。

这是否是同一伙人所为？

嫌疑车辆进入徐州境内后，将车停放在城东一个老小区内。车内四人打车到城西"皇家水疗"洗浴中心，第二天一早才离开，回到城东将车开走。根据洗浴中心服务员的反映，警方很快掌握了四名男性嫌疑人的体貌特征，兵分长春、秦皇岛、天津三路开展工作。

天津组根据关系人手机号码发现了蛛丝马迹，然后顺藤摸瓜，确定吉林省榆树市的王钢有重大嫌疑。很快，王钢在长春落网。可是王钢到案后，撒泼耍赖，气焰嚣张。他不仅在审讯中满口胡言，挣扎拉扯，居然还恶狠狠地咬破了审讯民警的手。

封东磊和同伴第二天赶了过去。晚上9点下了火车，封东磊一行四人立马打车到了刑侦支队。

刚进门，便听到一阵嚷嚷声。

仍是那个王钢在又跳又骂，不停地剧烈扭动。

好几次，他都试图自残。

找死啊！

不怕不要脸的，就怕不要命的。

封东磊眉头紧皱。这种情况很少遇见，看来对方不简单，必须连夜突审。这家伙张狂嚣张，必须先灭掉他的气焰，再摸清人员基本情况，乘机而动。

厘清头绪后，封东磊咳嗽一声，拉门进屋，"嘭"的一声，故意恶狠狠地将门撞上。

王钢一愣，目光闪了一下，身子不自觉地往后缩了一下。

初见成效。封东磊心里有数了。

一夜下来，在封东磊强大的气场压力下，王钢终于初步承认了在徐州大屯作案的犯罪事实，交代出"大白脸""大林""老王"三名同伙。他还告诉封东磊，自己被捕的那会儿，另两个同伙就在不远处。

有意思的是，王钢招供的同时，居然还跟封东磊"商量"，谈起条件来：咱把徐州和扬州的事儿说了，其他的你就不要再问了，行吗？

不行。侦查连轴转、大脑神经高度紧绷，已使封东磊有些疲惫不堪。可刑警的直觉告诉他，王钢绝不简单，绝不是一两起案子的事儿。

王钢存有侥幸心理，并明显地藐视徐州警方。时间拖得越久，对案件破获越不利。封东磊经请示，决定将王钢带回徐州审讯。

马不停蹄，当日便将王钢押回了徐州。

王钢慌了。出来混了这么多年，跑了这么多省，得手一百多次，警察一直都想抓他们，连一根毛都没逮到过。可是，只在徐州干了一把，就被逮了。这帮徐州刑警厉害啊。早知这样，打死也不能来啊！

王钢除了知道他同伙的绰号及长相外，实在提供不出太多情况。

专案组只得将那些有盗窃犯罪前科的犯罪分子照片全部调出来，让他辨认。他都说不是。

专案组再次研究制订详细的侦查计划，一边审讯一边查证。很快，四名作案分子的真实身份和基本情况浮出水面。

"大林"张雨与"大白脸"张鹤是弟兄俩，"老王"田林是老大张雨的岳父，王钢是老大张雨的朋友。田林与"二张"自然互相知道身份，但三个人并不清楚王钢的真实身份。四个人时分时合。"合作"作案时，用电话联系，干完了各走各的。互相之间身份不清楚，住址不清楚，姓名也不清楚。

这种奇特而又默契的组合，居然持续了好几年。几年来，他们每次从哈尔滨出发，一路南下，经吉林、辽宁、天津、河北等地，流窜全国，专门盗窃甚至抢劫车内的财物。惯用手法是蹲守在银行门口，一旦看到被害人空手进去，提着鼓鼓的袋子出来，他们就尾随其后。只要对方中途下车，袋子放在车里没有拿，他们就下手，一旦得手立即开车走人。每年出来三次到四次，每次都能盗个几百万元回去。

在王钢被抓后，另外三个人已作鸟兽散。

在王钢的电话记录里，有一条与鹤岗的通话记录引起了封东磊的注意。

田林不是鹤岗的吗？虽只有一次短暂通话，但对"防范严密，纪律严格"的他们来说，已经很特殊了。有戏。

果然，此号码正是田林的手机号。他在分手期间回了一趟家。而"二张"则逃至长春。

专案组立即兵分两路。一路由封东磊带人去了哈尔滨，另一路由专案组组长、刑侦支队乔支队长率队直奔长春。

7月30日，从抚顺一路逃窜至鹤岗，又企图藏匿于哈尔滨的田林，被封东磊抓获，次日押回徐州。

当乔支队长带人赶到长春时，张家兄弟已带上老婆孩子跑了。侦查发现，他们逃跑的大方向是松原的扶余、长春的德惠以及公主岭、哈尔滨、铁岭等地，每个地方逗留不超过三天，与其父母联系，主要是打听有无异常。

这些迹象说明，对手的犯罪方法、技能、手段高明，得手率高，逃避侦查能力强，具有明显的职业化犯罪特征。

乔支队长分析，"二张"应该带有车辆，不止一辆，是两辆。于是专案组一方面调取通话地附近监控，查找嫌疑人踪迹；另一方面查找松原、长春、哈尔滨、公主岭等地大量资料，结合嫌疑人移动轨迹查找其可能的交通工具。

不久，发现一条线索：8月4日，大张的老婆欣欣在电话中跟张父说，在长春"中东"市场给小孩买了衣服，让张父去取。张父是个机警的人，接电后并没有去取。

于是，侦查重点围绕"中东"市场展开。"中东"市场是一个大型综合性市场，两个厅，有近四十个门进出。十几台电脑被火速调到长春，同时启用视频侦查。一个个看，一个个过，没日没夜地盯着电脑。张三累了，李四接着上，保证24小时不停歇。

从电脑中挑出来的照片，让田林辨认。他都说不是。

真的？你再说一遍！封东磊急了，两眼滚圆，紧瞪着田林。

本来没你闺女多大事儿，如果你故意胡说，睁着眼睛说瞎话，把闺女窝藏起来，那事情就搞大了，后果很严重。

田林一个激灵。他怔了怔，身子晃了晃。过了片刻，他指着电脑，那张图我再看看。

看完后，他点点头，说，这个，很像的。

欣欣和张鹤之妻及其孩子的行踪总算露出了端倪。专案组顺藤摸瓜，发现他们在四平租了房子。

终于找到了！大伙儿稍稍松了口气。

不敢懈怠，专案组的指挥部移师四平。金宇小区、北体小区，调查，守控。8月15日晚，张氏兄弟两对夫妇分别被抓获。

至此，四名案犯全部落网。

多年的经验让封东磊养成了一个习惯，凡是大案来了，他都要做好上案子的准备。重要的案子，只要封东磊在，头儿们自然放下心来。作为一名优秀的刑警，面对案情，封东磊身上天生具备的敏锐嗅觉、昂扬激情、过人胆略、超凡智慧，让周围同志钦佩不已。

一场高智商较量的审讯开始了。封东磊摩拳擦掌，捋起袖子，一头扎了进去。

很快，他的脸上露出了喜滋滋的笑容。他的硬功夫再次让大家开了眼界。

王钢等四人交代了从2007年以来，结伙驾驶盗窃或购买汽车，从哈尔滨出发，流窜于江苏、安徽、河北、河南、吉林、辽宁、黑龙江、山东、浙江、天津九省一市，尾随伺机盗窃甚至抢劫、抢夺银行取款人放置在车内的现金案件120多起，案值1400多万元。

市公安局立即派员分十组奔赴九省一市开展调查取证，参与专案民警达100多名。

这起系列特大跨省盗抢银行取款人案件，成为徐州公安历史上破获的涉案价值最高的案件。

谈到审讯成功的秘密，封东磊说，一个人是金口，两个人是钢口，三个人是铁口，再多呢？

学问就在这里啦。经过多年潜心钻研和实践检验，封东磊的审讯技巧已达到了运用自如的地步。他在讯问犯罪嫌疑人时，能够因人而异，科学设计谈话节奏及内容，敏锐把握嫌疑人心理和细微思想波动，迅速找到审查突破口，查明案件真相。

在侦办铜山区"1·20"杀人案件时，犯罪嫌疑人陈松林被抓获后，态度十分恶劣，死活不肯交代。

封东磊仔细研究了案卷，在了解了对方肯吃苦、自尊心强的性格特征后，便从他吃苦耐劳、车工技术好等优点谈起，消除了他的抵触情绪；又根据其悔罪心理，因势利导，指出了他的深层次犯罪动机。

软肋被点到。两小时后，犯罪嫌疑人号啕大哭，心理防线彻底崩溃。他不但交代了"1·20"强奸杀人案的犯罪经过，还交代了自己曾于同年12月11日在经济开发区大庙镇境内强奸杀害另一名女青年的犯罪事实。

邳州某村最近几年时常"闹鬼"。不时有村民出现头疼、腹泻等中毒症状，有一个3岁孩子竟莫名其妙地中毒身亡。此地风水不好的传闻越传越盛，有人因此搬离该村。有中毒村民到徐州抢救，化验出了"毒鼠强"。

封东磊开始详细调查走访。他发现，村妇张某心胸狭窄，几乎跟村里大半人都吵过架。尤其令人吃惊的是，所有中毒村民竟然都跟张某有过矛盾。

封东磊针对农村妇女的特点，从她们最感兴趣的话题入手，成功击破了张某的心理防线。她不得不如实交代，就是她用老鼠药搞报复，造成一死多伤。

案件终于真相大白，长期笼罩在村庄的阴霾彻底烟消云散。

刑警尖刀队队长

封东磊的办公室，在一栋20世纪70年代建成的"回"字形办公楼里。陈旧甚至可以说是破旧、老式的方格钢窗，楼梯水泥台阶上坑坑洼洼，破损残缺随处可见。可是，"忠诚血性荣誉奉献——新时代徐州公安精神"的条幅则十分醒目地悬挂在墙上。

办公室，干净清爽，书柜里整整齐齐排列着各种法律、侦查、审讯以及林林总总的学习资料。左侧墙上两幅国画，其中一幅"秋韵"在办公桌一侧，充满着温润的色调和宁静的气息。右侧是"慎思笃行"的书法横匾。办公桌一角，放着一只鱼缸，几条红红白白的小鱼儿悠然自得地上下游动着。

当年江苏师范大学汉语言文学专业毕业的封东磊，出了校门就当了警察。出身警察家庭、血气方刚的他，二十年下来，上千次精彩破案，使他在领导和同事眼里成为了一个传奇。

2015年10月26日晚上，一直做建材生意的汪娟，说要去给客户丈量大理石尺寸。在吃过晚饭后，她便独自一人骑上黑色新日踏板电动车出发了。这类业务时常有，家人也没有多过问。

这一出门，汪娟竟一夜未归，再无音信。

夜深了，丈夫李亮自然放心不下，只得不断给汪娟打电话。一直没有人接。第二天，李亮还是不停地打，汪娟的手机时而开机，时而关机，却总没有回音。李亮快要急疯了。

到了晚上，李亮突然接到一个电话，一个陌生男人告诉他，说汪娟在他那儿，她不愿意见李亮，也不想回家了。

李亮蒙了。这是咋回事儿啊？平时夫妻虽有吵吵闹闹，但总体上还说得过去。这段时间不是挺好的嘛！再想问清楚时，对方却挂了。来电显示的是汪娟的手机号码。

再打过去，不是关机，就是没人接。时间一天天过去，李亮一筹莫展。

到了31日中午11点多钟，李亮的亲戚突然告诉他，接到一个陌生人用汪娟手机打来的电话，要家人将三十万元现金打到指定的银行卡上。

怎么回事儿？汪娟被绑架了？全家人炸开了锅。

公安局接到报警后，侦查便从汪娟的出发地，即夫妇二人租住地——新城区大龙湖王山村徐建观赏鱼养殖场开始了。很快，在市区一新小区屋内发现了汪娟的尸体。法医鉴定，汪娟数日前已被掐身亡。

封东磊接手了这起案子。

谁都知道，封东磊担任大队长的七大队，除了自己的主业外，还是支队的尖刀队。只要一有命案，尖刀队队长封东磊就会被点名出征。

经调查发现，房主打算将房子装修后给儿子结婚用，数月前雇用顾海军装修该房子。案发后，顾海军便不见了。那个电话索取三十万元的银行卡持卡人正是顾海军。两个顾海军为同一个人。其身份信息显示，他的住址是扬州市宝应县鲁垛镇鲁垛村。

顾海军有杀人重大嫌疑。可是，作案人真的会用自己的银行卡吗？这不等于自我暴露吗？但诸多线索又都指向这个姓顾的。

封东磊决定围绕此人开展侦查。

顾海军三十出头，平时与在上海打工的父亲联系较多，经济状况较差。前妻老家是云南的。顾海军曾在云南生活过一段时间，对那里的情况比较熟悉。

他会跑到哪儿去呢？扬州、上海还是云南？

为尽快获取顾海军行踪，专案组一方面稳住顾海军，安排汪娟家人与其保持联系，假装凶杀案还没有被发现；另一方面兵分扬州、上海、云南三路调查侦控，查找顾海军的藏身之处。

封东磊分析思索着，顾海军的生活水平低，在社会上闯荡多年，生存能力强，家人居住分散，要获取他较多的线索，就要让他多活动。

顾海军仍不断发短信。

封东磊让汪娟的家人煞有介事地跟他"谈条件"，并隔三岔五往卡里打个两三千块钱。而他为了安全起见，先后几次舍近求远跑到河南驻马店、安徽阜阳等地，找到自动取款机，取了钱就走。

封东磊带人赶赴上海，摸清其父的暂住地、工作地，连续几天跟踪、守候，没有发现其父有反常行动。他分析顾海军应该不在此处。

这时，网上通缉发出了。

云南景洪警方提供了一个线索，顾海军在当地一个叫勐罕的偏僻小镇现身。

这个小镇是顾海军前妻的老家，他曾在这里打过工。

封东磊立即安排汪家再次打款，诱使他取款。与此同时，封东磊带人从上海飞赴昆明；星夜兼程，又从昆明飞到景洪；

凌晨 2 点多，从景洪包车赶到勐罕。

地处中缅边境的勐罕小镇，在景洪市东南部，是澜沧江的黄金水道和西双版纳旅游线路上的重镇，气候温热、景色秀美，素有"东方明珠""孔雀羽翎"的美誉。

晚秋的小镇，椰风阵阵，瓜果飘香，异族风情浓郁。封东磊和同伴们心无旁骛，围绕顾海军及其前妻的工作、生活圈，紧锣密鼓地布置排查，马不停蹄地调集人手，两三个人一组，在小镇上的六个自动取款机附近布控，准备抓捕。

顾海军的前妻在景洪打工，当时与他没有联系。

小镇，黑夜中，有十多个身形出没，十多双眼睛布满血丝。

一夜过去了，顾海军没有现身。

这时，一条新的线索传递过来：顾海军在小镇一家私人旅馆登记过。时间就在几天前。

封东磊直奔那家旅馆。出示证件后，老板看了看照片，点点头，是有这么个人，住这儿，二楼。

现在在哪儿？封东磊朝楼上看了一眼。

一早就出去了呢。

出去了？去了哪里？

不知道。老板摇摇头。

行李还在吗？

在的。

那就好。封东磊思忖着。既然行李没拿走，人就还会回来。干脆就在房间里蹲守。

上楼，正打算开门，却发现房门已被反锁。

不好，封东磊警觉起来，房间有人。应该是顾海军。他回旅馆时，老板可能没看到。

必须立即抓捕！如果等候增援，说不定嫌疑人会伺机逃脱，延误战机。封东磊当机立断，让同伴绕到窗外守候，以防他跳窗逃跑。自己猛地飞起一脚，踹向房门。

门纹丝不动。

又是一脚。还是不行。

第三脚飞去，房门顿时洞开。封东磊猛扑了进去。

刚从景洪取款回来的顾海军，此时已如惊弓之鸟，正缩在墙角瑟瑟发抖，当场束手就擒。

一步错步步错。他交代，自己与汪娟相好了几年，汪娟欠着他好几万块钱。那天，汪娟过来后，手头缺钱的他催着她还钱。说着说着，两个人争吵了起来。一怒之下，他便掐死了她。

封东磊的办公桌玻璃台板下面，草绿的绒布垫上，有一张一家三口的照片，身着军装的妻子依偎着他，扎着羊角辫的女儿被他搂在怀里，调皮地打着手势。另外两张都是女儿照片，短发，扎着小辫。旁边还有一张蜡笔涂抹的儿童画，取名"天使"。

妻子从部队转业后，也当了警察。前些年她身体不好，女儿又在上学，他长年在外奔波，几乎没有时间照顾家里。一遇到出差，只得将病中的妻子托付给年迈的岳父母。二十多年中，他只休过一次公休假。

说起女儿筱申，封东磊一脸自豪，直夸女儿争气、省心。孩子从小活泼乖巧，学习成绩好，前两年已考上河南师范大学。这让封东磊悬着的一颗心终于放下了。

对自己的家，封东磊一直满怀愧疚。

　　封东磊经手的案子实在太多了，多得常让他得"好好想一想"。一旦发生大案要案，他便全神贯注于案件中，他的家一下子便被抛到脑后了。

　　为抓获潜逃二十多年的杀人犯何发东，封东磊在贵州、云南的深山老林中来回穿梭二十余天，不断与变幻的恶劣天气、匮乏不适的食物、泥泞湿滑的山路以及恐怖缠人的蚊虫搏斗，历经种种凶险，克服重重难关，最终抓获嫌疑人。案犯禁不住惊叹：躲在这种地方你们都能找到，服了！

　　公安部督捕的张海在多省抢劫、强奸作案，流窜到徐州以租房为由抢劫财物 26 万元。封东磊长途奔波，八天里先后赶赴北京、商丘、淮安、九江、咸阳等地，行程上万里，追踪录像，调查走访，每天只睡三四个小时，最终在咸阳成功抓获张海。

　　接到侦破李勇黑社会性质组织案件之后，封东磊带领抓捕组日夜兼程废寝忘食地奔波，两个月内，一鼓作气连续抓获43名团伙成员。其间，一次单独侦查行动，他与两名犯罪嫌疑人不期而遇。机会转瞬即逝，封东磊没有丝毫迟疑，奋不顾身地冲了上去，与两个人展开肉搏，将对方扑倒在地，直到同事赶到……

　　这就是徐州的铁血刑警封东磊。

　　他几乎天天行进在办案的路上。

"北极星" APP 的末日

2018 年夏天,一款非法研制的 APP 软件被命名为"北极星"。

此时,在盐阜这片红色土地上,盐城公安已掀起"黄海行动"雷霆风暴。"猎影""猎狐"行动果断出击,网络诈骗跨省追踪,剿赌行动迅雷不及掩耳……多时空、多警种合成作战,在黄海之滨打响了一个个漂亮的战役,奏响了一曲曲高亢激越的盐阜警察之歌。"北极星" APP 自然难逃覆灭的命运。

十月的苏北,淡金色的阳光让大地上的一切显得格外澄明,空气中弥漫着温暖、松软的气息，夹杂着丝丝甜味，透过车窗无声地不时钻了进来。

盐城快到了。

盐城公安打击犯罪行动威震四方，我此行的任务，就是采访盐南高新区分局去年破获的一起涉嫌网络违法犯罪案件。

此案是公安部挂牌督办的"北极星"案件，利用软件技术进行违法犯罪活动，属于一种犯罪的新业态。

疑窦丛生的 A—27 幢

网安大队大队长周游接到线索时，心里还真有几分吃不准。

37 岁的周游中等个子，身材敦实，2017 年调到盐南高新区分局。这个 2004 年毕业于江苏警官学院的年轻民警，多年来一直在侦查破案一线工作，经手大大小小不下几百起案子。可面前这份材料说到的案情，他还是第一次遇到。

他不由自主地又翻了翻桌子上花花绿绿的卡片。

正面，"北极星"VIP 影视卡。上面标注"一个 APP 可以覆盖 12 大平台 VIP 会员"，可以观看"腾讯视频""爱奇艺""乐视视频""优酷视频""搜狐视频""华数 YV""芒果 YV""1905""凤凰视频""新浪视频""暴风影音""PPTV"共 12 大主流视频网站的视频。

另一面，"爱心传递卡"。卡的颜色、分类、功能各有不同，有黑色的、红色的，有年卡、季卡、月卡。

线索是新都派出所民富社区民警老淡提供的。

他在例行检查中，发现盐南高新区大智慧产业园园区内，位于 A—27 幢二、三楼的某公司里,七八个刺着青龙文身的小青年在对外销售一种名为"北极星"APP 的充值卡。每张卡售价 39.9 元、20 元不等,使用该充值卡可以免费观看包括"腾讯视频""爱奇艺""优酷视频"等 12 家主流视频网站的会员付费视频。

老淡年过半百,当过兵,扛过枪,2000 年从部队转业后干了公安。辖区仅大数据产业园就有单位 300 多家,中南世纪城商铺 500 多家,财富港商业区 50 多家,盐南体育产业园区 7 个居民小区。凭着一股认真执着做事的劲儿,他带着手下把偌大的辖区边边角角都摸得门儿清,是远近小有名气的"活档案"。从警不到二十年时间,居然十多次获得上级嘉奖,去年年初调过来担任"片儿警"后,就已抓获逃犯 7 人。

老淡老淡,并不简单。找到蛛丝马迹,都会认真下单。

7 月底的日头还很毒辣,高温的炙热让人们更多地躲进惬意的空调房间,可民警老淡却从不被外界的任何干扰影响,他只做认准的事儿。眼下,老淡眨巴眨巴两眼,凭直觉,他感到这家公司有问题。

他马上将情况向分局领导报告,分局主要领导要求网安大队介入调查。

接到线索,周游和队里青年民警刘勇先从网络上找到"北极星"APP 的真实原始下载链接,下载 APP;又对 APP 进行初步分析、解析工作,按照卡片设定的程序,将卡片充值,进入程序,页面立即丰富起来,12 家主流频道网站菜单式呈现在屏幕上。

再点击,进入,点击,进入,居然真的可以看到 12 家视频网站影视视频，软件的功能和宣传的功能相符。

要知道，平时爱奇艺、腾讯等网站的每一个 VIP 会员享受年卡的价格一般在 180 元到 200 元，而手中的这张卡片居然囊括 12 家网站，90 天季卡总共才收费 39.9 元，显然不符合常理。

软件技术层面的情况已经很清楚了，接下来需要面对的问题，是怎么定性的问题。

首先，这是不是案件？

其次，案件的法律依据是什么？

最后，此类案件应该怎么侦办，如何取证？

虽说周游工作十多年来经手的案子也不算少，特别是 4 年前参与组建毗邻分局的网安大队，侦办了不少网络案件，但是，这种案子还是第一次碰到。

好在今年刚调来的刘勇脑子灵活，也肯钻研，是个不错的帮手，可以先让他琢磨琢磨。

刘勇是个 "90 后"，清瘦而又清秀，一说起话来总是笑眯眯的。江苏警官学院行政管理系毕业的他遇到问题总爱多想多问几个为什么。2014 年参加工作以来，已被市局、分局嘉奖了五次。

其实，这个线索一到队里，刘勇心里已经琢磨开了。

他用买来的几张卡，反复试了一遍又一遍。

12 家互不相干的网站，被一股神秘的力量聚合在一起，这究竟是怎么回事？

他的目光继续搜索着。

对，应该是这里——杭州雨往有限公司，一家小型软件经营公司、民营企业。

刘勇与大队长周游交流时，周游告诉他，网络类纷争，很大一部分涉及侵犯知识产权。如果仅仅将计算机软件相关内容移动后进行播放，并不侵入其内部程序，应属于侵犯知识产权。

但是，就目前情况看，"北极星"APP绕开相关视频权限，应该不只是一款侵权的软件，很可能有侵入他人服务器的功能。

但究竟构不构成案件，还要看软件功能是怎么实现的。

"这是最为关键的一点，"周游提高声音，"而且——必须由专业部门提供结论。"

周游拨通了市局网安支队电话，把情况说了一下，接着打听哪里能做专业鉴定。

很快，支队回了话，国家林业局森林公安司法鉴定中心具有相关网络技术司法鉴定资质，而且是国家级的，具有较高权威。

"太好啦！地点在哪儿?"周游赶紧问道。

"就在南京，森林警察学院。"

一打听，作为全国权威性鉴定机构，森林公安司法鉴定中心每天接受来自全国各地大量的网络鉴定业务，通常从受理到出具结果起码得半个月。

"不行，这里等着立案哩。"周游寻思着，得想办法。

通过沟通交流后，刘勇带着APP样本直奔坐落在南京浦口的森林警察学院。办完手续后，他索性在招待所住了下来。

两天后，森林公安司法鉴定中心通过数据检验固定，出具了物证检验报告，明确了数据来源。

根据森林公安司法鉴定中心检验出的IP地址，网安支队协助大队联系了腾讯公司的相关人员。

经确认，"北极星"APP 获取数据的 IP 属于"腾讯视频"数据库。北京爱奇艺科技有限公司也出具了同样的相关网络数据的分析说明。

"涉案了！"周游拍了两下桌子。

两个人又仔细查阅《刑法》及相关司法解释。

经过严谨的论证，终于可以确定，"北极星"APP 是一款具有避开"腾讯视频""爱奇艺"等视频网站的安全保护机制、未经授权获取相关资源信息的软件。

第一个问题总算解决了。那么第二个问题，也就是说立案的依据呢？

查阅相关规定，"北极星"APP 应该涉嫌《刑法》第六章"妨害社会管理秩序罪"中第二百八十五条第三款"提供专门用于侵入、非法控制计算机信息系统的程序、工具罪"。

这种犯罪，在盐城甚至全省也没有遇到过，是一种新型犯罪。

事不宜迟，周游立即向分局作了汇报，分局领导十分重视。

盐南管委会副主任，盐南公安分局党委书记、局长侯晓飞，盐南公安分局政委王兵专门听取了案件汇报。

会上，侯晓飞指出："盐南是一个新兴之区，是盐城的核心区域，我们欢迎合法合规的互联网产业在盐南发展，但是也要坚决打击互联网违法犯罪，保证盐南清朗的互联网环境。"

他要求立刻由网安大队牵头成立"北极星"专案组进行立案侦查，抽调经侦、刑侦、巡防、法制、派出所等部门精干警力参与，全力攻坚，彻查全案。

经过一段时间的侦控研判，终于弄清了案件的组织架构和人员活动区域情况。准备对杭州雨往有限公司负责人林刚和骨干、国宏有限公司实际负责人支永兵（"北极星"推广老板之一）、"北极星"销售负责人章之皓、"北极星"销售小组长吴志东等同时从杭州、盐城两地集中收网。

抓捕前，侯晓飞专门开了一次协调会，特地邀请检察院同志参加，分局法制、网安部门一同研究。

因为这起案件也是全市第一起提供侵入计算机信息系统工具案，不管是公安部门还是检察部门都是第一次遇到。与以往案件相比，它在准确定性、管辖适用、证据要点等方面都有自己的特点，必须与各方面沟通好，尤其要与检察院的同志达成共识，使该案能够在法律层面上确保成案。

并不耀眼的 "北极星"

林刚是浙江萧山人。

从萧山乡下走出来的林刚和所有的浙江人一样，性格温和，头脑灵活，希望通过自己的努力让自己的小日子过得更好些。

从浙江工商职业技术学院大专毕业后，林刚在外打了几年工，前年刚刚成立了自己的科技公司。说是科技公司，其实只是自己主外，妻子主内，再雇两个人打打下手而已，用当下的时髦话说，就是"小微企业"。

虽说是小微企业，但林刚还是很注意形象脸面，为此买了宝马车，也买了房子，还以年租金 6 万元的代价，在杭州萧山区的中心地段"某科技研发中心"大楼上租了三间办公用房。

楼层虽说高了一些，但是林刚喜欢。他时常端起茶杯，从窗口俯视，这种感觉让他很爽。

这几年，他一直在做"优卡白条"。这是一种类似信用卡的业务，就是每个月，这个平台给客户多少加油的额度，客户必须全部用掉，最后结算时，客户只要还额度的 88% 就可以了。他一步一步做到全国总代理，手中有一百多个客户。

开头几年挣了些钱，小日子挺滋润。可是，近两年受经济形势影响，好多企业倒闭，业绩做不上来，返利难以兑现，不少客户找上门来，甚至有的提出退单。

他很郁闷，没事就上上网，东瞅瞅、西逛逛，希望能撞上好运，摆脱困境。

机会似乎真的来了，听说有一种聚合 APP 在充值后可观看"腾讯视频""爱奇艺"等网站的视频影片。

谁都知道，正常各大网站的影视卡，都是需要付费的，而这个却是免费的。

这里有商机。他心里一动，这几年在商海中扑腾的林刚，多多少少练就了敏锐的嗅觉。以他这几年商海闯荡的经验，他认为可以做这种平台的加盟或代理，推广，可赚大钱。

他有些激动。

他又在网上搜了一下，很快找到专门做这种 APP 的成都花琪有限公司。

他和公司的法定代表人罗峰通了电话，问了相关情况。

罗峰表示这个业务可以做，公司业务实力不错，可以先发一个现成的给他看。

没几天，林刚就收到对方寄来的 APP 软件，里面不仅有视频模块，还有通话、购物等模块，应该说还可以。

　　林刚打算去一趟，一是落实开发一事，二是实地去看看。毕竟这年头，江湖骗子太多，身边朋友一不小心翻船的例子实在太多。

　　项目就是机会，时间就是金钱。林刚马上和罗峰约好了时间，从杭州坐飞机直飞成都。出了机场一路打的，他找到了位于成都市某区歌谭中心 17 楼的花琪公司。

　　用大理石不锈钢玻璃装修的花琪公司门面，干净、现代。一进门迎面玄关上标明"优卡城市合伙人服务中心"，在里面的办公间里，十多个年轻人在电脑前忙碌着。

　　罗峰是个三十岁上下的年轻人，个头儿不高，长相清秀，透着一股聪明劲。

　　林刚瞅着眼熟，仔细想想，噢，原来与台湾男影星黄维德颇有几分相像。他玩笑着说了，罗峰也笑了一下，接着领着他看了一圈，介绍了公司的情况。

　　然后，泡上一壶茶，两个人切入正题。

　　林刚看过之后对公司感觉不错，便提出开发设想，希望罗峰尽快做出带有视频功能的软件。

　　罗峰表示没问题，两个人当下签订了 APP 开发合同。

　　根据合同规定，成都花琪公司依照 ECALL 电话（淘客和影视）系统的版本水平进行平台复制（定制），包括运营系统、业务管理平台和客户端。7 天内完成系统搭建。

　　林刚当日应向该公司支付人民币 15844 元，系统搭建完成测试通过后，支付另外的 15844 元，合计支付总款 31688 元。

　　这个公司是 2016 年注册成立的，当时只有三个股东，罗峰是法人代表。他在上大学时，曾获得第四届成都国际软件设计大赛个人赛第一名，是学校网站社团队长。毕业后他先在一家软件公司打工几年，做安卓的客户端，在那里认识了同在那里打工的巴中姑娘李婷，李婷是做 LOS 客户端的。做了没有多久，罗峰说服李婷一起离开那家公司，和另外一个小伙子一起成立了成都花琪有限公司。开始是用李婷的名字注册的，后来李婷实在忙不过来，就把公司法人转给了罗峰，那个小伙子也退了出去。目前，公司股份罗峰占 70%，罗峰的妻子田丽占 10%，李婷占 20%。

毕业于成都电子科技大学软件工程专业的罗峰，和很多同学一样，怀揣着自己的梦想，他时常去大学生创业园，那里经常提供大学生创业机会。一开始，他一个人全职在公司干，其他人兼职干，接了不少外包项目，慢慢地，公司发展到 13 个人。

2018 年春的某一天，罗峰无意中发现，周围做网络电话系统的同行做的系统里面，多了一个具有可以免费观看腾讯、爱奇艺、优酷等平台的 VIP 收费视频功能的影视模块。

他突然想起前一段时间曾经有客户跟自己提到过这事。

他想了一下，自己设计的客户端上，可以收看"虎牙""斗鱼"等的直播，看来还是不够，现在老百姓精神文化需求蛮多的，尤其是网络文化产品，年轻人追捧得很。

市场需求就是企业的导向，自己这个公司成立才两年，虽说还可以，但他一直想做得更大更强，应该主动研究市场，研究人们的心理需求，从而走向市场，占有市场。

他让公司股东李婷过来，一起研究那个 APP 的影视模块的功能。

　　李婷毕业于成都理工大学，现在负责公司的软件开发。李婷专业不错，罗峰让她做 IOS 的客户端，将影视界面添加到公司的手机软件里。李婷着手从技术层面解决问题，很快就将这个客户端做好了。

　　罗峰让做后台的后端工程师冯一威也参与影视模块的制作，具体负责对解析源返回的影片播放器中"继续播放"和"暂停"功能的制作和完善。

　　他自己也做安卓的客户端，并把影视功能的后台也做好了。

　　到了 2018 年 6 月初，影视功能全部做好了。影视界面进去之后，有很多其他平台的链接，点击这些链接可以到达腾讯、爱奇艺等十几个相应的影视平台。

　　林刚的联系电话，让罗峰有些暗自得意。这不，自己刚刚研发好，就有业务上门了，自己还是挺有远见的。

　　两天后，罗峰告诉林刚，APP 做好了。

　　叫什么呢？罗峰问他。

　　嗯，这个还没想过。林刚看了一眼桌子上的 APP，脑海里忽然闪过一道灵光，眼神随之一亮。

　　"北极星！"他脱口而出，"就叫北极星吧。"

　　"挺好的。多好的名字！"罗峰也很赞成。

　　是啊，希望和方向，多好的寓意。林刚多么希望借助"北极星"把自己渐渐荒芜的生意场注入一些生机。

　　短暂的高兴之后，林刚突然有些不放心，问道："这个会出问题吗？"

　　罗峰愣了一下，有些犹豫："可能，可能会涉及侵权吧。"

　　林刚提到的问题，罗峰不是没有想过。可网络技术上遇到的情况太多了，迄今为止好像也没有真正出事的，至多是侵权而已。技术无罪嘛。他宽慰自己。

罗峰的表情，林刚都看在眼里。

在网络江湖上行走这些年，有些情况他还是知道的，凭直觉他觉得这里面有问题。但是什么问题，他也说不清楚。去成都之前，他已上网搜了一下，只搜到好几年前的一个案例，最后是以民事纠纷罚了20万元。应该还好吧，他对自己说。

一回到杭州，林刚就开始推广了，和手下人忙着做宣传，网上的、纸质的，到处发，把充值卡送给周边单位，还有认识的生意人，特别是原来的"优卡白条"客户。

他觉得"北极星"APP真心不错，买了之后，就获得了后台的管理权限，可以生成卡密，修改APP上的广告，查询后台数据，而且可以发展下级分销，通过返现挣钱。对于原来的"优卡白条"客户，还可以通过部分赠送的办法，聚人气，拉客户。

没几天，客户真的陆陆续续上门来了。

充值卡每张1元，如果制作实体卡另收1~2角钱的印刷费。只要买卡达到2000元，他就给他们开后台，他们就可以和林刚一样操作APP。

充值卡本来就便宜、实用，更何况在经济发达的浙江地区。于是，影视卡很快就被喜爱的人们看好。当月，林刚就售出实体卡近30000张，客户多是一次购买5000张，少则购买3000张。

无巧不成书，支永兵正是这时候找上林刚的。

支永兵找林刚也是为了业务。与其他几个人相比，支永兵算是"老江湖"了，可谓经历丰富。他在福建当过兵，闯过上海滩，做灯具业务掘到第一桶金，做金融现货风生水起。

可让他郁闷的是，老天似乎常跟他捉迷藏，在灯具市场被冷落之后，现货正做得好好的，国家开始打击；改做股票配置了，国家又出文禁止；现在做起期货，市场形势又不容乐观……哎哟，真是一会儿让他上天，一会儿又"扑通"一下把他甩到地下室。

听说"优卡白条"业务有做头，支永兵动了心思，想做盐城地区代理商。

他与"优卡白条"深圳总部联系，对方给了他一个电话号码，让他与杭州的"林总"联系。

他带上刚刚慕名投奔自己的章之皓开车去了杭州。

林刚介绍过"优卡白条"后，拿起桌子上的宣传资料，告诉支永兵："这个产品也很好。"

支永兵睁大了眼睛。

"这是……"

"这是'北极星'APP，里面有一个影视平台。"林刚指着卡片的一面告诉支永兵，上面有 12 家主流影视公司的图标，"只要用我们公司提供的卡密在这个平台上充值，月卡、季卡、半年卡和年卡分别充值 30 元、90 元、190 元、365 元，就能观看这 12 个平台的会员电影，不用额外付费。"

看到支永兵听得很专注，林刚继续道："更重要的，这是我们公司首创的吸引人气的方法。现在市场不好，人气比什么都重要啊！一年会员的零售价是 39.9 元钱，如果你们代理这个业务，可以 1 块钱包一年的平台会员，以后还会在 AAP 市场上架。"

说完，林刚打开近期的销售记录让两个人看。时间、转账记录、收件人、手机号码、微信号、单号、支付宝账户，等等，清晰而又真实。

真的哦！林刚又拿出几张塑封卡让两个人挑选。

支永兵挑了一款黑色的年卡。

仔细翻看着卡片的正反两面，支永兵感觉不错。

支永兵曾经有过小小的风光，也是个有故事的主儿。早几年，他借用朋友之前登记的和硕盐城热能有限公司的名义，成立了国宏有限公司，主要做股票和期货。有了当年在上海闯荡的经历，他也想在盐城土地上有所作为，在父老乡亲面前露露脸。办公房是以每年 10 万元的代价在市区金鹰天地广场租的，公司得有形象嘛；黑色奥迪轿车也买了，交通工具必须跟上。可是，理想是美好的，现实却很骨感。两年租期满了之后他没有续租，一是原有业务很难做下去，二是新的业务一点儿头绪也没有。

正在摸索中的支永兵遇上了"北极星"。这或许是个不错的选择，市场需求量应该不小。

和林刚一样，支永兵也想到同一个问题："这么多免费频道——不会有问题吧？"

"问题嘛，不能说没有。"林刚停了一下，"至多是侵权吧！"

后来，支永兵在"北极星"中看到了一些原本在腾讯、爱奇艺中只有预告没有内容的片子，诸如《锯齿鲨》《我不是药神》等，更加坚定了对它的信任。

回盐城的第二天，支永兵就和林刚联系，订了 5000 张年卡。

金鹰天地的办公房虽然没有续租，但支永兵不想就这么荒下去，也荒废不起。

2018 年 7 月，他借用一个朋友在城南新区大数据产业园A—27 幢二楼和三楼的办公室，雇了一些暑期工，让从黑龙江来的章之皓担任销售经理，打算重新开张。

过了一个星期左右，林刚就把 5000 张卡寄来了，还赠送了一些红色的月卡和季卡。年卡可以充值一年的会员，季卡可以充值 90 天会员，月卡可以充值 30 天会员。

章之皓又在 58 同城网上招聘了吴志东当销售小组长，安排那些暑期工和学生开始推销。

于是，就出现了民警老淡在清查时发现的那一幕。

一夜蒸发的科技公司

9 月的盐城，经过一个夏天的炙烤，大地似乎积蓄了满满的热量，像是一个沉甸甸的果子，依偎在这夏末初秋的季节里，静静地打量着什么，又在聆听着什么。

风从海边吹过来，没有原先的浩荡，不知怎的变得细腻，温热，而又小心翼翼，带着一丝不易觉察的微凉，像是害怕弄碎了什么。

一切都在悄悄而又紧张有序地进行。

盐南高新区位于江苏省盐城市区南部，建于 2006 年。2018年获批盐南高新区，2019 年挂牌成立，辖区面积 102 平方公里，是盐城市新的行政、文化、商务商贸、科教金融中心，也是全国首批"智慧城市"试点城区、国家制造业大数据高新技术产业化基地、国家绿色能源示范区、全省首家绿色建筑集成示范区。

盐南高新区公安分局建于 2011 年，2019 年与盐南高新区同步更名挂牌。民警平均年龄 32 岁，是全市最年轻的公安队伍。近年来，分局坚持以人民为中心，着力发挥区位优势、彰显智慧特色、追求现代发展，将打造"平安建设高地、公安工作高地、现代警务高地"作为目标追求，强化底线思维、系统思维，突出抓好政治建警、改革强警、科技兴警、从严治警，各项公安工作不断有力有序推进。

在跨进盐南公安分局大门的第一时间，我惊讶地发现一侧的巨幅电子屏上，"让我来、跟我上"的盐南公安精神熠熠生辉，让人震撼，一幕幕盐南公安励志奋进的精彩画面通过各种形式的文艺表演呈现出来，鲜活生动、激情迸发。王兵政委带我参观了分局精心打造的智慧党建中心、实战训练中心、警营文化中心、现代警备研究中心和廉政教育基地"四中心一基地"综合性警备阵地，其精湛的设计、超前的理念、丰富的内容让人赞叹不已。

我在《盐南警察赋》面前停住了——

古都新府，热土城南。人民警察，守望平安。汇百川奔海浩荡之气，积万代迄今义胆忠肝。凡罪必亮剑，除恶务尽。为民自倾心，视事当然。夙夜匪懈，持以经年。于是，四际康平，八方辐辏，盛世煌然。

干将发硎，有作其芒。执法律之利器，警家国之门户。效天地之枢机，察民众之祈望。乘黄海行动之雄风，百战百捷。密梳网清格于闾巷，精算细量。扫黑除恶，群凶授首，打黄禁赌，文明张扬。大案必破，细隙必察，云网列布，威震八方。

平安之路，道阻且长。忠诚奉献，无上荣光！壮哉我人民警察，百炼成钢；伟哉我公安事业，永远辉煌！

好一个《盐南警察赋》！好一个盐南公安精神！我情不自禁地为盐南公安叫好。

早就听说盐城警察王兵业务精通，还写得一手漂亮的古诗词，作品多在国家级专业刊物上发表。久闻其名却一直未曾谋面，没有想到能在盐南相遇，眼前这个儒雅稳重、谦逊中略带一点羞涩的基层公安领导，文武兼备啊！

按照计划，2018 年 9 月 19 日分杭州、盐城两地，对林刚、支永兵、章之皓、吴志东等进行抓捕。抓捕力量由市局网安支队、分局网安大队、刑警大队、派出所警力组成。

王兵政委坐镇指挥部协调指挥，安排一组专案民警提前抵达杭州摸底，另外三组专案民警在盐城待命，先期摸清嫌疑人，等候指挥部命令统一抓捕。

指挥部的电子取证组也统一听从指挥部指挥，准备好取证设备随时待命。

杭州组由周游带着五名民警及巡特警组成。

周游主要负责对接杭州警方、抓捕及取证工作现场指挥；两名民警负责现场勘查、电子设备及存储媒介收集取证、配合押解人员回盐；另外几名民警和巡特警负责现场人员控制、现场执法录像、现场搜查及物品扣押、法律文书填写、押解人员回盐；两名民警负责对现场物品状态进行拍照及录像。

提前两天，周游带着一干人马直扑杭州。第二天先跟杭州警方对接，随后找到林刚所在的办公大楼，察看林刚的情况和周围环境。

他在楼下先转了一圈，然后乘电梯上了20楼，再沿着步行梯下到17楼，转到林刚的公司门口，只见写字间玻璃门口堆放着一捆捆杂物和宣传资料，仔细一看，几乎全是"北极星"APP的。

透过玻璃门，看得出里面共三间办公室，三个女的在外间办公，都是三十出头年纪，里面什么情况看不出来。

周游随即下楼，在停车场找到林刚那辆黑色宝马车。

还好，人应该在里面。公司正常上班，营业。

周游悄悄透了一口气。从警十多年来，虽说也是身经百战、亲手抓获三四百名嫌疑人的老警察了，可这次行动还是让周游感到了极大压力。

为什么？

这次整个行动是以杭州为中心，盐城三处同时联动。杭州这边抓捕是重中之重。

但问题是杭州这边存在不确定因素，比如人员情况、实际后台操作情况，等等，自己作为先遣队，既要摸清情况，又不能打草惊蛇，否则，会功亏一篑。

当晚，周游向分局指挥部报告情况，王兵政委立即命令10名抓捕机动力量准备行动。

19 日一早，10 名抓捕力量乘依维柯车从盐城出发，周游同时与杭州方面同志直接赶到公司。

9 点，公司员工开门 20 分钟后，林刚夫妇上班。

10 点，盐城力量到达，与周游等人会合。

周游现场召集有关人员，再次明确具体分工，接着，带人直接上楼，封锁保全后台相关数据，顺利抓获嫌疑人林刚。

盐城这边，十多个民警分成三个组，也做了严格的分工。

刘勇和一名民警负责对象抓捕、抓捕对象审查、现场取证、物品扣押、法律文书准备及填写、配合电子设备及存储媒介搜集证据。

事先，周游和刘勇商量："支永兵平时活动范围广，能力又强，户籍还在射阳县，要不要进一步确定他的住处？"

刘勇表示赞成："当然，这样稳妥些。"

通过侦控手段，很快查实了支永兵的实际住处——城南阳光御园。

刘勇驾车来到大数据产业园 A—27 幢。这栋小楼位于小区西北一隅，看上去跟平时没有什么两样，高高的合欢树已过花期，却仍被茂密的冬青环绕着，从小楼东侧延伸出来。小区四周一切如常，安静得让人觉得这是另外一个世界。

刘勇忽然有点儿惋惜。他上了二楼，又到了三楼，这层只有唯一一间办公室，楼梯直通门口。

推开门，一个三十多岁略显黑瘦的男人坐在办公桌前。

您是——

招商局的。今天专门来走访的。刘勇自我介绍着。

"您是刚来不久吧？我们局平时定期会上门了解园区内公司

情况，看看大家有什么需求和难处，我们尽量提供帮助。"

"好呀。快请坐，坐。"支永兵很热情地招呼着，又是递烟，又是泡茶。

支永兵感慨眼下生意不好做，不知道下一步怎么办。

刘勇应付着，跟他聊了二十来分钟，推说还有几家要跑一下，告辞了。

一切如愿。

根据案件的具体情况，事先约定，两地同时布网，但必须先把杭州那边的林刚控制住，然后盐城这边才能动手。

19 日上午 10 点，周游带人抓获林刚，盐城这边随即动手。支永兵、章之皓、吴志东三人先后落网。

"这个是我做的。"林刚当场承认。

"也是你开发的？"

"不是，是罗峰，成都花琪有限公司。"

专案组顺藤摸瓜，很快查出罗峰基本情况和目前公司地址：罗峰，男，1988 年 7 月 21 日出生，四川省南充市顺庆区人，大学本科毕业，现住成都市高新区某某大道某某号。

林刚一五一十地交代了案情，专案组认为，既然如此，应该全链条打击网络黑产，继续迅速果断抓捕涉案骨干。

事不宜迟，专案组决定 10 月去成都抓捕罗峰及其公司骨干。

"务必尽早尽快。"侯晓飞局长在听取汇报后，又专门强调。

这些年来，盐南公安无论在公安实战还是在队伍建设方面都很有建树，通过重大安保、专项行动、练兵考核锻炼队伍、培养骨干，通过岗位交流、选拔竞争、战时表彰激发活力，各条战线上均培养了一批像周游这样过硬的业务骨干。他们默默付出，支撑起盐南公安的一片蓝天。

考虑到公司有十多名员工，且目前不清楚参与的技术人员有多少，现场需要扣押的电子物品数量也不明确，专案组决定，周游和网安支队许辉先行赶赴成都，进行前期侦查，随后大队人马从盐城驾驶依维柯车赴成都。两组人会合后进行抓捕行动。

16 日晚上，周游、许辉按计划飞往成都。次日一早，直奔歌谭大厦。可上楼之后，发现居然是铁将军把门。

"没到上班时间呐。"周游自言自语道。

许辉却摆摆手。

周游也突然觉得哪里不对。

只见许辉紧贴着玻璃门，专注地往里面张望，眉头紧皱。

周游定睛一看，玻璃门内办公桌已经有些散乱，桌上空空如也。

许辉指指里面："电脑，电脑呢?"

周游一下子清楚了，作为网络公司必不可少的核心办公工具的电脑已经全部撤走，只能说明公司已经不在了。

周游当时就蒙了。

天哪! 盐城这边十多人一早已经出发，正往成都赶，晚上就能到，不出意外的话，第二天，也就是 18 日上午将动手抓捕。但是现在公司已经人去楼空……

怎么办，怎么办? 怎么办!

"如果 18 日的抓捕行动泡汤，我是这个抓捕行动负责人，让我怎么跟领导和兄弟们交代?"周游急得跳了起来。他用拳头猛烈地砸着墙面。

许辉赶紧拉住他："我们好好想想。"

许辉的话提醒了周游，是得赶紧想办法。

"这么多人跨省长途奔袭行动，拖一天都不行。"他铁青着脸，不知跟谁赌气。

稍稍冷静下来，周游灵机一动，装作客户向对门的公司打听花琪公司的情况。

人家说是昨天刚搬走。

"什么，昨天刚搬走？"周游一听这个消息更是傻了眼。难道……难道……难道罗峰得到了什么消息？或者是我们团队内部有人泄露了抓捕行动？

周游的脑筋急速地转动着。

毕竟是身经百战的资深警察了，周游强制自己冷静下来，无论如何要冷静。

事已至此，必须面对现实。现在应该考虑的不是究竟发生了什么，而是面对现实，下一步怎么办？怎么在大部队到达之前挽回局面？

对方好歹也是个有十多人的团队，无论团队还是个人跑到哪里，都应该留有踪迹，不信查不出一点儿痕迹。

他和许辉商量了一下，决定分两步走。先去查询嫌疑人及公司员工的情况，看有无新的地址；然后发动手上的各种公司资源，请求他们配合查询。

时间在一分一秒地过去，过得真慢啊。

10月的成都依然闷热，潮湿，外面街面上嘈杂的喇叭声、商铺吆喝声断断续续传入耳中。

一阵燥热，汗珠不停往外冒，周游干脆把长袖外衣脱了。

坚持，一定要坚持。周游对自己说。

中午 12 点左右，终于得到了消息：中午罗峰定了外卖，新的地址在天府软件园。

周游狠狠地捶了一下许辉。

两个人欣喜若狂，恨不得一个跟头翻到那里去。

到了天府软件园，只见新搬迁的花琪公司的面积足足有七八十平方米，会议室、财务室、老总办公室一应俱全，刚刚布置一新。乔迁新居的喜气正在四处洋溢着，员工们在各自忙碌。

嗯，人员上班正常。两个人这才放下心。原来该公司只是正常搬迁。

这样看来，公司内部的证据应该还在。

有了前车之鉴，周游更加谨慎了。下午他又去罗峰的住处跑了一圈，里里外外认真看了地形。

晚上 10 点左右，大部队终于到了，赶紧连夜在宾馆开了碰头会。

周游把情况跟大家说了，根据新的情况重新制定了详细的抓捕方案。

由于花琪公司人数相对较多，公司地方也较大，考虑分为家里和公司分别抓捕，并明确抓捕时间，每个人的职责、点位，并将十多个人分为家庭侦查、公司楼层、楼下侦查、人员控制、电子勘验、现场讯问六个组。

18 日早上 6 点，各组分别就位。周游带领一名民警先赶到罗峰的住处。

罗峰的住处是老旧的公寓楼式样，每层电梯只有两部，住户多达 20 多户。如果站在他的楼层监控他，被他人发现的概率较大。只能到地下车库寻找其车辆，趁他上车时抓捕，带到公司后，再抓捕公司相关嫌疑人员。

周游和同伴在地下车库罗峰的车辆附近守候。

一直等到8点多，看到罗峰老婆独自一人过来开车走了。

怎么会只有她一个人？罗峰呢？

周游立刻拨通在罗峰公司现场民警的手机，让他们注意罗峰老婆什么时候到，同时看住公司电梯，注意罗峰的情况。

接着他来到罗峰的家门口，贴着门听室内的情况。听了好久，室内总也没有动静。

过了40分钟左右，公司现场民警来电话，说罗峰和他老婆都到了。

当时虽然不知道出了什么问题，但一颗心还是放下来了。后来才知道，罗峰当时和老婆从一楼兵分两路下了电梯，给老婆买上早点，然后再在半路上车一起去公司上班。

10点不到，周游率侦查员进入公司现场，当场抓获罗峰及涉案人员李婷、冯一威3人，予以刑事拘留；同时获取了大量支撑案件的电子数据。

接着，盐城警方一行十多个人连夜坐上成都至盐城的火车，历经三十多个小时的长途奔袭，将3名嫌疑人押回盐城。

回到队里，刘勇朝周游竖起大拇指，狠狠地摇了又摇，一脸的崇拜："这种情况下都能把人抓回来，水平啊，牛！"

周游有些得意，端起茶杯，晃晃脑袋："这才叫法网恢恢，疏而不漏！谁犯法，谁就该被捉！"

罪刑相适应原则

林刚等四人的审查处理总体顺利，林刚很快交代了自己的全部犯罪事实：

"2018 年 6 月 20 日，陈玉立通过微信转账，分两次向我转账 5000 元和 500 元，共计 5500 元，用于购买 5000 张'北极星'季卡的实体卡。

"2018 年 6 月 21 日，贾月通过微信转账 5000 元给我，我在后台直接划拨了 500 个年卡号段、1500 个半年卡号段、3000 个季卡号段给他。

"2018 年 6 月 21 日，江云才通过微信转账 3000 元给我，后来又通过他微信名为'刚'的朋友转账 2600 元给我，要制作 5000 张实体卡，我让印刷厂做好就邮给他了。

"2018 年 6 月 21 日，宋春通过微信转账 3200 元给我，要买 3000 张实体卡，我做好后邮寄过去了。"

……

"我认罪，服从处理，配合调查。"无论在审讯中，还是在庭审中，这个白净的浙江人给人的感觉是乖巧、灵活，会说话。

但支永兵一开始总是心存侥幸，一口咬定自己并不知情。

在商海摸爬滚打多年的他，有着与生俱来的聪明和足够的狡猾。他眨巴着那双不大却精神十足的眼睛，不时观察着侦查员的表情，时而表现得很无辜，时而又表现得很无奈。

专案组一商量，干脆同时对三个人进行审讯，然后及时互通信息，将三个人的供述相互印证，从他和章之皓一起去杭州找林刚洽谈业务开始，到具体出售"北极星"充值卡的各个细节，这样一来，他编造的谎言不攻自破，只好将这段时间的所作所为一一供述。

刘勇捧着讯问笔录，满面喜气地找周游汇报。

周游气定神闲："嗯，不错，虽然比预想的要快一些，但还是在我的预料之中嘛！"

"当然喽，领导有方嘛。"刘勇也肉麻着，嘿嘿地笑。

"早着呢！"周游收起笑容。

"怎么了？"

"好日子过完了，开始过苦日子啦！"

周游指指桌上网安支队送来的"北极星"案件厚厚的取证数据，对着刘勇苦笑。

这是网络案件区别于其他案件的一个最为显著的特点。

"听周大队的话，跟着领导走。"刘勇继续肉麻。

"干活干活！"周游摆摆手。

于是两个人开始整理海量数据。

在不到三个月时间里，林刚向他人提供"北极星"实体卡至少 94500 张，得款 102200 元，后台用户数据为 60000 余条。支永兵等人共销售"北极星"实体卡 1000 多张，得款 6963 元，后台用户数据为 700 余条。

看来，支永兵的情况并不好，他本人在交代中也说，原来以为需求量会比较大，其实不行。或许盐城的经济跟浙江不好比，支永兵的江湖与林刚的也不好比吧。

看到这些数字，周游、刘勇的心情不禁沉重起来。

这些用户数据，无论是 60000 条还是 700 条，都远比司法解释上的"情节特别严重"的数值"20 条"要高得多。根据法律规定,可能要判处三年以上有期徒刑。三年的牢狱之灾,对于一个普通人而言,会带来妻离子散、家庭破碎甚至家破人亡的悲惨结局。无论犯罪嫌疑人出于什么动机,在受到应得的法律制裁的同时,警方也应该对他们负责,认真甄别罪与非罪,保证执法的公正性、准确性和严肃性。

周游和刘勇连夜加班加点,又仔细比对了所有的数据,认真剔除了注册却未使用"北极星"APP 的用户数量,最终确认林刚的后台用户数据为 12775 条,支永兵等人的后台用户数据为 314 条。

一切都挺顺的,下一步就要移送检察院了。

盐城经济技术开发区检察院位于盐城城北,刘勇每次都自己开车去。

第一次去时,刘勇是哼着小曲儿上路的。妻子快生二胎了,昨天体检情况一切都很好。他的心里充满了感激,感激父母,感激妻子,也感激单位,他觉得一切都那么好,虽然自己挺辛苦的,时常顾不上家,但是他们都帮着自己,支持自己,包容自己。他很满足。

检察院负责此案的是刑事检察科一位四十岁上下的女检察官,姓高,短短的直发,显得十分干练。

大家都是老相识。坐定之后,刘勇把案情大概介绍了一下,又详细描述了几个涉案嫌疑人的具体情况。

"这种案子第一次接呢。"高检微笑道。

"是的呢,我们也是第一次啊。"刘勇面对有着一定资历的检察官谦逊着,"高检多指教呢。"

也难怪，这是一种新型犯罪，如果不做深入研究，的确在罪与非罪方面难以拿捏。

他拿出专门准备的网络技术类资料，一一指给她看，特别是前段时间下发的《网络犯罪二十讲》，也特地复印了里面的有关部分给她。

"我再看看。"高检擦擦眼镜，认真地说。

"怎么样了？"回到大队，周游问刘勇。

刘勇用手指在脑袋边绕了个圈圈，打了个手势。

周游会心一笑，拍拍他的肩膀。他对这位小兄弟还是放心的，做事不仅认真，而且还爱动脑子。

很快地，检察机关和公安机关取得一致意见，按照罪刑相适应的法律原则，对于参与编辑、制作软件或者有后台，且数据量达到法律规定门槛的，依法追究法律责任；对于手下的员工，一律作为证人取证，不追究他们的法律责任。

不久，检察院依法批准了提请逮捕移送五名犯罪嫌疑人中的四名，对其中情节轻微的吴志东作出不批准逮捕决定。

后来李婷、冯一威因情节较轻，刑拘期满后也被取保候审。

别样的新年鏖战犹酣

鉴于"北极星"侵入、非法控制计算机信息系统工具案，涉案灰产链条全、嫌疑人多、地域范围广、受害公司众多等原因，市局网安支队于2018年11月中旬向省公安厅网络安全保卫总队申请对该案进行公安部督办。

省厅网安总队接到申请后，认为该案符合公安部督办要求，即向公安部网安局申请督办。

2019 年 1 月 15 日，公安部将此案列为挂牌督办案件。

杭州、成都公司人员 7 名嫌疑人到案之后，经过审查还原案件真实情况，同时对大量的电子数据进行勘验，梳理出数据中与支永兵同一级别的代理销售商并达到起诉标准的 16 人。

公安部列为挂牌督办案件之后，专案组更有信心了，准备进行全国性收网。

分局领导专门召开推进会，听取案件汇报，着手组织精干人员对这 16 人进行抓捕。

随着案情一步步深入，周游也越发慎重。

返回南京后，我对他的几次电话采访，多在晚上，甚至深夜。

我担心打扰他休息，小心地发短信问他在不在，他都秒回电话。

在班上哩。

还有一次，大概深夜 11 点多钟，他说正在跟几个刑侦兄弟一起吃点儿东西，刚办完案子。

周游单身带着两个女儿，大女儿上六年级，小女儿读二年级。两个孩子都很活泼，爱闹，爱笑。他的父母都已退休。父亲有颈椎病，一直疼得厉害。他知道，无论在生活上还是学业上，对于孩子来说，这个时间都是需要家长付出心血的时候，需要他投入大量时间。可是工作上他又走不开，所以大部分甚至可以说基本上都是把孩子托付给父母。全家人的吃喝拉撒，还有孩子的辅导，父母差不多全包下来。父亲的老毛病不时复发，却一直忍着，为了他，他们从没有星期天。

平时，他晚上下班回家时，孩子已经睡觉，早上离家上班时，孩子还没有起床。周末、节假日加班更是正常状态。周游内心深深地感觉对不起孩子和父母。

两个丫头倒也精得很，一逮到机会就缠着老爸。

这不，国庆节值班，老大也不放过，硬缠着老爸带自己去单位看看。她可是听说老爸单位刚刚新搬了地方，可有文化可气派呢。她在那里跑步，举哑铃，看书，翻屏。看到老爸作为优秀党员的照片，神气活现的她，立马发了朋友圈。同学们个个羡慕得哈喇子直淌。她还在那个鲜红的党旗照片面前拍了照，高高举起小拳头……

愧疚啊！今年 6 月，周游的母亲 60 岁生日到了，他要好好表达一下。于是，他破天荒专门请了几天公休假，带着父母孩子一行 5 人去广西涠洲岛，好好玩了一趟。

"你的微信头像就是在广西拍的吧？"我顺口问道。

"对啊，回来之后，大家都问我玩得开心否，他们哪里知道，我就是去服务的啊！但是心里特别满足。"他先是苦笑，随之欣慰地望着我。

真是铁汉柔情啊！

"都说忠孝不能两全。既然干了这份职业，就应该对得起这一身制服……我一直记得，当年从安德门 128 号江苏警官学院大门进去，就是一块牌子，上面写着'无私奉献'，这个应该是对每一个警院学子的要求。"周游沉吟着。

全面收网行动开始了。专案组分两个抓捕组，刘勇负责南片组，朱东来负责另一组。

这时已近年关，过年前顺利清理了江苏境内的几名犯罪嫌疑人，抓捕组的同志腊月廿九晚上才回到盐城。

为了尽快、准确地抓获嫌疑人，春节的年味还没有散尽，刘勇他们又上了路。

要知道，如果一个月内不全部扫清全国范围内该案的嫌疑人，这些人正常开工之后便会在全国各地流动，抓捕难度会大大增强。

刘勇其实真的不想离开家。

他刚出生的小儿子才两个多月。和周游情况几乎一样，他也是靠父母照看帮衬着自己的小家。几年来多次获奖，还有去年刚刚获得的盐城市十大猎影能手荣誉，其实都仗着家人的支撑。妻子漂亮温柔，他很爱她，他的微信头像至今一直都是两个人的婚纱照。芳草如茵，伊人似水，他紧紧握着她的手，正如握住彼此一世深情……但是自己却往往在她需要的时候陪不了她，甚至大儿子出生的时候他还在案子上。之前她还提醒他"开车过来时慢点，注意安全"，让他瞬间泪奔。

但是，此时，他必须出发。才正月十四啊！

"这么早，一定要走？"妻子欲言又止。

"是的。"他不敢面对妻子，只得假装找手机，转身去了客厅。

出发的时候，他和朱东来互相调侃，看谁先完成任务。

朱东来虽说刚参加工作不久，可这个时候也不甘落后，说："怎么，不相信咱？"

刘勇建议来个小范围的誓师大会，说："要是人没抓完咱就不回来了。"

"必须的！一言为定！"

两个人击掌，然后就各奔南北了。

刘勇是南部小组的带队人，第一站就直接飞到了云南昆明。到了昆明，刚下飞机就急匆匆找地方入住，到了宾馆，所有人吃了晚饭就为第二天的抓捕做准备。

第二天一早，几个人打车赶到了昆明的国际商贸城。到达嫌疑人杨某所在的门市时，忽然发现杨某正在门口修车。

刘勇冲上前去将杨某控制住。

杨某对自己的犯罪事实供认不讳。

晚餐正狼吞虎咽，老板又送上来一碗汤圆。

刘勇一愣："我们没点汤圆啊。"虽说眼馋，他还是告诉老板。

不料对方告诉他们，今天是元宵节，汤圆是免费送的。

大家这才记起来，今天是元宵节啊！

刘勇掏出手机，赶紧打电话向朱东来报喜。电话刚接通，他禁不住得意地"嘿嘿嘿"。

朱东来一下就知道了刘勇有炫耀的意思，于是先是恭喜旗开得胜，然后就开始诉苦，告诉刘勇，他们负责的那个对象有多么多么难找，他们忙到现在正在吃饭什么的。

刘勇不依不饶，得意地嘲笑了他一下，说："看来某人要回不去喽。"然后祝他元宵节快乐。

朱东来一下子就愣住了，问："元宵节，今天？"

他立即也跟老板要了一份汤圆。

"元宵节快乐！"两组人隔空碰了个杯，祝大家，也祝自己元宵节快乐！

刘勇小组七天辗转 5 个省、市。抓捕收网工作组两组人马辗转大江南北，长途奔袭。

很快，浙江、安徽、辽宁、山西、安徽、贵州、湖南、湖北、云南、广东等 12 个省份 16 名犯罪嫌疑人全部抓获。

法院庭审已经结束，等待判决。

采访的最后一天，我与罗峰他们四个人见了面。

除罗峰之外，其他三人早已认罪。

林刚积极配合，态度诚恳；支永兵表情沉静，时而若有所思；章之皓悔之不已，巴望早点儿与家人视频。只有罗峰，还是那个罗峰。

面对罗峰，忽然想起，当天是 10 月 18 日，一年前的此时，罗峰在他的公司被拘捕。

我的心情突然沉重起来。

不只为罗峰，更为他们惋惜。他们都是"80 后"，都曾有过自己的梦想……

我问支永兵："你还年轻，以后出来会怎么干？"

他认真地想了想，告诉我："不管干什么，先交几个懂法律的朋友再说。"

你说对了！我赞成地对他说。

窗外，太阳渐渐升高，大地愈加明亮了。

南京青奥会安保纪实

　　2014 年 8 月 28 日晚，南京奥林匹克体育中心流光溢彩，歌舞飞扬。举世瞩目的第二届夏季青年奥林匹克运动会举行盛大闭幕式。伴随着精彩纷呈的文艺表演，熊熊燃烧的奥运圣火终于缓缓熄灭。这是一个细雨浪漫而又星光灿烂的不眠之夜。

　　12 天前精彩纷呈的开幕式依然历历在目。汉字、青铜器、青花瓷、丝绸之路，四种元素如梦如幻地勾勒出古老中华文明的博大气象，柔美的空中旋转舞蹈，展现了青年人勇攀高峰、构筑梦想的精神和勇气。习近平主席、国际奥委会主席巴赫、联合国秘书长潘基文，以及布隆迪、斐济、马尔代夫等六国国家元首出席了热烈而隆重的开幕式。

8月28日上午，国际奥委会举办新闻发布会，主席巴赫对南京青奥会作最后的总结。他说："南京青奥会在各个方面都特别成功、特别精彩。"他郑重地表达自己的谢意。

当晚，李克强总理出席闭幕式。梦幻般的演出，让世界看到了中国悠久的历史，也展示了中国璀璨的未来。这是文明古国精华的传承，是魅力江苏的独特展示，更是激情南京的精彩瞬间！青奥，让世界了解了文明进步的古老中国，更了解了青春飞扬的古城南京。

当时针指向当晚9时30分时，扬子江波涛般的掌声再一次响起。

许多人的眼眶湿润了，有的甚至泪雨纷飞：为了这一天，他们已经拼尽了全力，付出了太多！

这是一群警察。

他们为了青奥安保，在汗水中拼搏，在泪水中欢笑。他们以血肉之躯筑起了"平安青奥"的铜墙铁壁，以龙虎之势铸就了"青奥安保"的钢铁长城，以热血之志竖起了"忠诚奉献"的永恒丰碑。

一 历史与现状

当首届青奥会圣火缓缓熄灭的时候，这项新生的赛事就进入了"南京时间"。但是，伴随着奥运会在全球范围影响力攀升的同时，恐怖势力逐渐把目标盯向了它，青奥安保形势不容乐观。

背景及宗旨

青奥会是专门为年满14周岁至18周岁的青少年运动员举办的综合性运动会，每4年举办一届，分为冬季青奥会和夏季青奥会。举办青奥会的宗旨是要以高水平体育竞赛为载体，运动员通过在比赛期间参与各种文化教育交流活动，促进各个国家和地区青年运动员展示自我、交流学习，加深对奥林匹克运动价值的理解，倡导健康向上的生活方式。

首届青奥会于2010年8月在新加坡举行。闭幕式上举行了奥运五环旗交接，这项新生的赛事就进入了"南京时间"。南京青奥会是继2008年北京奥运会后在我国举办的又一项具有国际影响力的奥林匹克大赛。

青奥会除了体育竞赛外，更加注重在运动会举办期间的教育与文化活动。这包括关于奥运价值观的教育互动和论坛，讨论如何通过健康的生活方式和反对使用毒品，使青年人成为真正具有体育精神的人。互动活动由著名冠军和来自教育、体育、文化界的国际专家，以自己丰富的经验直接指导年轻运动员们如何处理相关的社会问题等，并通过网聊和博客与外界互动。青年奥林匹克运动会文化活动结合奥运象征仪式（火炬接力、奏国歌、升国旗等），传播奥运精神和强调奥运价值观。此外，还通过多文化的城市艺术、街道音乐庆祝活动和放映电影等形式，为青奥会锦上添花。

南京青奥会共设28个大项、222个小项和5个非奥运项目。赛事涉及竞赛场馆35个，非竞赛场馆7个。原则上，1996年1月1日至1999年12月31日出生的运动员都有资格参赛。每个国家和地区奥委会最少要派出 2 名运动员参加南京青奥会，包括 1 名男运动员和 1 名女运动员。中国代表团将参加游泳、射箭、田径、羽毛球、篮球等 28 个大项、30 个分项、91 个小项的比赛。

安保压力前所未有

青奥会是重大国际赛事，回顾奥运会的历史，会发现在古希腊的奥运会期间就有了"握手言和"，即"奥林匹克休战"的传统，此举就是为了确保参加古代奥运会的运动员和观众能够安全地参与体育盛会，共筑世界和平。但是现代奥运会发展到今天，伴随着奥运会在全球范围影响力攀升的同时，恐怖势力逐渐把目标盯向了它，奥运会开始与恐怖袭击的威胁无形中有了"剪不断，理还乱"的联系：

1972 年，德国慕尼黑奥运会出现了残酷杀戮的一幕，巴勒斯坦恐怖分子持枪袭击了奥运村，当场杀害两名以色列运动员，劫持 9 名人质，致使比赛全部停止，奥运村一片混乱，整个事件的全部人质没有一人获救。最后以 5 名恐怖分子和 1 名德国警察死亡而告终。

1996 年，美国亚特兰大奥林匹克公园内发生了惨烈的爆炸案，造成 2 人死亡，100 多人受伤。公园里的游人四散奔逃，影响极大。后来美国 FBI 把发生爆炸的邮包重新复原以后，大家发现，有大量的铁钉掺杂在里面，所以才造成如此大的杀伤力。邮件的安检明显存在巨大漏洞。该事件至今官方也没有给出任何说法。

2000 年悉尼奥运会的情况，更是让人捏了一把汗。奥运会前夕，"基地"组织亚洲头目杜安·伊萨姆迪计划袭击奥运会场，并利用和他们有联系的亚太恐怖组织"伊斯兰团"的一名澳大利亚籍成员和一名印尼裔澳大利亚居民，袭击悉尼南部卢卡斯高地核反应堆，利用核污染破坏奥运。后来，他的计划因遭到"伊斯兰团"负责人的坚决反对而流产。该届奥运会结束两年后，澳大利亚警方才知悉这一差点儿降临的危险。

2002 年，美国犹他州盐湖城冬奥会。"9·11"的阴影犹在，2500 名参赛选手和每天 7 万名游客的安全，就成了东道主心中的巨石。冬奥会第一次使用了大量的高科技装备，进行了航空管制。在场馆周围部署了导弹，现场布置了大量的安检门，调动了警犬，形成了一个上到联帮调查局下到地方警察局的统一指挥机构。安保人员中 3000 人是海岸警卫队员，1500 人是消防队员，5000 人是私人保镖，5000 人是受过专门训练的志愿者。

2004 年雅典奥运会还没有开始，就已经在离奥运场馆很近的地方发生爆炸，以至于希腊为 2004 年奥运会安保投入了 15 亿美元，启动了人类体育竞技历史上最为昂贵的安保系统——C41，借助于宽带网，数千台电脑终端，1577 个监视摄像机、报警器、传感器，雅典打造了一张高科技的安全网络。

由此可以看出，希腊人举办古代奥运会的初衷是消灭战争，呼唤和平，但恐怖组织频繁的活动以及恐怖分子的全球化使现代奥运会的安全成为重中之重，使奥运会蒙上了深重的阴影。

再看国内形势，恐怖暴力犯罪势力近年来甚嚣尘上，北京"10·28"、昆明"3·1"，以及乌鲁木齐"4·30"、广州"5·6"案件连续发生，足以表明，恐怖犯罪正在以急剧的速度向内地蔓延。第二届青奥会是继 2008 年北京奥运会之后，我国第二次承办的国际奥林匹克赛事，也是江苏及南京有史以来承办的最高规格的国际赛事。届时将有 204 个国家和地区的 7200 余名运动员和代表团官员参加，注册总人数为 91000 人，其中境外人数约 12000 人。开闭幕式在南京奥体中心体育场进行。赛事涉及竞赛场馆、训练场馆 35 个，非竞赛场馆 7 个，服务场所 3 处，文化教育场所 3 处，指定接待酒店 23 家。办好本届青奥会，对于促进我国与世界各国各地区体育文化交流、增进了解与友谊，提升国家软实力和国际影响力，都将产生重要的政治社会影响。

党中央、国务院高度重视青奥会筹办工作，提出了"平安青奥"的工作目标。习近平总书记要求将南京青奥会办得精彩、办出中国特色。同时，强调要把青奥会的成功举办作为申办 2022 年冬奥会的重要平台。中共中央政治局委员、国务院副总理刘延东指出，办好青奥会是我国对国际社会的庄重承诺，强调青奥会举办成功在安保、精彩在宣传，安全是成功举办的前提，并明确提出由公安部牵头负责安保工作。中共中央政治局委员、中央政法委书记孟建柱要求国家安保协调小组会同江苏及南京的同志们，认真细致地把青奥会各项安保措施研究抓好落实。

国务委员、公安部长郭声琨在会见江苏省委、省政府、南京市委、市政府主要领导时强调，安保是办好青奥会的基本前提，必须牢固树立底线思维，切实把安保工作想细想全想万一，抓实抓紧抓具体，全力以赴做好安保工作，努力实现青奥会圆满、精彩、成功的目标。

因此，成功举办青奥会意义深远、责任重大。当前，虽然我国社会大局总体稳定，但受国际国内各种复杂因素影响，影响青奥会安全的不稳定、不确定、不安全因素大量存在。特别是当前严峻的反恐斗争形势，给青奥安保工作提出了更严更高的要求。

可以说，奥运安保超过比赛，安全问题已经成为当今体坛重大国际比赛的头等大事。

二　厉兵秣马
——立体化、现代化防控体系的大演练

完善立体化、现代化社会治安防控体系，就是要做到"全时空""多层次""宽领域"，覆盖陆地、水域、地下、空中，打造青奥立体安保防控网，消除社会治安管理盲区，不留死角。

虽然 2013 年 8 月的亚青会安保取得圆满成功，大家身上的疲惫才刚刚褪去一点儿，可职业的习惯和不断摆动的时钟，又在不时敲打、提醒这些警察的神经：前方目标——青奥会。

青奥会是江苏迄今为止规模最大、规格最高的大型活动，怎么做？怎么做好？怎么确保万无一失？江苏公安着实费了一番脑筋。

江苏省公安厅党委副书记、常务副厅长陈逸中回忆说：

"实际上，从 2010 年 8 月首届新加坡青奥会火炬熄灭，进入'南京时间'开始，我们就启动了这项工程。指导南京市公安局成立了青奥安保工作领导小组，抽了 20 多名精兵强将专门负责这项工作。没有经验咋办？学呗。先后学习北京奥运会、广州亚运会、深圳大运会、亚信峰会等国内大型活动安保工作经验，总结 2013 年南京亚青会安保工作经验，分阶段，三年、一年、一个月地抓落实。几年下来，分解完成了大大小小 1490

个任务节点，论证制定从上到下200多个安保方案，研究出台了10类111条安保执勤标准统一规范，研究解决有关交通安全畅通难题，等等，好多方案政策都是经过无数次研究、协商，甚至在争论中完成的，以确保这项工作不断向前推进。"

时针指向2014年元旦，江苏省公安厅领导坐不住了，紧锣密鼓地开展了对青奥安保工作的专项研究，组织治安、交管、反恐、刑侦等部门多次进行研究，拿出了总体方案。提出了确保青奥会安全顺利举办的总体目标。明确了"五个坚决防止"：坚决防止发生国家政治安全的重大事件，坚决防止发生重大影响的群体性事件，坚决防止发生危及运动员、教练员和代表团官员人身安全的事件，坚决防止发生暴力恐怖事件，坚决防止发生重大恶性刑事案件和群死群伤治安灾害事故。按照"以一省平安保南京平安，以社会面稳定保核心区安全"的青奥安保总体思路，成立了青奥安保工作领导小组和17个专项工作组，江苏省副省长、省公安厅厅长王立科任组长；省公安厅常务副厅长、省维稳办主任陈逸中，省公安厅副厅长秦军、王琦、谢晓军，南京市副市长、公安局局长徐锦辉任副组长。下设指挥部，负责日常联络工作，由省公安厅副厅长秦军任总指挥，治安总队总队长张兰青、南京市公安局副局长葛孝先任副总指挥。

青奥安保工作的帷幕正式拉开。

二月的江南已开始孕育春天的气息，寂静了一个冬天的扬子江翻卷着波涛，一下接一下地拍击着堤岸。紫金城里，人们习惯了这一切，习惯了枕着涛声入怀入梦。

紧张中带着些许兴奋。紧张，是将士在大战面前的忐忑；兴奋，又是面对挑战时的激情。他们知道，虽然以前成功完成过多次大型活动安保任务，但这是一轮新的挑战。初春，乍暖还寒。他们在不安踌躇中重新凝心聚力，开始了新一轮实战的整合和实践。

可是，形势仍在不断变化，总是超乎人们的预料。

昆明"3·1"严重恐怖事件瞬间发生，无辜群众淋漓的鲜血、惨烈的呼号声，让人们从平静祥和的日子中猛然惊醒过来。噩耗般的恐慌情绪，很快在老百姓中蔓延，疯狂和肆意正以一种看不见的魔爪悄悄伸向人们。铺天盖地的媒体报道、无处不在的微博微信，更是很快将这种危险渲染到极致。

一种无形的精神压力排山倒海般压来。

安保工作力度必须加大，节奏必须提速！干公安的人都是敏感的。省公安厅立即加大全省社会面治安管控力度，组织开展了对全省出租房等流动人口及落脚处所集中清查行动，使危险因素无处藏身。在之后短短的半个月时间内，从辽宁省大连市调任不到一年的副省长、公安厅长王立科不顾水土不服带来的身体不适，连续三次亲自组织召开由各市公安局长、青奥安保领导小组成员及有关人员参加的会议，提出了"平安青奥"的总体目标。

点名道姓要各市公安局长开会，这在以前从来没有过。

形势严峻，情况复杂，要做好动态化、信息化条件下的青奥安保工作，真不是件容易的事。必须建立在对形势有足够清醒的认识，以及对现状有深刻理性的分析基础之上。

陈逸中常务副厅长和记者的交谈不时被电话打断，真是个大忙人。他告诉记者，2013年10月下旬，省公安厅提出了完善立体化、现代化社会治安防控体系，积极投入平安中国示范区建设的工作思路。这次青奥安保，无疑为防控体系建设带来了绝好契机，可以全面推进这项工作。他边谈边沉思。

"根据目前青奥安保工作实际，说白了，就是对入苏、入宁的公路、水路、铁路、机场等通道严密布防，打造陆路、水上、空中、网上、地下立体安保防控网，把各种隐患控制在外围，筑起环苏、跨江、环宁三道防线，以全省保南京，以南京保重点部位，以铜墙铁壁确保青奥会顺利举办，为平安江苏建设打下良好的基础。可以说，把青奥安保放在立体化、现代化社会治安防控体系的全局中来统筹谋划、整体推进，既能抓好当前工作，又能推动长远发展，既抓了'刻不容缓'的大事，又是个'一举两得'的好事。"

"这真是一个高招儿！"我不禁赞叹道。

全省公安机关进入了一级战备状态。

厉兵秣马，未雨绸缪。紫金山下，长江两岸，酝酿着一场从未有过的波澜壮阔的反恐维稳大决战。

从这个时候开始南京市扬州路1号省公安厅几栋办公大楼的灯光，常常过了零点的钟声才渐次熄灭，大家的脚步明显比往常急促了很多。传真、电话、请示、指示、方案、批复，等等，在特定的空间以特定的方式传达着、穿梭着。以省公安厅为中心，辐射全省的青奥安保网络全面拉开。

从这个时候开始，直到青奥安保结束，在全省公安机关各项工作方案和民警接受的任务中，出现频率最高的两个词就是"确保"和"防止"。每一个"防止"就是一道死命令，不能存半点儿侥幸心理，不能有半点儿闪失；每一个"确保"就是一个精密的工程，来不得半点儿懈怠。在此后的几个月时间里，江苏省和南京市精心制定 10 类 111 项安保通用政策和 200 余个专项方案预案，几乎每一个方案都涉及一项业务工作，也几乎涉及了每一位民警。这些方案在这几个月内不断优化完善，反复实战演练，确保万无一失。

"全时空"防控

南京作为六朝古都和江苏省省会城市，具有极其丰厚的文化底蕴，经济发达，水陆交通十分便利，但这一便利条件同样容易给犯罪分子带来可乘之机。按照青奥安保要求，必须牢牢守住入苏、入宁的陆地、水域、空中、地下等区域，减少空间，不留死角。为确保南京青奥会平安举办，江苏警方已广泛动员社会力量，对入苏、入宁的公路、水运、铁路、机场、地铁等通道严密布防，打造陆路、水上、空中、地下立体安保防控网，把各类安全隐患控制在外围，筑起环苏、跨江、环宁三道屏障，同时，从 7 月 15 日开始，按照部省确定的时间节点，逐级启动所有公安检查站和治安卡口等级勤务，以铜墙铁壁确保青奥会顺利举办。

镜头一：平安水域

老李做梦都没有想到，作为青奥安保民警的普通一员，能与国际奥委会主席巴赫、顾问罗格面对面！

李卫星是南京市公安局水上分局内河派出所的民警，平时负责外秦淮河及新秦淮河水上治安防范。这次被分局抽调参加青奥会玄武湖水域专项安保。

这次南京内河水域的安保任务主要是负责奥体及周边水域

安全，以及玄武湖、金牛湖赛事安全防范。玄武湖的赛事共有两项，一是铁人三项赛，湖面位置在靠近玄武门一带；二是皮划艇赛，位置在湖面东侧一带。

7月初他就过来了。每天，分局的班车经过清凉门大桥，穿过长江路，然后拐上龙盘中路，再从明城墙边插过，把他们送到这里。他和几十名同伴一道忙着设置水面围油栏、水下阻拦网，清理水面障碍，排查游船安全隐患，为提前进入水面训练的运动员提供干净安全的水上环境。有些水下排爆排障、不明物体处置则由专业部门专业人员负责处理。玄武湖虽然没有通航，但毕竟是个著名的开放公园，又是全国著名的十大观荷圣地，现在是夏天，湖边青青的荷叶婷婷舒展，总是吸引着人们一探幽秘。不时有大大小小的游船进来，老李他们都要耐心地解释，劝说对方改道。

省公安厅水警总队的同志此前告诉我，除了玄武湖安保外，在金牛湖核心区水域，还组织中船重工710所投入设备，采取水底扫测比对、水面水下设置物理隔离、水面舰艇巡逻等措施。对奥体中心场馆，组织专业队伍对北门向阳河段、场馆内7块水域进行搜爆。在所有水面检查过后，交属地公安分局实行封控。

我问他们："水上安保，你们最担心的是什么？"

"主要是危化品的管理。"水警总队的同志说，"2013年以来，南通、镇江和靖江先后发生危化事件，有的影响很大。水域与陆地最大的不同，是无法阻隔危化品流动。所以，无论是内河，还是外围长江的安保，我们把危化品管理贯穿于安保工作始终，严控严查。到目前为止，没有发生任何问题。"

比赛期间，东门运动员活动及人员聚集区的大门实行安检，而玄武门则仍然向游人开放，北部中央门火车站岸边群众可以自由观看比赛。开幕式第二天上午，铁人三项比赛的金牌就已经产生，成为这次青奥会的首块金牌。

"铁人三项比赛？"我问道。一直私下里承认自己是个体育盲。

"这是一种挑战自然、战胜自我的体育运动。要求运动员一天之内完成一定距离的游泳、跑步、骑自行车任务，既考验人的意志，也挑战人的体能。"

老李指指一栋靠近东大门山坡上的浅灰色平顶房，告诉我："这是赛事期间的办公楼，巴赫、罗格他们来了，就在里面办公。"他说，巴赫、罗格对赛事挺重视，从预赛开始一直到结束，先后来了两三次。他们跟老百姓很亲近，好几次近距离接触。

我问他："你跟他们接触过吗？"

"怎么没有？就是面对面。"老李显然有些激动，也有些自豪，"颁奖那天，大家都很高兴，他们很亲民，和大家一起互动。我还拍了罗格的照片呢！"

原来，老李兴趣广泛，是个不折不扣的运动爱好者。平时喜欢健身、武术、游泳，每个周末和朋友一道爬一趟紫金山。虽然对这次有关比赛中国队未能出彩感到遗憾，但他坚信青奥会的成功举办，会加速中国体育的振兴。

玄武湖是他常去的地方，他隔三岔五来这里跑步，望一眼远处气势雄浑的紫金山。他喜欢这里。除了绕堤的十里烟柳外，还有那一塘一塘的荷花，安静地散落在梁州、菱州、樱州的背弯中。他7月初过来的时候，荷花刚刚开过，青青的莲蓬在水中蓬勃着，风吹过来，便和荷叶轻轻依偎着，散去满池的荷香。

虽然辛苦，但老李对这次安保有着难忘的回忆。

镜头二：安全空港

南京禄口国际机场是华东第二大城市南京的门户，华东第三大国际机场，也是中国主要干线机场，华东地区的主要货运机场，与虹桥机场、浦东机场互为备降机场，位列全国千万级大型机场行列，在华东地区大中型机场中，禄口机场货邮吞吐量和旅客吞吐量增幅分列第一位和第二位，是中国大型枢纽机场、中国航空货物中心和快件集散中心，国家区域交通枢纽，乘客日均流量4万多人（次）。

记者看到，明亮宽阔的候机大厅里，人员往来如织，从一楼到三楼都有醒目的"红袖标"治安志愿者不时出现，持枪民警、武警和辅警等组成的巡组不放过任何一条走道、楼梯和角落，关键部位则配备了6个固定岗位，由全副武装的2名民警一组，全天候轮班守护。

在机场派出所略显拥挤的办公室里，禄口机场公安局政委周晖告诉记者：

"现在你看到的，是武装民警巡组、治安志愿者、定点执勤民警组成的安防体系，但这只是先期的处置力量，我们还配备了机动力量、支援力量，全副武装，可以根据突发事件的严重程度，由机场安保指挥部实时调动。保障服务好南京青奥会，是当前最紧迫的'一场大考'，我们会全力以赴冲刺，坚决打赢这场攻坚战。"他指指身后进进出出的民警，"这些都是来增援的警力，目前轮流上岗。"

由于受马航事件和近期乌克兰飞机被击落事件的影响，航空问题一下子成为全球关注的敏感问题。"空中恐怖"让许多人谈"空"色变。我的一位同学暑期携子乘机去成都旅游。照片晒于微信朋友圈中，竟引来围观者惊呼声一片，俨然当下"好汉"。

随着开幕式临近，人流量增大，各国参加青奥会的人员陆续抵达。他们都是世界和平使者。作为东道主，既要热忱相待，更要保障安全，同时要注重礼仪。从8月1日起，机场内外的安保措施日益严密，实行二级查控勤务，内紧外不松，从外到内布设三道防线，不放过任何进出机场的可疑人员、物品和车辆，严防暴恐等重大突发事件的发生。青奥会期间，机场安检等级提高到一级，包括采取更高标准的人身检查和开箱包检查，以及采取脱鞋、解腰带等安检措施。安检等级标准与2008年北京奥运会一致，尤其是枪弹的检查会更加严格。在过去一个多月里，禄口机场公安局与武警、边防、消防、检验检疫、海关、卫生急救等部门进行了多次联合演练，针对安保要求查漏补缺，提升整体防范和打击能力。

周晖说："根据公安部规定，如果在人员密集场所突发暴恐等事件，公安机关必须在5分钟内结束战斗。对于机场这样重要的人员密集场所来说，我们对突发的暴恐事件的处置提出了更高要求，即一旦发生，安保力量必须1分钟内反应，2分钟内处置，3分钟内结束战斗，否则，很容易造成更大的灾难。经过一段时间的反复演练，反恐处突预案得到了完善，各个部门的安保责任也得到了落实，人防、技防、物防现在全部展开了。除了航站楼的安全保卫，机场警方还把机场及周边地区纳入安保范围内，除了加强巡逻，还对进出机场的可疑人员、车辆和物品进行逐一检查。从 7 月 15 日至今的 20 多天里，机场警方查获了 2 名网上逃犯，刑事治安警情下降了 40%。"

据了解，8 月 5 日以后，南京禄口机场警方实行一级勤务，届时除了民警外，武警和警犬也全部上岗，整个航站楼开始全面的防暴反恐安检，安检级别提高到历史最高水平。

"携手奥运安保，对禄口机场而言，无疑是一个难得的战略机遇，将使机场在各方面有一个大的提升，同时也将在全世界提高机场的知名度。参与青奥、服务青奥、奉献青奥，人人都当东道主，我们警察也不能例外。"周晖在与记者挥手告别时兴奋地说道。

镜头三：守住铁路

南京铁路公安处，共管辖 34 个车站，属于比较繁忙的铁路段。办公地点在车水马龙人流如织的中央门地带。

在殷卫民副处长的记忆里，这已经记不清是多少次和地方公安合作了。每一次自然和安保有关。虽然他是铁路老公安了，但是青奥安保要求特别高，感觉压力特别大。

青奥安保要求"1 分钟处置"和"集中用警、显形用警"。人手不够，怎么办？公安处在人手紧缺的情况下，多次研究商量办法，及时调整警力，改进车站勤务组织，指导各个所队将候车室、站台等区域 72 名警力前移至广场接合部、进站入口处、安检查危处、出口接客处"四大关口"，集约用警、武装巡逻，形成公开震慑力。同时，在南京站和南京南站实行特警驻站模式，统一指挥，动态巡控，确保一旦发生重大突发警情，能够迅速高效投入现场处置。

青奥办要求"1分钟取用"装备武器。昆明恐怖暴力事件让大家意识到武器装备的重要性，好在公安处有一定的资金实力，立马投入资金30.2万元，购置了一批反恐处突装备。装备一上身，大家都说感觉不一样，有的年轻人兴奋得当场就试着比画起来，明显有了底气，更有了胆气。

青奥办要求制定反恐预案。这就更有必要了，硬件加强了，相应的措施自然也要跟上。他们在原有的基础上，修订完善有关处置恐怖事件应急预案和安保勤务等级管理办法，并按照"一站一方案"要求，修订完善117个车站反恐防范预案。同时要求处机关和基层所队全天候保持一定应急备勤武装力量，配备应急处突装备器材，随时做好增援一线处置突发事件的准备。针对暴恐活动的不同类型，制定了《暴恐袭击事件岗位民警处置方案》，明确岗位民警职责。

按照青奥办要求，指导管内55个车站全部与地方公安机关建立联勤联动办公室，落实固定办公场所，路地双方落实办公人员127人，与南京市公安局签订《警务合作框架协议》，建立市局与公安处之间"肩并肩"、警种之间"手挽手"、所队之间"点对点"的合作体系。

老殷在接待记者采访时侃侃而谈，清晰的思维和练达的口才令人惊讶。其实老殷心里最清楚，自己并不是什么口才好，只是这段时间这项工作从上到下反复抓，抓反复，虽然很烦琐，工作量很大，但是自己硬是干"熟"了！

开幕式前夕，按照多人一组的模式共成立16个巡防小组，携带枪支、警犬实行24小时不间断武装巡逻，加强站台、候车室、售票厅、广场和站周接合部等重点部位的治安清查，及时发现和消除安全隐患。18 个高铁车站、6 个地级市以上车站全部实行实名制验证。

多少个星期没有好好休息了？老殷记不清了，好像从年初就开始了。只晓得妻子一直在嘀咕，说是有半年没有陪她去夫子庙文德桥边转转了。她想去看看桥边虽已斑驳却残红映人的一串串灯笼，再去不远处的乌衣巷走走。自己却一直敷衍着。不是不想去，老殷也有仕子情怀，年少时不知来过燕堂多少趟！只是现在太累了。有时候，老殷也想松一松手，可是，习性还是没法变，心里有了事儿，总会惦记着，吃饭都不香。他也知道好些是自找的。

辛苦归辛苦，老殷和他的同伴们很有成就感。自 7 月 15 日以来，南京铁路警方已查获危险品、违禁品 1652 批，其中烟花爆竹 850 响，管制刀具 75 把，油漆 103 公斤，煤油 54 公斤，打火机 1408 个，化工品 315 公斤，保证了旅客列车和车站安全稳定。

老殷总在想，忙完青奥，就可以去乌衣巷了。

镜头四：放心地铁

在上午电话联系的时候，话筒里是一个声音清脆的女声，自报家门姓名，透着利落。我们分局在小行地铁站南边。她告诉我。

地铁分局真不好找，下午 3 点多钟当车子终于驶进雨花区那座不算太大却有几分幽深的院落时，她的电话又过来了。说是马上过来。

也就 5 分钟的工夫，她旋风般地站到我的面前，微微喘着气："刚才你们进门时我正好有急事出去处理一下。"我安慰她，不急。

她是地铁分局指挥室教导员宋璐莹。小宋看上去很年轻，圆润的脸庞，中等身材，浅蓝色的制式短袖警服上衣穿在身上，有着说不出的干练。可能是因为从事政工工作的缘故吧，有着几分与年龄不相称的严肃。

我仗着比她年长，忍不住好奇打探，孩子多大了？

5个月。我奇怪："孩子这么小——"

"我没有休产假。"她飞快地答道。

她是双警家庭，丈夫在分局政工办工作，这次抽调到市青奥办开闭幕式团队，负责安保宣传工作。2014年2月27日她生下女儿坐完月子后，主动放弃了休产假，和大家一起投入了地铁新线的准备及青奥安保工作。

南京地铁贯穿全城。从8月1日开始，全线92个车站183个安检点启动查控。作为最现代化的交通工具，一旦发生任何危险，后果将不堪设想。1996年的亚特兰大奥运会期间发生的公园爆炸案，就是因为邮件安检存在问题造成的。

她告诉我，自8月1日以来，各派出所警务运行模式由"三班两运转"调整为"对班倒"，每天增加近50%的警力，对每个车站都派驻警力，对可疑人、事、物及时盘查和控制；对地铁新街口站等治安复杂车站以及奥体中心站等重点地铁站，加大警力部署和装备投入；每天在新街口站保持20名机动警力，固定武装巡逻和警犬、便衣巡防。青奥会开幕期间武警进驻地铁站，在重点车站开展巡逻，地铁警方加强武装巡逻，所有警力都投入一线，而且各站都保证一定警力，实现"1分钟反应，3分钟出击，5分钟解决战斗"的目标。

在鸡鸣寺、雨花台、玄武门等地铁站，记者看到每个入口都配备了安检门和一台安检机器，每台机器都有着统一制服的安检员对进站乘客进行人包同检。经统计，乘客从排队把包放在安检仪上到接受工作人员手检完成，整个时间花费约1分半钟。地铁工作人员介绍，在大客流情况下，人、物同检的地铁站适时采取简易安检操作程序：安检员对通过安检门报警的进站人员使用手持金属探测仪或采取手工方式，针对报警部位进行复检，即机器查出哪儿响就再查哪儿；夏季衣着简单，主要对腰部和裤兜进行检查；通过安检门未报警乘客不再进行复检。

我想知道市民对安检的态度，于是示意一个中年男子停下，问他对地铁安检的看法。他说："现在形势不好，杭州公共汽车发生过爆炸案，进行安检是必要的。我们支持。"

小宋说，按照市里统一部署，治安志愿者、"红袖标"在全线92座地铁车站、281个地铁出入口开展巡防守护，从8月10日起安排使用志愿者6840名。1000名内部员工志愿者和2000名社会志愿者也投入地铁安保，504名随车安全员负责每辆列车的安全防范，做到站点有人看、车辆有人跟、遇事有人管。

小宋带我们去小行地铁站实地看一下，一路上，小宋告诉我，为了进一步提升安检效率，减少对民生的影响，2014年地铁警方在2013年安检期间客流较大的几个车站增加了安检点，7000名志愿者，轮班对进站乘客进行引导和服务。

我问小宋，你是双警家庭，孩子这么小，能顾得上吗？她摇摇头，笑笑："青奥安保地铁科技方面工作由我来负责。警力这么紧，怎么可能在家呢？"

她终于笑起来，露出她这个年纪年轻女孩子的甜美和娇艳。我不甘心，又追问道："你放心吗？"

"我们把孩子的爷爷奶奶接过来。我早晨出门之前喂一次奶，一直到晚上回去。"她告诉我，孩子太小，白天见不到妈妈一直哭闹，她也舍不得给孩子断奶，只好利用工作间隙，在办公室用吸奶器将奶水吸出来保存好，晚上背回家作为第二天孩子的"口粮"，从紫金山脚下的中山门家中到单位每天往返30多公里，她成为了名副其实的"背奶警妈"。就这样，她赶在青奥会前完成地铁全线4500多个摄像头的建设和数据采集工作，实现了地铁公安无线电台通信的升级，确保了青奥会期间地铁监控清晰。

我感叹，不再问了。这就是我们年轻一代的女警察。我为她骄傲。

后来，8月31日金陵晚报讯：截至8月29日，地铁警方累计安检3050万个包裹，查获各类违禁品21048件，没有发生一起因携带违禁品和禁带品而引起的安全事件。

"护城河"守护

早在几个月前，江苏警方就按照"环省、环宁、跨江"的总体框架，在全省干线公路主要进出通道和交通枢纽地段，科学统一规划建设93个科技与装备高标准的公安检查站，筑起环苏、跨江、环宁三道屏障，筑起青奥安保的"护城河"，以确保青奥会顺利举办，把全省立体化、现代化社会治安防控体系稳步向前推进。

按照青奥安保要求，依照环苏、环宁、跨江93个公安检查站，对入苏、进宁的车辆、人员、物品加强安检查控。特别是环宁的30个检查站，更是重中之重。从7月15日起，江苏公安检查站全面建成开始运转，梯次启动三级、二级、一级查控勤务，青奥会开闭幕式当天实行一级加强勤务，组织多方联合值守，见疑必查，不放过任何可疑车辆、人员、物品。为做好车辆分流，缓解环宁检查站的压力，对持有进宁车辆通行证、一日卡、进宁客运班车通行证等安检凭证的车辆，一律快检放行。同时，实施了3项远端控制措施，即部署省内各地和协调周边省市，审核发放进宁车辆安检合格证明35.8万份，对进宁长途客车实施始发安检3.6万辆次、到达复检4.2万辆次，对进宁车辆实施途中安检12.2万辆次。青奥会期间，共检查车辆320万余辆次、人员1653万余人次，抓获违法犯罪嫌疑人1623名、网逃人员119名，查获各类仿制仿真枪105支、收缴管制刀具1146把、其他违禁物品1017件、毒品2823克，把一大批安全隐患阻挡在江苏南京以外，充分发挥了"滤网""屏障"作用。

一位长途客运司机感慨道："这哪是什么'护城河'，简直就是'钢铁长城'啊！"

镜头一：水上检查

青奥会期间，进入南京城的道路上有安检站，水上航道当然也不能掉以轻心。

细细算起，老李在检查站工作已有十多个年头。作为一名老水警，他对眼前这一片片水面不仅熟悉，而且有着说不出的感情。

青奥安保以来，为了形成更为严密的水域防护网，苏皖交界的江宁铜井、宁镇扬交界的栖霞石埠桥新投入使用两座水上公安检查站，特殊的地理位置使这两座检查站就像两座坚实的水上"城门",卡牢长江南京段上、下游的两道关口,成为船舶抵离宁首当其冲的第一站,以此保障入宁水上通道的绝对安全。

栖霞石埠桥安检站所辖区域是南京地区汽柴油水路中转站,是长江下游水域进入南京的重要通道,安检责任非常大。从8月1日开始,他们对辖区内始发船舶进行信息登记,对抵宁船舶也要进行信息登记核检,必要时,可以对行驶中的船只进行安全检查。铜井检查站位于长江上游航道入宁第一站,不仅位置险要,还在人员配备上更为充实,特勤、武警等人员也将成为安检的重要力量。对所有过往危化品船只将进行逐一检查,船员也将进入安检站通过人检通道,对其他船只也将根据需要进行抽查。

湍急的南京长江江面上,闪烁着警灯的一艘巡逻快艇飞驰而过。波浪涌来,老李下意识地扶了一下栏杆,皱了一下眉头。我问:"怎么了?"他不好意思地告诉我,儿子一直动员腰肌劳损多年的他回机关工作,可老李却嫌孩子多事。这次他瞒着妻子和儿子主动要求参加安保执勤,面对妻儿的疑问他一次次敷衍。"青奥是大事,哪能含糊呢?"被江风吹得早已黑里透红的老李细眯着眼睛一脸严肃地凝视着前方,告诉记者,水上安检站通常以公安机关为主联合海事部门组建,负责对途经、停泊、作业于南京水域的船舶实施抽查,对违法行为进行处置。

听说为了确保186公里水路平安,1300多名水警、230多艘装备船只以9个水上公安检查站为依托,与陆地检查站同步启动等级勤务,公安、海事部门按照职责分工进行检查,同时加大巡逻密度,实施了最高水准的警戒管控,共检查船舶9.3万艘次、人员57.7万人次。

老李特意提醒我："我的事儿不要对外报道了。这是自己的本分。"我听懂了他的弦外之意，不禁笑笑。他有点儿尴尬，话题一转，还告诉我，水上治安整治很多是和海事部门一起抓的。前几个月协调南京海事局有针对性地开展水上交通安全"打非治违"专项整治、"迎青奥"200 天水上交通安全专项整治活动，集中整治各类水上非法违法及违规违章行为，紧扣时间节点，跟踪督查整改。

入夏以来，南京白天持续高温，水面温度最高达到了 38℃，水警们仍然头顶灼人的烈日执行任务，皮肤早已晒得脱了好几层皮。人站在甲板上，没多久衣服就湿了，汗水顺着额头一滴一滴落下来，有时候会滴进江里；风浪大的时候，江水也会溅到身上。老李和他的伙伴们早已分不清哪里是汗水，哪里是江水，但是为了平安青奥，他们昂首屹立于巡逻艇上，用如炬的目光扫视着水域，坚守在安保第一线。

镜头二：马群检查站

南京高速交警一大队俗称马群检查站。检查站内，"筑牢青奥安保防线　确保青奥安保顺利""誓当忠诚兵　站好平安岗""护平安青奥　树警察形象"的横幅高高挂在大厅上方，浓烈的临战气氛扑面而来。已是下午 1 点半，三三两两的民警刚刚放下手中的盒饭。

烈日当头，闷热的空气让人呼吸困难，枝头的蝉"知——了——""知——了——"拼命扯着嗓子嘶叫，柏油路面正猛烈向外散发着热浪，震耳欲聋的汽车喇叭声、马达轰鸣声不绝于耳，过往汽车不停地排放出灼热尾气，几步远的民警们硬生生地经受着几重"烤"验。身着厚重的器械装备，民警们全然不顾，仍然聚精会神地搜寻检查着一辆辆过往的车辆。

"同志，我们正在执行青奥安保安全检查，请予以配合。"随着一个标准的敬礼，执勤民警开始对车内及后备厢进行检查。检查完毕，又是一个标准的敬礼："谢谢您的合作，请走好！"因为长时间暴露在高温下，小伙子的脸和手臂晒得黝黑发亮，警帽下的短发早被汗水浸湿，脸上和脖子上的汗珠晶莹发亮，蜿蜒曲折流成一条小河。

采访中得知，这些检查站是集治安检查、交通管理等职能于一体的实战单位，至少配备 10 名常驻民警及至少两倍的辅警力量，执行安全检查、打击犯罪等任务。必要时还会配备反恐、治安、巡特警等专业力量。

马群检查站是入苏第一道，也是最大的检查站，共有卡口 14 个，每天的车流量有 5 万多辆，其中大客车 1000 辆左右。由于地处南京"东大门"，又是连接通往沪宁高速方向的第一个关口，马群检查站在检查站中有着十分特殊的地位。检查站的同志工作都很玩命，先后被江苏省厅、南京市局授予全省公安交管部门"预防特大交通事故'百日竞赛'活动先进集体""亚青安保有功集体"等荣誉称号，多次接受公安部、省委、省政府领导视察。这些因素客观上给检查站提高装备设备的科学化、现代化带来有利条件，但同样无形中给检查站的工作和标准提出了更高更严的要求。

记者在沪宁高速公路马群检查站的地面上，摆放了一只上限 50℃的温度计。很快，温度计的指针直接冲破了 50℃！面对我们惊讶的目光，大队长吴新峰对此却显得习以为常："现在地表温度

58℃左右，执勤时间长了，制式皮鞋也会被烫得发软发黏，这几天都是这种高温天气，大家都有免疫力了。"他告诉记者，青奥安检以来，在严格执行安检规定的同时，检查站为方便老百姓，分流人数，专门设立检查棚，提高了安检速度。针对其中的新疆人员，注意掌握政策区别对待。安检工作一直进展顺利。

这位常年镇守南京"东大门"的交警不仅帅气，而且"牛气"，有着足以让人羡慕的经历：多次接待公安部、省公安厅领导检查视察，先后与刘彦平副部长、罗志军书记、缪瑞林市长视频对话。开幕式前夕，记者看到，南京青奥会安保工作领导小组组长、国务院副总理刘延东，公安部长郭声琨视频调度，检查江苏、山东、甘肃等省青奥安保工作，吴新峰神态自若，流畅沉着地向国务院、公安部领导汇报检查站近期工作。

镜头三：高速四大队

位于长江四桥的高速四大队新建不到两年，20多名成员中年轻人占了一大半。四桥的车流量日均达3000辆。

教导员骆涛欣慰地告诉记者："针对检查站勤务时间长、安检压力大、室外温度高的实际问题，上级专门配置了遮阳棚（伞）、带空调的集装箱式安检通道，深入细致做好就餐饮水、防暑降温、健康防护等保障措施。针对武警、学警等支援力量，我们及时研究人员安排，确保支援警力的生活用品、住宿问题、伙食问题等后勤保障工作及时到位，确保全体参战人员以旺盛的精力和充沛的体力投入青奥安保工作。"

交谈间，不断有民警进进出出，有的是刚刚换岗上来。好多民警的警服早已经湿透了，背上一大块汗渍显得很惹眼，豆大的汗珠还在从额头上不断滚落。又一位兜里腰间揣着对讲机的小伙子匆匆从眼前过去，骆涛教导员指着背影告诉我们："你看他，身上一共背了三只对讲机，负责同时与区里、市局和省厅联系。人手实在不够，一个多月以来，我们所有的同志全部住在队里。"又指着另外一个面庞清瘦身材瘦削的小伙子："他手上有伤，刚出院就要求上岗执勤，最近已查获两起网上'三逃'人员。"

路的两侧，火辣辣的太阳把交警们的脸晒得通红发亮，额头上的汗珠沿着脸颊不住地往下流，湿透了衣背，而他们却全然顾不得这些。

24小时的轮班上岗，大家不仅白天经受着40℃左右的酷暑高温，晚上还要忍受野外蚊虫的叮咬，几乎所有人浑身上下没有一处完整的皮肤，可是谁也顾不上这些。我喊住一位身边走过的年轻交警，问他工作这么辛苦，怎么想的？他想了想，说："我们常年在郊外执勤，特别是青奥安保，不仅辛苦，而且单调、枯燥，可是，这事不能马虎，一点点疏漏，都有可能惹出大祸。"

他们放弃了休息，放弃了亲情，放弃了欢乐。他们在流汗，在付出，却没有一个人退缩。他们的辛苦付出得到了回报，检查站运行以来，高速四大队共查获网上"三逃"人员11名，是最有成果的检查站。

镜头四：六合分局

六合位于苏皖两省，南京、扬州、滁州三市交界处，肩负着整个青奥安保南京"北大门"护城河的重任，同时也是金牛湖赛场的第一道防护屏障。分局共建设金牛湖、竹镇、马集、头桥、潘家花园5个省、市际"护城河"公安检查站，增设冶山临时检查点，打造了苏皖边界"前沿哨所"。

我们从六合青奥安保指挥部了解到：

这个分局建立健全站队合一、整体联动、警犬助战、跨省协作等工作机制，从全局选拔 30 名优秀干部、90 名骨干民警，会同上级增援的 108 名武警、29 名解放军、120 名预备役，安徽天长、来安增援的 80 名警力，驻扎公安检查站 24 小时开展查控工作。

7 月 15 日全省公安检查站梯级启动勤务，到 8 月 24 日青奥会帆船赛事平安圆满落下帷幕，共检查车辆 5.3 万辆、人员 9.6 万人，查获仿真枪 4 把，砍刀匕首等管制器具 327 把，抓获违法人员 24 名，其中在逃人员 3 名，发现劝返欲进宁上访人员 16 批 65 人，查处交通违法行为 3924 起，查获酒驾毒驾违法犯罪人员 46 名。5 月 22 日夜，竹镇检查站查获 5 名吸毒人员，经审查，涉案人员交代本可以四处逃散，后慑于警犬的威力，遂束手就擒；5 月 25 日、29 日，金牛湖、头桥检查站在警犬搜索狂吠提示下，查获 43 只野生动物红骨顶（黑水鸡）、30 条省级保护动物乌梢蛇；6 月 10 日，金牛湖检查站在检查一辆客车时，驾驶员拒不配合，后在警犬的震慑下方接受检查，因涉嫌"毒驾"被依法处理。8 月 3 日 23 时 10 分，潘家花园公安检查站抓获被徐州警方上网追捕的网上逃犯张某。经查，2014 年 2 月以来，张某伙同他人在徐州市铜山区铜山镇步行街海澜之家地下室内，利用捕鱼机、双响狮王等赌博机开设赌场，非法牟利。8 月 11 日凌晨，冶山公安检查点在对一辆山东牌照出租车例行检查时，车内一名男子极不配合，意图逃避检查，行迹十分可疑，后在武警的配合以及警犬的震慑下，方接受检查。经查，该男子系邳州公安上网追捕的逃犯。8 月 26 日凌晨 2 时许，潘家花园检查站查获一外省"三逃"人员陈某，经查，2013年12月中旬，陈某在辽宁省新民市因琐事与人发生口角，并持铁棒将对方打伤。

百日攻坚战

距青奥会还有100天，安保工作进入了全面攻坚冲刺阶段。继昆明恐怖暴力袭击事件之后，乌鲁木齐"4·30"、广州"5·6"案件陆续发生，习近平总书记和孟建柱、郭声琨等中央领导，省委、省政府和公安部对做好反恐维稳和青奥安保工作进一步提出明确要求。省公安厅领导心头沉甸甸的，无异于千斤重担。

怎么办？

只有全面启动安保战时机制，采取超常规的举措，全警动员，全力以赴，才能确保全省社会治安大局稳定，坚决打好打赢青奥安保这场硬仗。省公安厅向全省转发了《共建平安江苏、共创平安青奥——南京市公安局致全省公安民警的倡议书》。

7月中旬，全省青奥安保攻坚决战动员部署电视电话会议召开，江苏省副省长、公安厅长、省青奥会安保工作领导小组组长王立科要求，以决战决胜的姿态，奋战30天，把工作坚持到"最后一米"。在原来省公安厅机关合成行动队的基础上，组建由360人组成的战时应急合成队，分成3个大队分批参与南京地区巡逻防范等工作。为确保应急合成队迅速组建到位并投入实战，厅党委副书记、常务副厅长陈逸中两次召集会议，对应急合成队组建运行工作进行专题研究和动员部署，并亲自审定相关工作方案，厅党委委员、机关党委书记孙学顺，厅党委委员、指挥中心主任程建东具体负责。

南京市公安局以及其他12个市公安局全部成立领导小组和

工作班子。从 8 月 1 日起，省市县三级公安机关全面启动社会面治安管控联合指挥部，实行情报信息统一研判、重要事项统一交办、巡防警力统一部署、重大事件统一处置、重点工作统一督导，形成全省上下一体、合成作战的指挥体系。

刑侦的"铁拳"

在青奥安保的当口，罗文进回到了刑侦，当了政委。

他是老刑侦了，对刑侦有着特殊的感情。当天，厅领导找他谈话时，他就有一股抑制不住的冲动。总队长暂缺，罗政委主持工作。接手的工作千头万绪，他初步梳理一下，在班子碰头会上叮嘱大家："青奥安保是头等大事，一切要首先围绕这项工作展开。我们刑侦要发挥刑侦优势，狠抓严打严防，只有主动、有力地打出去，才能震慑犯罪分子，有效维护社会稳定。"毕竟是老刑侦了，他很快确定了近期工作重点。

涉枪涉爆非常容易引发重大恶性后果，必须"零容忍"坚决打击，才能有效消除治安隐患。刑侦局要求大家把每起涉枪案件都直接抓在手上，逐起掌握买卖、转运、制造环节的查证情况，加强源头打击。7 月 16 日，海关通报台湾有人向宿迁等地邮寄枪支的线索后，刑侦局抓住不放，在第一时间派员前往宿迁指导督办，一追到底，很快在沭阳抓获走私枪支至境内分销的主要犯罪嫌疑人促某，还紧盯线索顺藤摸瓜，查获制式枪管 12 支。百日攻坚战中，抓获涉枪犯罪嫌疑人员 96 名，查获各类枪支 85 支、子弹 2000 多发。

不仅"枪案必破"，而且必须坚持"命案必破"，快速侦破，才能打出警察的气势和声望，让犯罪分子闻风丧胆。泰州

姜堰 "7·10"、射阳 "8·16" 等杀死杀伤多人的命案发生后，罗政委和当地市局局长第一时间赶到现场，组织勘查，分析确定深挖细查的侦破思路，具体研究落实侦查措施，并调集市、区 200 多名精干力量成立专案组，分多个条线开展工作。全省 8 月以来的命案全部取得突破，2014 年以来全省命案破案率达 98.5%。

青奥会即将召开，对于一些影响安全的因素，也必须采取快刀斩乱麻的办法，予以彻底清除。我们要求各市紧盯最近一段时间发生的街头砍杀、聚众斗殴、寻衅滋事等公开性、暴力性案件，对抓获的涉案人员，按照身份见底、前科见底和经济见底的要求，逐人落实黑恶背景审查措施，在到案后全部采取强制措施，仅 7 月以来，就摧毁涉黑涉恶犯罪团伙 78 个，抓获涉案人员 454 名，破获各类故意伤害、聚众斗殴、寻衅滋事等案件 228 起。各地对街面发生的各类犯罪活动，也都落实各种查控措施，直接破获 295 起现行发生的 "两抢" 案件。

罗政委说话快人快语，不愧是老刑警了。"外来人员流窜犯罪增多，而且恶性程度加剧，这是滋扰我省治安的突出问题。只有重拳出击，才能打得他们不敢来，来了不敢作案，作案了跑不掉。"

"这样会形成挤压效果?" 我问道。他点点头。

"目前刑事犯罪有哪些特点?" 我问。

"主要是流窜犯罪。流窜作案以盗抢侵财诈骗为主，面广量大。只有依托信息化高科技手段，对流窜犯罪实施规模化、集约化打击，才能全面挤压流窜犯罪空间。" 他顺手抓起一份资料给我看，"7 月 10 日、11 日，本省扬州高邮、徐州大屯等地先后接报两起尾随银行取款人员伺机盗窃车内财物案件，案值30多万元。我们立即与2014年5月19日、20日本省宿迁和山东枣庄、德州发生的案件进行比对分析研判，查明两起案件中犯罪分子驾驶同一辆黑色新款帕萨特轿车作案，有跨省大流窜作案嫌疑。"他告诉我，徐州市公安局接办这起案件后，副市长、公安局长孙建友非常重视，抽调70多名精干力量成立专案组，自己亲自任组长，分管副局长具体负责。重点围绕其在徐州期间活动轨迹开展侦查，根据"外地口音"等特征，很快从当地一家休闲中心找到突破口。专案组紧追不放，立即派人赴吉林等地追查。经过近一个月的大量工作，专案组先后在吉林、黑龙江等地抓获以吉林王钢、黑龙江田林为首的6名犯罪嫌疑人，成功带破盗抢案件100多起，涉案金额1200多万元。我说："我看了一下，青奥开幕式前一天，最后一名嫌疑人落网。""是啊。从2007年以来，这个团伙就流窜江苏、安徽、河南、浙江、河北、山东、黑龙江、吉林、辽宁、天津九省一市作案，各省警方都在缉拿他们，的确多年未见。"罗政委说。

说到这里，罗政委显得有些激动，我想象得出一位老刑警在各方面协助下成功拿下一起大案的喜悦之情。"我们的战果还不止这些。从2014年3月开始，总队会同厅指挥中心推动各地开展贯穿全年的打击治理'专项行动'，截至8月底，全省已破获'两盗一抢'刑事案件2.5万起。"

围绕青奥，刑侦局还制定了青奥期间处置"环宁圈"突发案件的总体预案，分专题细化因暴力恐怖、个人极端等犯罪活动，引发爆炸、放火、投毒等案件的具体处置措施。采取实地检查、明察暗访等形式，组织各地全面排查影响青奥安全的重点案件和线索，逐案定责任、定人员、定措施，明确在常规破案基础上予以彻底深挖的工作标准，有效消除了一批容易引发恶性后果的治安隐患。功夫不负有心人，目前，据统计，7月以来全省打处各类违法犯罪嫌疑人数量同比上升7%，刑事案件、八类重大案件同比下降10%以上，其间发生的杀人、绑架、涉枪等重大有影响案件全部破获。

不仅"命案必破""枪案必破"，经过这段时间的猛攻猛打，目前挂牌督办的13起现行大案已全部取得突破，社会面治安问题明显压降下来。

对目前的战果，罗政委比较满意：

"我就不信，还有什么拿不下来的！"他自信满满地说。

出入境的忙碌

青奥会期间，有204个国家9000多名外籍运动员、教练员、国际奥委会官员、外籍记者入出境，全省登记临时入境住宿的境外人员近8000人，出入境安保工作自然面临前所未有的压力和挑战。

那天在单位门口，遇到魏总。他正忙着去金陵饭店召开青奥安保国际警备合作会议，抱怨我没有去他们那儿采访。我说，谁说的？正打算下周去呢。他不依不饶："那好，赶日子不如撞日子，明天请你过来。我跟赵总汇报一声。"我跟他原来都在省厅政治部共事，三年前，他交流到出入境管理总队担任副总队长。

"这次青奥会是对出入境工作的一次考验。"赵忠俊总队长开门见山。

"就我们来说，最主要的是做好相关服务。"他介绍说，这项工作牵涉面较广，我们先后提请公安部召开青奥会安保出入境及国际警备合作工作协调会，与南京青奥会组委会、全国出入境管理部门，北京、广州、昆明、乌鲁木齐、南京等6大机场口岸签证、边检部门协调对接，并通过一些措施保障参会人员入出境方便，比如启动通关协作机制、青奥期间每天安排民警在机场直接提供服务、建立办证绿色通道，等等。同时，特别注意台胞办证工作，能当场办的当场办，甚至提前办好。

"我们的抵离团队先后两次受到青奥会的好评。"一旁的魏总补充道。

"这次入境人员身份比较复杂，你们是怎么做好相关管控工作的？"

五楼会议室的空调开得很足。赵忠俊局长热情地介绍，我们早在几个月前就开展青奥安保情报研判和调查，认真做好境外人员背景审查工作。至于如何应对境外媒体记者非法采访活动，我们也在事先想好了办法，专门邀请北京市局长期从事境外媒体记者管理的业务骨干，对全省的外管民警进行培训，7月上旬，又对南京市近2000名基层民警进行培训，让一线执勤民警知晓境外记者管理的相关规定和注意事项，后来又组织编写了处置境外记者非法采访的工作指引。青奥会期间，专门从北京、市局出入境管理部门借调4名境外记者管理方面的业务骨干来南京帮助工作。同时，超前准备，还组织了为期4个月的"三非"（非法入境、非法居留、非法就业）外国人专项清理整治。共查处"三非"案件372起494人；青奥会举办前，组织警力依法遣送（监护、驱逐）出境117人，处罚和采取强制措施380人。

会议室墙上的"国际刑警组织中国国家中心局江苏联系处"的字符十分醒目。看到我将目光转向一旁，赵总继续说，6月上旬，我随公安部组团赴伊朗参加国际刑警组织会议，通报南京青奥会安保工作情况，商请有关国家警方在青奥会期间加强协作、提供情报支援。8月1日，南京青奥会安保国际警联中心（以下简称警联中心）成立并运转，先后有美国、以色列、日本、英国、瑞典等15个国家驻华警务联络官主动与警联中心联系，提出相关安保需求和紧急事件的联系方式。根据以色列安全官的请求，警联中心派专人入住青奥村，与以色列代表团同吃同住，随团参加大型活动，就近保护代表团成员人身安全，直至代表团安全离宁回国。

赵总说，为防止境外的敌对分子、暴力恐怖分子骗取签证，潜伏在我省境内，从事干扰青奥会的破坏活动。总队在各地自查的基础上，组成三个工作组，对2013年以来各地办理的外国人签证证件，以及签证有效期在2014年10月1日前仍然有效的22个涉恐重点国家人员办理签证情况进行了检查，针对检查中发现的问题，及时进行了通报并督促整改。赵总的语速比较快，看得出，他是个思维活跃、颇有见地的领导。

"赛事期间，没有发生一起境外人员漏管失控、干扰青奥会举办的事件，受到了境外人员和青奥组委会的好评。"魏总在一旁不无自豪地说。

各地在行动

青奥安保，像是钟山脚下一面迎风招展的鲜艳红旗，随着开幕式的一天天逼近，悄然显现出它强大的动员力和强劲的号召力。北到徐州，南至苏州，各警种在行动，公安消防、边防总队，江苏各地都行动起来。

因篇幅有限，请看撷取的一些片段或相关数据：

——部消防局、总队、南京支队先后抽调消防监督和消防设施检测、维保技术骨干，组成若干专家组，对76家涉会场馆进行"体检式"检查，逐一制定落实整改方案，确保火灾隐患整改率100%、消防设施完好率100%、电器设备检测率100%等场馆消防保卫"8个100%"工作目标落实。目前，全省排查重大火灾隐患588处，区域性隐患286处，提请政府挂牌督办426家（其中省级26家），各级媒体曝光301家，已整改销案130家。自2014年5月起，南京消防已对50个青奥场馆、26个涉奥酒店进行111次消防演练，组织开幕式场馆消防演练10次。对青奥会竞赛场馆、非竞赛场馆、住地酒店开展"体检式"检查，共排查出499处隐患，已整改415处。

——盐城市公安局牢牢抓住打击治理"两盗一骗"犯罪专项行动这个主抓手，成功侦破4串26起电信网络诈骗案件，摧毁福建安溪、浙江舟山等5个高危地区团伙。全市"两盗一骗"案件发案数同比下降11.3%，破获各类刑事案件、"两盗一骗"案件环比分别上升6.2%、17.0%，成功侦破20串省市挂牌督办案件，抓获江西吉安、四川凉山、河南上蔡等高危人群在内的侵财犯罪嫌疑人940名。从5月1日起，全市每天组织233辆巡逻车、783名民警、32名武警、1826名辅警开展巡逻防范，其中每天投入19辆重装加强巡逻车，每车配备2名巡特警、2名武警，重点在火车站、机场、汽车站、商场、集市等人员密集场所和政治核心区等要害部位武装巡逻，确保一旦发生突发事件，能够迅速抵达、妥善处置、平息事态。

——徐州市公安局积极构建市局、市区分局、派出所三级巡防体系，抓好巡逻防范和警情处置工作。通过精简机关、调整基层等措施，最大限度地将警力充实到巡防一线。目前，全市共有巡防民警860余人在重要节假日巡逻，还有900余名机关、直属单位民警参与到市区临时治安卡点守控和社会面巡逻工作中。同时，由武警、特警组成武装联合巡逻组，在广场、车站等重要地点进行常态化武装联勤巡逻。另外，积极争取市、区两级财政支持组建辅警力量，市区专职巡防辅警人员已达3000余人。

——常州市公安局全市每天投入巡防民警800余人、辅警3000余人、巡逻车200余辆，形成点上查、线上巡、面上清的合力，筑牢反恐维稳的第一道防圈。各重点区域巡防力量紧密衔接、相互呼应、联动处置，形成重兵把守、严防严控的高压态势。对火车站、机场、繁华商圈及行政中心等15个重点区域、6条重点路段实行重装巡逻，巡特警、属地派出所等巡防力量人手一枪，随车配备防弹、防暴盾牌、防暴钢叉等处突装备，确保一旦发生暴恐袭击，能够1分钟反应、3分钟出击、5分钟解决战斗。

——南通市公安局自青奥安保工作开展以来，市公安机关严格落实省厅各项部署要求，坚持警种、部门、区域联动，进一步强化涉危、涉爆单位的制度建设和日常监管，严厉打击涉危违法犯罪行为，全方位地织严、织密危爆物品整体防控网，全力保障全市危爆物品管理的安全有序。全市公安机关先后查获气枪23支、气枪子弹330发，收缴战争遗留航弹1枚、炮弹

1 枚、管制刀具 52 把、弩 1 只。共检查发现安全隐患 26 处，当场整改 17 处，限期整改 9 处。对辖区民爆生产企业、高锰酸钾等易制爆危险化学品单位，各大烟花爆竹经营、储存点等进行了拉网式排查。截至目前，全市已检查企业 175 家，排查重点部位 147 处，发现问题 36 处，现场整改 11 处，发放限期整改通知书 25 份。

——泰州市公安局自青奥安保攻坚战以来，全市违法犯罪警情同比下降 27.5%，其中抢夺、盗窃警情同比分别下降 73.4% 和 25.1%，通过巡逻查控抓集中整治行动，抓获各类现行违法犯罪嫌疑人 407 名，全市社会治安保持平稳。同时，争取市政府和市财政支持，一次性投入 200 万元，增配 8 辆武装巡逻车和 8 辆摩托车以及破拆、灭火、救生、防护、路障等应急处突装备。充分利用视频监控资源，实施立体防控，推动情报研判、网上巡查、网上与街面互动等措施落实，最大限度地拓展社会面巡逻防控网络覆盖面，增强对重点部位治安动态的掌控能力。目前，共设置视频巡查点 2178 个，并落实 24 小时专人值守巡查。自勤务调整以来，盘查人员 11.8 万余人次、检查车辆 2.1 万余辆。

——镇江市公安局加强水上治安管理和防控体系建设，建立了水上船舶管理机制，夯实了水上治安管理的基础。还建立了水上人口档案。针对水上人口居无定所、流动性大的特点，充分利用现有的船民船舶信息管理系统和人口信息系统，对人员的情况登记造册，建立分层次档案管理。即将水上人口按有无前科劣迹、文化程度、地区和年龄分 A、B、C 三类进行管理。通过人员分层次管理，从源头遏制江上打架斗殴案件的发生，力求做到青奥会期间"零异常"。针对水上治安管理工作点多、线长、面广、跨区域、跨行业、水陆互涉的实际情况，积极会同水利、交通、海事、航道、渔政等部门，特别是与长航公安及相关涉水企业沟通，继续开展区域警务合作联席会，通过密切部门间交流协作，盘活涉水资源，构筑起"水上一体化"的协同防控网络。进一步加大对水上治安、民生突出问题的综合整治力度，妥善处置因水事纠纷等引发的水上群体性事件，切实维护水上社会治安稳定，打造"青奥会"水上治安安保圈。

三　金戈铁马
——运筹帷幄千里疆场

充分发挥"5＋8＋3"省际警务合作，以及相关警种紧密协同、合成作战的优势，严格纵横数千公里的战线查控，最大限度地把各类安全隐患排除在江苏外围、查堵在进宁途中。

江苏省青奥安保各项工作在稳步扎实推进，公安部也成立了南京青奥安保协调小组。协调小组下设环苏社会面防控等8个工作组。6月24日，南京青奥安保协调小组办公室先遣组进驻南京，对江苏青奥安保工作进行协调指导。

南京奥体中心2005年建成开放以来，相继举办过全国十运会、第二届亚青会等一些大型的体育赛事和活动，积累了一些经验。有些同志自认为是"老运动员"，经验丰富，从没有失手过，于是，常常一句南京话"多大事啊"挂在嘴边，多少有些不以为然。

客观地说，经验不能说没有，但是情况不一样，尤其是目前国际国内不断发生的恐怖事件，明摆着为我们敲响了警钟。这种思想十分危险，绝不能让其蔓延下去。公安部副部长在召开的碰头会上，有针对性地反复提醒大家："青奥安保不仅是江苏的大事，更是全国的大事。要坚持底线思维，一定要克服经验主义、麻痹主义和与己无关的思想。"讲到激动处，他斩钉截铁地一拍桌子："所有的安保方案实施目标就是十个字：不能出事，确保万无一失！"

7月的南京，气温照例如脱了缰绳的野马一般撒开四个蹄子一个劲儿地直往上蹿，铺天盖地的绿荫虽把这座古老的城市装扮得端庄古朴，却没能为人们掩住层层扑面而来的热浪。

在国家青奥会安保工作协调小组的直接指挥下，7月15日，启动环苏及入苏进宁通道"5+8+3"联动安检查控机制，即江苏及环苏沪、浙、皖、鲁5省市，豫、鄂、陕、甘、青、宁、新及兵团8省区，铁路、交通、民航公安，联勤联动通力合作，构筑南京外围安全屏障。8月1日，国家、省和南京市组建联合指挥部，实行捆绑作战，一体化高效运行。

至此，国家层面统一指挥协同作战的青奥安保战线正式全面拉开。

从地图上可以看出，防控阵线由西北至华东几乎横跨整个中国，逶迤曲折，穿过内蒙古高原、黄土高原，历经祁连山、贺兰山、六盘山、秦岭、大别山，过塔里木河、黄河、淮河，全长约3700多公里，加上环苏周围几个省市，防控战线总长达4000多公里。

它犹如一条看不见的巨龙由西向东腾空而起，又似金戈铁马，纵横千里。这是何等气势和魄力啊！这在我国，甚至世界史上一定亘古未有！

先遣组下榻在奥体中心东侧的国际奥委会国贸酒店。这是一座十分普通的三星级酒店，但因紧邻奥体中心而显得地理位置十分特殊，因而成为这次奥委会酒店的不二之选。

协调小组办公室副主任、先遣组组长温忠民主任 6 月进驻直到青奥会结束，一次也没有回过北京的家。我问他："夫人没有意见吗？""女儿在英国，让她去探亲了。"

他指指窗外，不远处的"红飘带"（奥体建筑的标志）静静地飘落在河西绿树掩映的土地上，守候着古城年复一年的风雨春秋："可能是来了些日子了，守着奥体，心里踏实。"

我心里一动。看看远处，蓝天清澈，白云透亮。

"5 + 8 + 3" 的 "安保术语"

国贸酒店 6 楼，部省市联合指挥大厅、部省市联合应变处置组、部省市联合环苏社会面治安管控组、江苏省公安厅青奥安保工作领导小组指挥部、南京市青奥安保工作执行指挥部、出入境管理及国际警务合作组、省市联合警务保障组，这些长方形蓝地儿白字的标牌清晰明白，明确每个办公室的职责所在，灰色地砖在日光灯的映照下反射着银色的光亮。环状的过道不时被人们匆匆的脚步声惊扰，口音却是天南地北的。

这些标牌让人们真正认识到"一体化运行"的含义。

"部省市联合环苏社会面治安管控组"引起我的注意。虽然后来才参与有关工作，但早就听说过"5 + 8"之类的青奥"安保术语"。

环苏及入苏进宁通道安检查控，即江苏及环苏沪、浙、皖、鲁5省市，豫、鄂、陕、甘、青、宁、新及兵团8省区，铁路、交通、民航公安，建立"5+8+3"联动查控机制，是构筑南京外围安全屏障，顺利实现青奥安保的绝好办法。充分发挥"5+8+3"警务合作，以及相关警种紧密协同、合成作战的优势，织密网格、严格查控，才能最大限度地把各类安全隐患排除在江苏外围、查堵在进宁途中。公安部对此十分重视。

6月下旬，国家青奥会安保工作协调小组在南京召开专题会议，研究部署青奥会环苏"安保圈"行动及入苏通道联动查控工作，并就开闭幕式安保、要人警卫、交通组织等工作进行专题研究。国家青奥会安保工作协调小组环苏社会面治安管控组各成员单位负责同志，环苏及入苏通道的13个省区市公安厅局分管领导及治安部门负责同志到会。江苏省厅随后拿出具体工作方案，对入苏入宁查控安检提出具体要求。

开幕式前，在国际奥委会国贸酒店6楼，记者采访了青奥会"全国一盘棋"的总体工作情况。

公安部治安局社会治安防控处副处长陈弘介绍说，按照青奥会安保工作总体方案，环苏社会面治安管控由我局牵头，会同国家信访局、部交管局、铁路、交通民航公安局等部门组成。6月26日以来先后四次召开相关省份和成员单位会议，对环苏社会面治安管控和环苏及入苏通道查控工作作出全面部署，提出具体明确要求。自7月15日起，环苏及入苏通道检查站按照梯次递紧的原则，启动查控勤务。

"部里设了8个工作小组？"

"是啊。我们是其中的环苏社会面防控组。"小陈很年轻，三十出头，戴副眼镜，文质彬彬。

"我们是 8 月 1 日进驻的。主要负责环苏江苏、浙江、安徽、山东'安保圈'社会面治安管控。除了治安要素外，建立'5 + 8 + 3'联动查控机制，严格环苏、5 个省份及入苏进宁 8 个通道安检查控，是我们工作的重点。河南、湖北、陕西、甘肃、青海、宁夏、新疆、新疆兵团、浙江、安徽、山东、江苏等 13 省区市和铁路、水上共设立 430 个公安检查站点。按照梯次递紧的原则，启动查控勤务，环苏及入苏通道 13 省区市和铁路、水上共计 210 个检查站。其中 8 月 16 日实行一级加强查控勤务。在环苏 5 省市 35 个城市发放入宁车辆安检合格证，在苏、沪、浙、皖 4 省市 13 个城市发放'一日卡'，减轻了南京市的安检压力。对于铁路、水路、空中通道查控，铁路公安机关设立 26 个公安检查站，以 531 趟进宁列车及 444 个进宁列车途停车站为重点，全力开展安检查控工作。水路以长江南京水域为核心，向长江上下游策应南京水域设立 9 个水上公安检查站，强化进宁船舶、船员、货物的查控。"小陈如数家珍。

我环顾四周，十多位身着便服的同志正在伏案办公，有的抬起头，朝我礼貌地笑笑。我朝他们点点头。

"他们是各省来的同志吧？"我问。

是啊。他朝一位四十岁左右的女同志一指："那位是新疆省厅治安总队副支队长曲明娟。""辛苦了！"我向她打听几年前熟悉的新疆省厅的一位同志："巴彦还在宣传处？""交流到机关党委，任副书记了。"哦，是这样，女同志很适合。当年的巴彦任副处长，漂亮又能干，对人也很热情，2013 年全国公安文联开会曾遇到过她。"请代我向她问好。"我忽然有些遗憾,这些外省同志千里迢迢支援我们,按理作为东道主,于公于私我是不是也该带他们转转,看一看中山陵、紫金山,转一转总统府、雨花台,尝一尝夫子庙的小吃,扬州的蟹黄汤包?还有温局及北京市公安局两位专家及一行,好几次我欲言又止。也罢,后会有期,想必大家也会理解的。

他又介绍了河南的两位同志。我们互相致意。

他给我看一组数据,自7月15日启动查控勤务以来,共检查车辆110万辆、船舶4541艘次、人员230万人,劝返各类重点人员494人,查获违法犯罪嫌疑人1003人,其中在逃人员330人,查缴仿真枪85支、子弹318发、管制刀具4484把。

"特别是开幕式当天上午,乘高铁过来105人上访,上午9点多得到情况时已有85人上了车。防控组市局的同志立即与当地联系,我们与江苏省厅的同志共同行动,在火车站、新街口、奥体中心等处守候,经过成功劝说,下午两点左右,他们开始陆续返回。"

"进驻以来,我们感觉江苏工作做得很好,值得学习的地方很多。"他最后不忘补充说。

"618"团队

还是国贸酒店。"618"门口挂着"江苏省公安厅青奥安保工作领导小组指挥部"标牌。

没错,就是它。

作为江苏省公安厅冲锋在青奥安保最前线的一支力量,张兰青和他的团队忙得团团转。

被任命为青奥安保工作领导小组指挥部副总指挥，对于刚刚担任江苏省公安厅治安总队总队长不久的他来说，不啻于一场实战考验。

可是，张兰青不怕。这位北京大学法律系毕业的高才生自小脑瓜子灵光，没有读书人惯见的书呆子气，他打破常规，直接负责，抽调10名骨干力量集中办公，保持省厅指挥部实体化运行。7月下旬进驻国贸酒店部省市公安机关联合指挥部，与南京青奥会安保工作协调小组办公室、南京市青奥组委安保部捆绑作业、一体化运行后，他更是忙得脚不沾地了：又是安保总体方案，又是安保指导组职责任务，又是赴京汇报准备，又是组织安保会议，又是筹备中央和公安部领导视察考察活动，还10多次参与筹备反恐维稳、社会面巡防等专题会议，以及大量的汇报材料、文件汇编——两个星期下来，他惊讶地发现，自己小小的"将军肚"不见了。

怎么能不瘦呢？作为部省市安保系统中的"连接点""助力器"，他既要做好上下左右的协调联系，保持沟通运转顺畅，又要加强督促检查，一板一眼地保障上级决策和实战需求的迅速对接落实。梳理出来的那几十项特别是国家层面重点难点问题，他3次随厅领导赴京专题汇报，并提请在宁召开会议，部署"安保圈"行动暨通道联动查控工作，组织13省区市和铁路、交通、民航公安机关联手行动、联管联控。提请省厅协调江苏警官学院、南京森林警察学院、山东警察学院抽调7600名学警，并从全省抽调120名特警突击队员和30名搜排爆民警，参与青奥场馆值守等工作。虽说现代化通信很发达，可是在指挥部他的座位上，几乎看不到他的人影。

第一次去国贸，边走边张望的我在前方过道上看到一个似乎熟悉的身影，将信将疑的我"尾随"居然进了618，真是治安总队的副总队长张镇！可是，半年没见的清秀的小伙子，居然灰了头发，人也明显消瘦憔悴了许多。

"瘦了"，应该是这次采访中得出的所有参与青奥安保的公安民警共同的特征变化。有些外勤作业的，不仅瘦，而且黑了，黑得发红，黑得发亮。就拿张镇来说，在短短的一两个月时间里，他起草审核了几十份材料，编发审核简报120期。8月14日晚最后一次彩排结束后，张镇整理上报完情况已是深夜12点多钟，刚准备回房休息，又接到电话通知，随即赶到厅里，为15日上午孟建柱、郭声琨两位领导来厅视察提供有关材料，一直忙到凌晨4点多才回酒店。

采访的事曾被张兰青一推再推。每次去国贸，我都会去"618"坐坐，除了这是"自家的"指挥部以外，还指望张大指挥能忙里偷闲跟咱聊一聊，吹一吹。以前几次下班的时候遇上，一路上边走边聊，从南京房价聊到子女工作，从林荫满天的清凉山公园门口，一路聊到车水马龙的江东中路，再分手。可这回，还是一次次落空。难得"守"到一次，他指指一旁的副总队长张镇："你先采访他吧，还有他们。"又指指另外的几个一直不停忙碌的小伙子王峰、毛春山、杭政。那不仅是他的手下，更是他的宝贝，点兵点将过来的。

一转身，他又一溜烟儿地走了。

怎么能不瘦呢？省厅运行战时安保机制后，指挥部同时又是赛事专项工作组，也就是说，除了正常青奥安保重点工作如开闭幕式外，还肩负青奥会赛事的专项安全保卫任务。他协调指导南京市公安机关周密科学组织赛事活动安保工作。全市 27 个竞赛场馆，他顶着烈日前前后后跑了一圈又一圈，有的还跑了三四趟，有一次汽车差点儿爆胎，最终圆满完成了开闭幕式及赛事活动安保任务，没有发生任何案件事故，得到了国际奥委会官员的高度评价。

还有重点人员稳控任务、危险物品监管、重点部位防控任务等社会面治安整体防控工作，具体而且繁杂，他们都照样做得有条不紊。

有时候，张兰青真觉得自己像是变形金刚，四处出击，拳打脚踢。

都说新官上任三把火，张兰青只烧了一把。可是在人们看来，这把火，烧得着实大了！

四　利剑出鞘
——卷起治安整治雷霆风暴

反恐维稳的利剑经过无数次锤炼，已在扬子江畔磨砺出耀眼的光芒。第二届夏季青年奥林匹克运动会在南京顺利开幕。

这些日子，南京的气温依然偏高，只不过跟前些日子相比，已经没有了气势汹汹的势头。都说南京这些年已甩掉了"四大火炉"的帽子。但 2013 年夏天的嚣张劲儿，又让人觉得老天似有不甘。好在这些日子，雨水渐渐多了起来，是江南的梅雨到了吧。人们的心开始湿濡，对于参与青奥安保的人们来说，更有一种压抑的低沉。

青奥开幕式一天天临近。安保工作进入倒计时状态。

在党中央、国务院、公安部的关心下，河南、湖北、陕西、甘肃、青海、宁夏、新疆等有关 13 省区市对青奥安保工作给予大力支持配合，青奥安保一切都在强力推进，一切都在紧张有序进行之中。部省市三级青奥安保组织指挥体系高效运转，科学谋划，协调解决处理了一批疑难问题。环苏安保圈和入苏"5＋8"联动查控、"护城河"工程、百日攻坚战、"利剑 1 号"、"利剑 2 号"集中清查行动等计划和行动，层层递进，"点""线""面"结合，"动""静"结合，"虚""实"结合，营造社会治安严打严控、整治管控的浓厚氛围，为青奥安保筑起一道道千里长堤和铜墙铁壁，有效地抗击恐怖暴力活动带来的负面影响，目前，青奥安保社会治安形势总体平稳。立体化、现代化社会治安防控体系建设的理念在青奥安保中得到了初步的探索和实践。

这，或许是炎热夏季里迎面拂来的一缕清风吧。

但是，新疆莎车"7·28"暴恐事件、昆山中荣公司"8·2"特大粉尘爆炸事故，又一次把人们略有缓和的神经绷紧起来，凌厉的警报又一次在人们头上盘旋，刺激着人们的神经。刘延东副总理、郭声琨部长先后来到南京，亲自关心指导反恐维稳工作。

是的，平安是"易碎品"，安全问题最具有突发性、长期性和复杂性，麻痹松懈的情绪坚决不能有，青奥安保的"紧箍咒"绝对不能松。只有从坏处准备，从最好处努力，才能确保青奥会安全有序、圆满成功。只要每时每刻有警情，就每时每刻可能有危险发生，就每时每刻可能衍变成政治事件和重大案件。

怎么办？

锻铁铸剑，为了扬眉出剑。大战在即，只有一鼓作气全力以赴，才能把红旗插到最高峰，取得最后决定性的胜利。

陈逸中常务副厅长告诉记者，江苏省公安厅果断决定建立战时工作机制，厅党委委员打破原有分工界限，建立由副省长、厅长王立科总负责，常务副厅长陈逸中牵头协调，厅党委成员分工负责的青奥安保战时工作机制，成立南京市专项安保、赛事活动、要人警卫、维稳、打击犯罪等8个专项工作组，要求迅速与南京市局有关部门对接，迅速制订具体实在，操作性、针对性强的实施计划和细化措施。同时，在全省公安机关全面启动战时督察和问责追究机制，以铁的纪律保障各项安保工作落实到位，坚决打赢青奥安保这场硬仗。

陈逸中激动地告诉记者，青奥安保，我们要求全警参与，全力以赴。省厅决定，从8月1日起至青奥会闭幕，全省公安民警一律在岗在位、一律停止休假、一律禁止饮酒，以铁的纪律保证青奥安保任务圆满完成。从8月10日开始，所有公安检查站和治安卡口进入一级查控勤务，8月16日、28日开、闭幕式当天实施一级加强勤务，实施最严密的管控，严阵以待。

8月1日，江苏省、市、县三级公安机关社会面治安管控联合指挥部正式启动，形成全省上下一体、合成作战的指挥体系。经公安部协调，中央军委、武警总部积极支持青奥安保工作，立即派人增援。7月28日上午，驻苏武警2师4000名官兵到位；7月29日上午，武警江苏总队驻宁以及苏州、常州、徐州、宿迁等地5200名武警官兵到位；7月29日下午，山东警官学院800名学警到位；北京军区、南京军区 4336 名军人到位；7 月 30 日下午，江苏警官学院、南京森林警察学院共 6800 名学警到位！

此时的人们，似乎已经听见军号嘹亮，看见战车飞驰——

长江两岸的几个屯兵点全部集结完毕。反恐维稳的利剑经过无数次打造锤炼，已在扬子江畔磨砺出耀眼的光芒。

最后的冲刺终于来临！

"利剑"行动

要保证青奥安保任务的圆满顺利完成，除了有步骤有计划强力推进各项部署决策落实外，还应该牢牢抓住社会面治安整治这个关键问题，主动出击，切实打好青奥安保主动仗、整体仗，严管严控和整治社会面治安秩序，江苏省公安厅从 7 月 16 日开始至 8 月 16 日开幕式当天，先后组织以严管严控社会面治安、清查整治社会面治安隐患、反恐维稳为重点的三次"利剑"行动，出动数十万人（次），以迅雷不及掩耳之势，横扫城乡水陆社会面，有重点、全方位地开展集中清查统一行动，有效提升了社会治安管控能力。

每次行动，省公安厅都专门下发工作方案，对集中清查统一行动作出部署。副省长、公安厅厅长王立科专门听取有关行动组织开展情况汇报，并提出明确要求。行动期间，省厅和各市公安局设立行动指挥部，统筹指挥面上行动开展。厅党委副书记、常务副厅长陈逸中等厅领导坐镇省厅指挥部，调度了解全省面上行动开展情况，对全省公安机关进一步抓好集中清查统一行动提出具体要求。各市局领导坐镇行动指挥部，统筹面上行动开展。

8月15日，青奥安保已进入最高潮和决战阶段。晚上8点，省公安厅连夜召开全省公安机关视频会议，部署为期半个月的"利剑3号"社会治安集中整治行动。可以看出，从严管严控，到清理整治，以及当天的反恐维稳，三着"利剑"环环相扣、逐步收紧，而次日与开幕式同步开始直至闭幕收官的"利剑3号"又直抵反恐维稳的核心。真是精心谋划的又一着好棋！

厅党委副书记、常务副厅长陈逸中面色严肃地做动员部署讲话，副厅长王琦主持会议，并对抓好会议精神贯彻落实提出明确要求。

"这是青奥安保最后的，也是决定性的一仗。这一仗，只有成功，只许成功！"连续多日加班工作的陈副厅长眼里已经布满血丝，却依然慷慨激昂。

各地公安机关根据省厅总体部署，连夜迅速进行动员部署，全力以赴抓好行动各项措施落实，切实营造严打严防严管严控的高压态势，有力维护了全省社会大局持续平安稳定。

8月16日0时至24时，也就是在青奥会开幕式绚烂夺目的光彩中，全省公安民警在黑暗的角落中探寻，在幽深的小道上摸索，在高温下奔走，在疲劳中坚守，在汗水中拼搏。全省共出动巡逻警力46027名，配备枪支3440支，巡逻辅助警力76645名，投放巡逻执勤车辆7683辆，共立刑事案件1324起，与2013年同比下降30.1%，其中南京市共立刑事案件112起，与2013年同比下降58.1%。新收治易肇事肇祸精神病人26人，新强戒收押涉毒涉艾人员41人；共抓获各类违法犯罪嫌疑人834人，摧毁犯罪团伙23个，破获刑事案件454起；检查重点场所单位9678家，当场整改安全隐患2388处，收缴非法枪支

44支、管制刀具500把，收缴剧毒、放射等危险物品570千克。

省厅刑侦大楼15楼，刑侦总队对全省打防犯罪工作进行督导，每日调度刑事案件立破案情况，每日通报各地升降变动，并针对一些地区刑事案件高发的问题，会同有关部门研究提出针对性的打击意见。青奥会期间，全省刑事案件同比下降29.6%。

在苏州，省公安厅党委委员、苏州市副市长、公安局长张跃进等局领导坐镇指挥，全面了解面上情况，加强全市"利剑3号"行动的组织指挥和协调联动。全市公安机关共新摸排涉疆关注对象26名，新列管涉稳重点人员10名，新收治易肇事肇祸精神病人5名，新强戒收押涉毒涉艾人员10名，新列管治安危险分子13名，新列管扬言实施个人极端行为人员4名；抓获违法犯罪嫌疑人员189名，破获刑事案件72起；检查重点场所单位1671家，当场整改安全隐患344处，收缴管制刀具177把，查处严重交通违法行为736起。

在泰州，市政府党组成员、公安局长赵建生等局领导坐镇市局指挥部，指挥开展"利剑3号"行动。行动当天，该市公安机关共清查中小旅馆、出租屋等场所2215家，检查水气油电等重点单位711家，发现整改安全隐患138处，收缴仿真枪15支、管制刀具14把；设立治安检查点102处，抓获违法犯罪嫌疑人25名，破获刑事案件42起，查处严重交通违法行为53起。

场馆守护

随着布隆迪总统恩库伦齐扎、斐济总统奈拉蒂考、马尔代夫总统亚明、黑山总统武亚诺维奇、新加坡总统陈庆炎、瓦努阿图总理纳图曼和联合国秘书长潘基文出席第二届青奥会开幕式，世界政要逐一亮相南京青奥会。204个国家和地区约7200余名运动员和代表团官员参加这次盛会，注册总人数9.1万人。8月12日，运动员、裁判员入住青奥村，全世界的目光因体育而聚焦于中国南京。相关场所也成为这次安保重要的核心区域。

走进每个青奥场馆驻地的安保指挥部，你会发现这里俨然是一个浓缩版的综合指挥调度中心，液晶拼接大屏、通信电台、监控图像、视频指挥、有线电话、辅助办公网络及设施应有尽有，各类系统有条不紊地运行。在每个安保指挥部部长的通信指挥调度席位的后面，常驻着一支精干的保障团队，他们担负着安保指挥部所有通信系统的建设、运行、值守、操作保障工作。7月1日全部驻场以来，他们连续作战，克服了各种困难和不适，不仅自己练就了火眼金睛，练就了智能敏捷的双手，而且还实现了安保指挥部图像任意调度、无线通信畅通，"听得清""看得见"，成为名副其实的"千里眼"和"顺风耳"。

镜头一：奥林匹克体育中心

在南京奥林匹克体育中心采访时，记者了解到这是第二届青奥会开闭幕式举办地，也是主赛场和主体育场，田径、体操、游泳等7个大项的赛事在此举行，共角逐产生137枚金牌，堪称青奥会场馆的重中之重。

为保障奥体中心运行安全、落实奥组委各项组织计划，奥体中心所属地南京市公安局建邺分局成立了以分局局长汪冰为安保主任的奥体中心安保团队，从2014年2月开始，分批进驻奥体中心开展安保前期专项工作。面对前所未有的压力，汪冰向全局民警提出，拼尽全力，誓夺赛事安全、队伍建设、社会面稳控的"三块金牌"，并制定了相应的规定和要求，坚决杜绝一切危害公共安全和影响社会稳定的现象发生。

场馆安保经理、建邺分局治安大队长李钰是个四方脸盘的中年汉子，当我们的汽车刚驶上江边的扬子江大道时，他已早早地候在北大门了。

他带着我们围绕奥体中心转了两个小时，边走边聊。

记者从向阳河边看到，奥体中心周界在数月前设置了2.5米高的硬质护栏，作为安保封闭线，实施24小时警戒看护。从7月25日起，所有进入封闭区的人员，必须通过最严格的安全检查。开幕式当天，实行实名制证件查验。安保封闭线区内，安保团队共18人按照场馆分为5个组，每天完成场馆巡视、部门协调、场地控制等12项常规内容，对安检大棚、防护设施、水电气油等245个重点要害部位实现了全面控制检查。以不同场馆为标准划定巡逻网格区域，每个团队民警每天都要徒步巡视场馆三圈，总距离达到25公里。"8月的南京，近40℃的高温，步行不到20分钟，汗水就湿透衣服了。"李钰如数家珍，为我们指点介绍着一个个安保细节，如同经验丰富的艺术家品味自己心爱的作品。

"情况真熟啊。"我赞叹道。"专门背过？"我随口问道。

"一开始是背过，可是后来天天反复接触这些，就烂熟了。见到就条件反射。"他老老实实回答着。

除了中心面上安保外，还有一项重要任务，就是7场比赛的安保。必须按照青奥会正式比赛的安保标准和总体部署，对各个场馆制定具体方案，作出详尽的警力部署与预案处置。每一套安保方案都是在现场考察、反复论证，甚至争论的过程中完成的，对于其中的每一个部分、每一项内容，甚至具体到每一个小环节，奥体安保团队都制定了严格又具有操作性的规定。

为了做细、做实、做牢安保工作，确保万无一失，青奥会正式开赛前，奥体中心先后举行测试赛共计 7 项 16 次。测试赛期间，奥体中心安保团队设置入场安检、流线管理、验证通行、事件处置、场院管理、交通管理、消防管理、周界管理等多个演练项目，坚持做到"一赛事一评估，一赛事一指导，一赛事一考核，一赛事一总结"，通过认真演练查找不足，以"落小、落细、落实"为标准，将职责、任务落实到每个岗位，在不断完善工作的过程中抓好细节、查清问题。各项测试赛事按照时间顺序，按照事件严重等级依次增设了观众携带违禁物品、公共场所发现高危物品、场馆进出口发生骚乱等多项内容设置应急处置演练科目，测试效果令人满意。

在北大门的安检大棚，记者试了一下，当天棚内温度达47℃。"民警一个班 8 个小时，平均每人要喝掉 10 瓶矿泉水。"一圈走下来，李钰掏出风油精不停涂揉着太阳穴。

他这是在提神啊！看着他晒得黝黑的面庞，不禁让人有几分心疼。

根据李钰的介绍，坐落在长江之滨，位于南京河西新区的奥体中心拥有 1345 亩的占地面积，40 万平方米的总建筑面积，目前奥体中心内入住的各类人员保守估计有一万人。人员结构复杂、施工队伍众多、布置材料多样，给仅仅 9 个人的安保常驻警力带来极大的挑战。不管是巡视、检查，还是测试赛、协调会，团队民警克服了路途远、上岗早、周期长、天气热等各种困难和不利条件，已经连续两个月没有休息一天。李钰家住秦淮区的尚书里，离夫子庙很近，离奥体也不太远，可他也和大家一样住在这里。青奥会闭幕后没几天，李钰在电话里告诉我，在南京航空航天大学读书的女儿见到他，一把抱住他痛哭失声，心疼得直喊："爸爸，怎么瘦这么多？"

在团队日常工作中，每一个对接部门、每一个对接民警、每一个项目对接内容都通过黑板每日更新；在警力安排部署中，每一个点位上的警力不仅具体到几个人，而且具体到这个人是谁，联系方式是什么；在物资管理检查中，每一批入馆物资、每一个重点部位、每一个重要区团队民警都要"日算、日清、日查"，做到底数清、情况明；在对外沟通协作中，每一张联络表都具体到团队民警所联系的部门、部门人员配置、部门负责人联系方式。安保团队领导一直随警作战，检查民警是否实名、是否明确自己的职责，绝对不允许出现离岗脱岗的现象，切实做好警力的组织保障工作，确保各项勤务要求有效落实。

镜头二：雨润涵月楼酒店

距国贸酒店向北大约 300 米，是国际奥委会委员住宿地雨润涵月楼酒店。

青奥会期间，雨润涵月楼酒店接待 400 多名国际奥委会委员、随宾以及工作人员，其中含数名重要贵宾，可以说，相当于国际奥委会在南京青奥会期间的临时总部。对这里的安保工作，各级领导都很重视，要求切实做到思想上先行一步，节奏上快人一拍，将各类风险隐患降至最低，将各类安全系数提到最高。

丁旗的安保团队6月进驻酒店的时候，这幢大楼还没有完全装修完工。安保团队本着"提供高端安全服务和一流治安环境"的原则，下大力、花苦工，从无到有，制定了9项安保规划，对酒店锅炉房、风机房等14个重点部位落实安保力量逐个值守到位，与酒店周边的仁恒公寓楼等楼宇签订了治安责任书，对酒店600多名员工全部开展背景审查。

科学的规划、严密的防控、细致的措施为奥委会入住的酒店构筑了一道稳固的防火墙，受到了各级领导的高度肯定。中央政治局委员、国务院副总理刘延东，国务委员、公安部部长郭声琨，公安部副部长刘彦平等领导在视察奥委会入住的酒店时，都对酒店安保工作予以充分肯定。

"听说当时酒店安保基础比较差，你们怎么想的?"我问道。

"这种事情，只有前进，没有退路。"丁旗指着周围的墙面楼道："当时有的房间甚至还没有装修，走了一圈后发现与周围几栋楼四通八达，21部电梯、13处楼梯和附近的商场及写字楼连通，内部通道纵横交错，情况相当复杂。对于周围环境，我们与属地的建邺分局取得联系，对区域中的内部单位、居民小区实地走访到位，明确其中的工作重点和风险节点。对附近的5个居民区，12000多名常住人口以及8000余名流动人员，我们全都走访了解了一遍。"总部酒店周边一圈共237米，丁旗每天上上下下、来来回回要走十几遍，一天下来总里程超过10公里。在短短半个月时间里，他暴瘦了10斤。

更让人头疼的是，丁旗在反复勘察地形地貌后，敏锐地发现周围几栋写字楼人流比较复杂，周边商场7家店面整体嵌入酒店主体内，存在安全隐患等问题。他当机立断，马上向青奥组委汇报，最终确定了写字楼 4 家单位、某商场 7 家店面青奥期间需暂停营业。他还多次与酒店业主方协调 14 项需要整改的消防隐患和 15 项需要配合的安保工作等问题。

不知什么时候，丁旗有了"大总管"的绰号。大概是大家认为他什么都得管的缘故吧。胖胖的丁旗报之以一笑。

车辆从哪里进出？住店客人和工作人员又分别从哪里进出？如何在做好安保的同时，又遵守国际礼仪？这些问题丁旗都解决了。"我们的目标是既要安全，又要客人满意。"丁旗说。为安全起见，他们甚至和质监部门对大堂、宴会厅、茶吧等人员聚集地点的所有大中型吊灯的自重和承重量全部进行了检测，确保不发生任何意外。

"安保无小事""涉外是大事"，是丁旗常说的两句话。安保团队进驻国际奥委会入住的酒店以来，丁旗每天第一个上班，坚持工作到深夜。

镜头三：国贸酒店

作为国际奥委会酒店安保团队安全检查组副经理，王锋承担着对进入酒店封控区域的人员和车辆进行安检的任务。

7 月 10 日进驻酒店以来，由于学警、保安等辅助力量尚未配置到位，王锋每天一个人冒着高温、顶着烈日，仔细对酒店周边道路、进出口等部位进行实地走访、测量，找出安检仪器架设安装的最佳位置及程序。7 月 25 日，在安检仪器到位后，王锋每天又带着技术人员从实地数据的测量、安装位置的选择、安装环境的布置、安装软件的测试等，一步不落，全程参与，特别是 26 日晚，为确保安检仪器全部安装到位，王锋连续工作到凌晨2点。7月30日，学警到位后，王锋又安排技术人员，手把手演示仪器的操作，直到每个学警都能熟练操作为止。

我问他是哪个分局的。"建邺的。"原来就是当地的。他告诉我，在做好人员、车辆安检工作的同时，作为属地安保警力，王锋同时还承担着雨润国际广场的治安警情处置。由于学区划分、雨润公寓楼降价促销等原因，国际奥委会酒店周边部分群众已多次聚集，拉横幅、喊口号，每次发生类似警情，自己总是带人迅速进行先期处置。8月1日清晨，国际奥委会酒店东侧的仁恒国际公寓违规燃放鞭炮，自己第一时间赶至现场制止违法行为，待分局警力到达现场后，移交了警情和相关人员。8月1日是自己的生日，刚好也是中央商场安保区域封控的最后期限，在简单吃了团队为其准备的面条后，又和团队一起奋战至凌晨2点。在此期间，他的爱人生病住院，上小学的女儿缝针手术，都只能由年迈的父母照料。这些日子，他抱定一个信念："安检无小事，我必须全力以赴！"

总部酒店住地安保工作千头万绪、纷繁复杂，但正是由于团队的上下齐心，顽强拼搏，各项工作一直都在有条不紊地推进。团队成员最多的口号是："平安，我们全力以赴；青奥，我们准备好了！"

镜头四：青奥村

青奥村位于南京河西新城西南部，占地19.5万平方米，总建筑面积约52万平方米，周界长2500米，于2012年3月18日开工，2014年6月底竣工交付。

作为青奥会最重要的非竞赛场馆，来自204个国家和地区的运动员及随队官员共 6000 余人入住村内，运行期间村内人员约 16000 名，安保任务十分繁重。

记者先后两次采访青奥村。第二次采访时已是繁星满天的夜晚，璀璨的霓虹灯将周围几栋大楼装饰得通体发亮，雄壮而华美。

来自建邺分局双闸派出所的杨海涛副所长告诉记者，为确保青奥村运行期间绝对安全，青奥村安保团队下设 15 个专项工作组，出动公安、消防、武警等部门共计 1283 名警力投入青奥村各项安保工作。安保工作按照整体防控、以面保点、分级管理的原则，由内向外围逐层拓展，划分为核心区、控制区、疏导区三个安保工作区域。记者随后走进这个"运动员之家"，对馆内中心地带"核心区"及青奥村安保团队工作探个究竟。

在村口，代表各国风土人情和民族特色的文化小屋比肩而立，淡黄的灯光柔和温馨，一阵阵轻快热烈的乐曲从小屋里不时飘荡出来。在中国小屋，剪纸、茶艺、四大发明……六十多平方米的房间被布置成了中国传统文化的精华展。我简单地翻看了一下："可惜没有南京的云锦，一定是遗漏了。"我笑着随意说。肤色各异的姑娘小伙子们脖子上都挂着名为 Yogger 的社交钥匙。在数字媒体中心，90 平方米的大厅内有 50 台电脑，运动员可在此免费上网。路遇非洲和欧洲的运动员，居然热情地冲记者说："你好。"我猝不及防，连忙"好""你好"地应了，颇有几分狼狈。陪同的杨所忍不住在一旁偷着乐。此情此景，让人由衷感受一种自由和平和文化传播的热流正在这片小小的土地上涌动。

在核心区，记者了解到，这是青奥村内人员最密集、安保任务最重的区域。安保团队经过反复调研，梳理出上万条数据，完成了青奥会会议中心双塔楼楼顶、双闸街道楼顶、政治学院集资房楼顶等9处高空探头的选位及架设。采取围栏封闭、出入安检查验、安装防冲撞装置三项有效措施确保区域绝对安全，做到24小时监控无盲点。8月7日，出动480名工兵及60条搜爆犬圆满完成搜爆工作，8月12日，青奥村如期开馆。

青奥村核心区分为居住区、广场区和运行区。

走进居住区，只见6栋运动员住宅楼颜色缤纷亮丽，在闪烁的光影下显得越发神秘妖娆。楼区绿荫成片，错落有致的美人蕉倒映在波光粼粼的池塘水面。好一个"高大上"的去处！我感叹着！一旁的杨所自豪地说："听说青奥结束后，这里将成为全市的高级人才公寓。"难怪。

小区内人头攒动，人流川流不息。三四个小伙子兴高采烈地踢着足球，旁若无人，不停地喊叫。这是运动员及随队官员居住生活的主要场所，也是青奥村安保最核心的区域。为了确保居住区的绝对安全，居住区外围用1.8米高的围栏进行二次封闭，实施一级安保方案，开展24小时不间断交叉巡逻，及时处置突发事件。

在广场区，杨所不停指点着周围："这是为各国代表团举行欢迎仪式，举办文化教育及交流活动和奥林匹克文化传播，以及提供商业、休闲、娱乐礼宾、赛事信息服务的区域。广场区每天都有近600名演职人员进村举行形式多样、内容多彩的文化表演及交流活动，人员十分集中。为应对紧急突发状况，220名警力投入安保工作，以内外呼应、外围支援中心的形式对各个观众区形成合围之势，确保能够第一时间迅速处置突发事件。"

我问安保团队在哪里办公，杨所指指位于西北方位的一栋大楼："喏，综合楼，是广场区的主要构成部分，分指挥部就在这里。"杨所把记者带到7楼，"这里集中办公，24小时值守。"监控大屏上，实时显示着村内及周边的道路、人员情况，视频信号直接连接市局、省厅指挥中心，可以随时开展安保指挥。

此时，虽是夜晚，但青奥村依然欢快，依然热烈，洋溢着青春的气息。

镜头五：浦口老山

浦口区位于南京西北面，与南京主城区隔江相望，与安徽省五个县市毗邻。青奥会期间，浦口分局承担了橄榄球、曲棍球、沙滩排球、小轮车、公路自行车、山地自行车6个比赛项目及文化交流等活动的安保任务，是全市承担赛事活动安保任务较重的分局之一，具有点多、线长、面广、量大的特点。

我们在浦口安保部门了解到：

老山国家森林公园占地8040公顷，森林覆盖率达90%，山峦起伏、景色秀美。青奥会山地车、公路自行车赛事设在南京市浦口区老山国家森林公园内。青奥会自行车场馆就设在老山森林公园的大门口处，这里也是青奥会山地车、公路自行车赛的起终点。作为本届青奥会的最长赛道，全长23公里的公路自行车赛场有大小路口160多个，完全开放式的场地给安保工作带来前所未有的压力，安保级别也仅次于开闭幕式和青奥村。为了给这个最长赛道筑牢平安网，南京浦口分局将自行车公路赛作为重中之重，按照以面保点、立体防控的思路，根据老山地理环境，将 23 公里的赛道及周边地区划分为核心区、管制区、疏导区三个安保区域，其中核心区即场馆和赛道，管制区为核心区向外延伸 100 米的区域范围，疏导区为管制区向外延伸 1000 米的区域范围，由外向内依次设置"五道防线"，圆满地完成了任务，省公安厅副厅长、青奥安保指挥部总指挥秦军检查时赞叹："这是所有场馆中安保布控最严的。"

在浦口青奥体育公园场馆采访时，安保主任王海介绍：

青奥会期间，位于浦口区的青奥体育公园内有橄榄球、沙滩排球、曲棍球和小轮车四项比赛在此举行。体育公园面积大，而安保警力有限，所以整个安保团队一个人顶两个人用，安保人员早上 6 点到岗，午饭轮换着吃，一天下来腰痛背酸。比赛到晚上九十点结束，安保人员要等运动员、观众散场，打扫清理完毕后才能撤岗，回去已是凌晨 1 点了。体育公园周界被围栏圈起，一些人为了进出方便，搬动、损坏围栏，这些都需要安保人员密切关注，安保民警巡逻时，随身揣着老虎钳，及时维修破损围栏，确保每一个岗位有人负责、每一个环节有人落实、每一个部位有人看守。

开幕式

8 月 16 日 20 时至 21 时 30 分，第二届夏季青年奥林匹克运动会开幕式在南京奥体中心体育场顺利举行。习近平总书记出席开幕式并宣布青奥会开幕。10 位外国政要出席开幕式。200 多个国家和地区的运动员、教练员、官员，境内外嘉宾、媒体记者，观众及演职人员，共计 6.7 万余人参加了开幕式。

人民公安报南京记者站许政，这样现场记录青奥会开幕式当天的安保情况：

8 月 16 日零点，南京市公安局治安支队三大队大队长姜军带领 15 人的实名数据安保小组进驻奥体中心，他们要将这些数据输入各个安检通道，确保安检人员据此保证人员实名进场。

清晨 6 点，南京市公安局刑侦局第六大队副大队长曹培和 72 名驯犬民警携 60 条搜爆犬进场。9 时许完成场地搜爆工作。

上午 8 点，南京市公安局建邺分局治安大队大队长李钰带领安保团队进行布阵，1200 个水马隔离墩在 40 分钟内按照规划，设置成密密麻麻的引导通道。

上午 9 点到下午 3 点，演职人员陆续进场。南京市公安局特警支队警务飞行大队的 3 个直升机组随时准备升空，执行飞行任务。

下午 17 点 30 分，全市地铁安检开始忙碌却有条不紊。南京市公安局地铁分局中和村站派出所教导员秦皓的职责是在地铁 2 号线奥体东站疏导人群，人流高峰还未到来，秦皓的嗓子就已经哑了。他和安保团队每天 15 个小时守在岗位上不断地说话，接受采访时一开口一股润喉糖味。

下午 18 点，南京市公安局建邺分局南湖派出所教导员沈晓岚带领的 71 人安保团队，护卫着奥体中心北便门。在之前的彩排中，北便门每次一般有 6000 余人进场，而开幕式当天远远超过这个数字，平均 20 秒安检一个的速度。……可以说，开幕式当天，奥体中心安保现场忙碌而有序。

这一天，岂止奥体中心，南京城内外所有的安保防线也已经全面铺开，近 1.7 万名专业安保人员和 50 万名安保志愿者，从面到片，从线到点，全天候值守在 5152 个公交站点、281 个地铁出入口、101 条进宁支道等 1.4 万个岗位上。省公安厅机关也组织 180 名警力、33 辆警车直接参与南京市重点部位的机动巡逻。

"当晚的要人警卫、现场管控、安检搜爆、交通组织、远端集结等专项安保全部精细落实，3420 个执勤岗位上共投入安保力量 17000 名，逐人定岗定位。"江苏省公安厅青奥安保副总指挥张兰青告诉记者，奥体中心设立现场安保指挥部，刘彦平副部长、王立科副省长现场指导，徐锦辉副市长现场指挥，有关领导分工负责、分片把守，确保安保组织坚强有力。在青奥安保指挥部的智能指挥平台上，指挥人员只要点击对应的安保位置警察图像，屏幕上立即显示出岗位信息、个人姓名和手机号码，再点击一次，就可以和责任民警点对点通话，不需要层层传递。

"对内场，我们经过严格的安检搜爆、实名制验票措施，已形成绝对干净区；1.3 万米硬隔离、6 道防冲撞设施、4 辆特警防暴车，形成一道严密防线；8 个重点部位投入 3050 名机动力量，随时可以拉出去。对外围，实行分层管控，4 条主要道路全封闭、全清空，确保线路绝对畅通；对进出路线合理规划，保证 3 万余名观众有序入场、快速疏散。精确测算相关 400 余辆客车运行路线和时间节点，统筹调度指挥，保证所有客户群能够安全有序往返。"

保证车队顺利进入会场，是开闭幕式交通安保的重头戏之一。张兰青告诉记者，开闭幕式上各有数百辆车接送各国运动员、技术官员及嘉宾，每个车队的运行轨迹都清晰监控，提前测试 20 多次，车队到达时间精确到秒。

为了安保上的万无一失，江苏警方可谓费尽心机。经过省青奥会安保工作协调小组的多次论证，并最终得到国际奥委会的许可，南京青奥安保团队创新推出了由观众实名购票，经安检票证一致再入场的做法。所有开闭幕式入场的观众，必须做到所持证件与购票时申报的证件一致，并且证件信息应与门票实名信息相符，不仅中国大陆观众，台港澳地区及国外观众也不例外。这一创举大大提高了安保的精细程度，就连最初持异议的国际奥委会官员也大为赞赏。

"开幕式安保总体方案和现场管控、交通组织、票证管理等28个子方案3月底就初步形成，安保协调小组用4个月时间，反复踏勘现场，进行了10多轮修改完善，优化调整了100多处，力求严谨周密、无懈可击。外围的省际之间联动防控也发挥了作用，一起100多人的上访事件得到及时控制，没有发生任何敏感问题。"张兰青告诉记者。

"社会面情况呢?"

"全省各地全面实施一级加强巡防勤务，共出动巡逻警力46027名，配备枪支3440支，巡逻辅助警力76645名，投放巡逻执勤车辆7683辆，在'护城河'防护圈方面，环苏及入苏通道13省区市111个公安检查站和我省环苏环宁99个水陆检查站同步启动一级加强查控勤务，共投入警力1.9万多人，检查车辆20多万辆、船舶450艘、人员14万多人，查获违法犯罪嫌疑人169名、违禁物品1217件，有效防止了各类危险因素流入南京。"

正如国际奥委会主席巴赫对南京青奥会最后所作的总结一样，应该说，南京青奥安保在各个方面也都特别成功、特别精彩。

五 虎踞龙盘
——以面保点决胜金陵

祖国高于一切，责任重于泰山！我们庄严宣誓：一定牢记使命，恪尽职守，全力以赴，顽强拼搏，以决战决胜的姿态，坚决打赢青奥安保这场硬仗！

青奥会的召开，让世界的目光聚焦中国，聚集南京。

紫金山下，南京这座浸润了六朝风烟雨雪的古城，一定没有想到，在现代开放的 21 世纪，会以如此之快的速度迎来世界的目光。古城似乎一夜之间焕发出她惊人的青春和美丽：道路整洁通畅，到处鲜花盛开，夜色流光溢彩。南京，是青春的南京；南京，是美好的南京；南京，是祥瑞的南京；南京，更是充满梦想和希望的南京！青奥会的召开，不仅唤醒了古城南京的青春梦想，更激起了更多南京百姓的爱乡情结。

守护南京，守护美丽，守护平安，更是青奥安保以面保点的核心所在。

从 3 月中旬开始，南京市公安局及所属各分局陆续召开青奥安保誓师大会，一万多名安保民警面对国旗，庄严宣誓：祖国高于一切，责任重于泰山！我们庄严宣誓：一定牢记使命，恪尽职守，全力以赴，顽强拼搏，以决战决胜的姿态，坚决打赢青奥安保这场硬仗！

7 月 7 日，南京市公安局又豪情满怀，向全省公安民警发出题为《共建平安江苏 共创平安青奥》的倡议书，得到全省 10

万公安民警的一致积极响应。

在此期间，南京市公安局坚持赛会安保和城市安全两手抓，不断加大社会面管控力度，严厉打击整治各类违法犯罪活动和社会治安突出问题，先后组织开展了青奥安保百日攻坚战、"护青行动"等专项行动，可谓重拳出击，剑啸石城，为青奥会顺利举办创造了良好有序的社会环境。

在国贸酒店6楼，南京青奥办执行指挥部数十平方米简单的办公室里，省公安厅青奥安保领导小组指挥部副总指挥、南京市公安局副局长葛孝先接受采访时告诉记者，青奥安保，无论城市还是重点区域，我们都实行立体安保。用四句话12个字概括，就是守住边，控住面，管住线，保住点。

守住边，就是在建立环苏"安保圈'5+8+3'"工作机制的基础上，全面加强进宁陆路、水路、铁路和空中通道的安检查控。从8月10日起，启动一级查控勤务，按照"逢疑必检"的要求，检查进宁车辆32.9万辆次，检查进宁人员97.1万人次，抓获在逃人员46人；21个源头安检城市长途客运场站共检查车辆3.5万辆次，检查来宁旅客83.5万人次；组织35个城市审核发放进宁车辆通行证34.4万张，发放进宁安检一日卡共7.8万张。

控住面，就是围绕备战、临战、实战和开闭幕式四个时间节点，按照勤务等级梯次增强的要求，加强社会面巡逻。主城区划分20个重点巡逻区域、10条巡逻核心路段，81辆武装巡逻车武装值守，586辆110巡逻车常守街面。全市组织50万名志愿者守护市区街面。8月1日至28日，全市刑事警情大幅度下降。特别是青奥会开、闭幕式当天，全市刑事警情分别同比下降59.1%和58.3%，实现了赛事期间下降30%、开闭幕式当天下降50%的既定目标。

管住线，就是强化重点人员管控，筑牢青奥稳控防线。全市共排查涉稳人员5687人，确定重点人员791人，分类分级逐一落实稳控措施；"双排控、双通报"矛盾群体及重点人6749人，逐级上报省公安厅协调落实属地稳控和事发地矛盾化解；排控涉稳群体25个，采取果断措施，及时稳控化解，教育控制到位；设置外省来宁上访分流点，处置分流外省来宁上访人员194名。

保住点，就是在以上工作的基础上，全力做好开闭幕式、青奥村、国际奥委会入住酒店等重要场所的安保工作。特别要把开幕式放在首要环节，按照"外圈保内圈，内圈保核心"的方针，认真做好开闭幕式场馆内外安全、人员安检及查证工作，确保万无一失。

随着青奥会的完美收官，以面保点，以江苏全省安全保南京安全；以南京城市的安全保赛事安全的青奥安保的总体要求，在南京得到最终的实践和解读。

真是排兵布阵，虎踞龙盘啊！我深深地感叹着。

"这是一项庞大的工程，你们前期一定做了很多工作。"

"我们组建了31个场馆安保团队，22个专项安保团队和12个城市安全保障团队。搭建层级安保方案体系，研究论证制定了青奥会安保工作总体方案和场馆住地、运动员村、开闭幕式、火炬传递安保工作总体方案，以及反恐、交通、消防等30余个专项总体方案，配套制定了200余个分方案、子方案，形成了严密的安保方案预案体系，为安保工作的全面展开打下了很好的基础。"

葛孝先指指身后不远处的青奥办安保部协调处处长张新宝："团队就是由他具体负责的。"

"以往大型活动，最容易出问题的，往往是交通线路。这次很顺畅，一定费了不少心思吧？"

他忽然低头翻看手机，手指快速地点击着。一会儿才抬起头："对不起，刚才回复了一下。"他歉意地一笑，"交通问题，我们针对南京青奥会组织规模和特点，结合本市情况，除制定相应的方案外，科学设置社会车辆管控、赛会车辆通行和场馆车辆停靠，并提请政府批准出台了青奥会期间公共交通免费服务、设置青奥专用车道、工程车辆禁行、闭幕式当天休假等措施，有效缓解了赛时城市交通压力，保障了赛会交通运行通畅。"

火炬！火炬！

采自希腊雅典大理石体育场的奥林匹克圣火，历经 3 个多月的网络虚拟传递，跋涉千山万水，伴"嫦娥登月"，随"蛟龙入海"，经过 204 个国家和地区后来到南京。火炬燃烧是青奥的象征。开、闭幕式和火炬传递三大标志性活动可以说是南京安保工作的关键之战。

开幕式我们实行立体化安保。构筑三层防控圈层层过滤，划定三道防线逐层布防，分设五片区域切块管控，建立水陆空地网"五维一体"的安保措施。特别是安检搜爆方面，8 月 8 日、15 日对奥体中心进行了两轮搜爆，16 日开幕式当天两次对警卫核心区进行复检；开幕式那天，奥体中心各安检口共安检 86255 人次、车检 551 辆次，查获各类违禁限带物品 2464 个。制高点管控方面，对奥体中心周边 1000 米范围内能够直视主席台的 25 处制高点、722 扇窗、188 户人家逐一落实控制措施。票证查验方面，实行开幕式专场证件和门票实名制，各安检口严把验证验票关，共查验持身份证观众 30999 人，有 18 人因各种问题被拒绝入内。维稳处置方面，部署力量加强奥体周边地区巡查和技术手段辅助查找，及时在奥体周边、地铁、新街口等区域查获各地上访人员 184 人，有效保障了开幕式现场稳定祥和。

身着黑色 T 恤的葛孝先副局长侃侃而谈，给人以沉着、老练的感觉。凭直觉，他是个老治安。一问，果然不错。当年他从基层干起，先后担任过夫子庙派出所所长、秦淮分局局长，在治安岗位上一干就是二十多年，可谓名副其实的"老治安了"。

"闭幕式安保作为收官之战，我们实行的是精细化安保。只要火炬不灭，安保工作仍要继续。这是我对安保团队提出的口号。按照开幕式安保的总体思路，闭幕式安保工作标准不仅不降、措施不松、力量不减，在外围原有力量基础上又增加了武警力量。针对闭幕式期间可能出现的涉稳人员现场聚集滋事的情况，会同有关省市公安机关来宁力量，第一时间在外围分流，有效维护了闭幕式现场周边秩序，为整个青奥安保画上了圆满句号。"葛孝先清楚地记得，8 月 8 日首次火炬传递的那天，雨一直不疾不徐地下着，林木被染得湿漉漉的，古老的城墙温和、静穆，守望着苍穹。

火炬传递是整个安保工作中动态性较强的活动，两次火炬传递分别为"共筑未来线"和"分享青春线"，以展示南京新城区的风貌和展现古城景色及历史文化底蕴，全长 11800 米，很受人们关注。跨江步行桥、青奥双子塔楼，向世界展现现代南京的青春活力和崭新面貌；雨花门、中华门城堡，向人们诉说六朝古都的久远历史和丰厚文明。今日南京，清新的自然风光与厚重的历史积淀交相辉映，给人以双重的冲击和震撼。东南山岳起伏，西北江水环绕。石头遗址展示"虎踞龙盘"；明城墙则尽显大国之风；煦园讲述太平天国的风雷激荡；中山陵上、总统府前，历史潮流的奔突冲折仍依稀可辨——斑驳的地理坐标，让人们仍然强烈感受到历史的经脉在跳动。

在第二次"分享青春线"传递活动火炬手中，有地道的南京人、"音乐大咖"卞留念，有在南京相识、在青奥年喜结良缘的"冠军夫妻"侯琨、吴静钰，也有普通大学生刘一戈。滨江风光带上风景如画，天高云阔，人潮涌动，彩旗飞舞。记者曾打算去现场观看，无奈都因为临时有事没能去成，心里一直有些遗憾。

"根据火炬传递活动特点，我们实行动态化安保。光是城墙我就去了不下三四趟。紧扣明城墙中华门段和河西滨江总长10公里线路，落实活动区域临时管制、仪式现场重点封控、传递线路全程保障。针对火炬传递活动线路长、开放性强等特点，提前开展场地安全检查，组织安保先导车、押尾车及特警护跑力量和火种护卫队为核心进行护跑，全面做好线路两侧及路口、人群、车辆的管理，确保了明城墙、河西两条线路火炬传递活动安全顺利。"

因与影帝同名，而被媒体关注的南京市公安局特警支队龙虎突击队民警梁朝伟和他的伙伴们为火炬传递护跑。两条线路加起来有10多公里，他和队友们跑了无数趟。不过他仍然很兴奋。"加油""加油"声和喝彩声不绝于耳。

这不仅是为火炬传递加油，更是点燃激情，为青奥成功喝彩吧！我想。

中西方理念碰撞

与以往所有大型赛事不同的是，这次青奥会一开始就遭遇了一个很大的矛盾。

由于青奥会参赛运动员均为 15 岁至 18 岁的青少年，因此，国际奥委会官员从南京承办之初起，就一直强调"传播奥林匹克文化""加强公众参与度""彰显青少年和平友爱"等理念。

"按照我们的惯例，所有安保目标或者说是成功标准都是'安全第一'，越是靠近场馆，靠近运动员的地方，安保级别就越高，管控措施就越严密。可是，奥林匹克的最高理念却是'自由''平等'，提倡的是开放式的交流、互动和友谊传播，要的是无缝对接。比如，我们提出设定运动员专用车道，开闭幕式实行交通管制等；他们提出，有些比赛要放在露天公共场合，充分吸收公众参与，加强互动。比如，三人篮球比赛要放在南京新街口附近的德基广场，8×100 米的接力赛放在南京夫子庙，观众不收门票，场地半敞开，以达到运动员和南京市民亲密接触，国际赛事与举办地之间文化上无缝对接的效果。说白了，就是我们的安保底线思维和国际开放惯例的直接冲突碰撞。一开始，有关问题争论不下，国际奥委会官员向来以严苛刻板办事认真著称，这次照样毫不含糊。而我方据理力争，特别是在两项比赛的场地问题上，双方各执一词，毫不让步。"

"后来呢？"我饶有兴趣地问。

葛孝先说："这个问题如何解决，首先要明确一点，就是作为青奥会承办国家，我们自然理应严格遵守国际惯例，不能为了安全不顾及其他，既要安全第一，也要友谊第一。"他思考着说，“尽可能遵从奥林匹克规则，这是最高的原则。有些采取退后一步的办法，如虽不设定专用车道，但用公交车道；如虽不进行交通管制，但采取交通限行办法。有的则采取只做不说的办法，巧妙地避免了一些矛盾。”

“制造灰色地带？嗬，这是不是一种中国式智慧？”我不禁笑了起来。

正从一旁走过的青奥办安保部协调处处长张新宝对我的笑声很好奇，不解地看着我。

葛孝先副局长也露出笑意。“那两个场地的事儿你让他自己说吧。”他一边说着，一边向张新宝处长示意。

从青奥会申办成功之日起，张新宝就带着团队进入青奥安保集中办公区，对于国际奥委会官员的“严苛”，他早已习熟并遵从。“但安保是头等大事，在这两件赛事安排上，恕不能遵从。”他微笑着斩钉截铁地告诉我。

这次南京采访由张处长一手安排，我们已在电话中有过多次短暂交流。虽接触不多，但对这位做事一板一眼的同志颇有好感。

场地的事儿虽不能无条件服从，但毕竟不能硬顶，看来只能“智取”。他们想了一个办法。在一次会后的工作午餐上，他和同伴一起，向奥委会官员展示了一张夫子庙元宵灯会照片。这是怎样的一张照片啊，数十万人头蝼蚁般堆挤在一起，尤其不可思议的是，居然排山倒海形成动态挤压之势！看着这张人山人海的照片，听着张新宝描述着每年灯会安保可谓“惊心动魄”让人咋舌的警力布置，固执的菲利目瞪口呆，连呼“NO! NO”，终于作出让步。最终，三人篮球比赛地定在五台山，

8×100米接力赛选在河西燕山路。这样，既不影响赛事的民众参与度，又能最大程度减轻核心区交通出行及安保工作压力。

"你们这是把原则性与灵活性结合起来，国际惯例与我国情况结合起来。我这样理解，对吧？""是这样，该坚持的坚持，我们应该有我们的底线，不能为了友谊放弃安全，同样不能为了安全不顾规则。反复沟通，争取磨合理解达成共识。"

对于青奥安保团队来说，与开闭幕式安全同等重要的还有要人警卫。国际奥委会团组106人在驻地的选择上也经历了一次"降星"调整，并且他们提出，门口武警站岗太过严肃，会影响市民来访的随意性和积极性，希望敞开式办公，增加开放度和融合度。他们还认为，在赛事最核心区域不应出现"警服"，青少年比赛是"不重金牌的赛事""青少年运动是人类的DNA"，应大幅度提高赛场的亲和力和喜悦感。

在这一次安保底线思维和国际开放理念的"碰撞"中，中方作出了让步。"理念变了，措施就要变。"张新宝诚恳地说，为了符合国际奥委会既要保证安全，又要充分考虑客户需求的要求，他们将奥委会官员驻地附近的武警和其他警力，全部换成志愿者的装束，将原先放在门外的安检移至酒店大堂内，并在酒店里设置了"专用通道"和"访客证件"，使奥委会官员驻地既可亲又安全，备受境内外媒体记者的赞誉。

张新宝处长想起什么，掏出手机给我看："我们安保部前天向国际奥委会征求意见，调查IOC（国际奥委会协调部门）对安保的意见和建议，主任戈斯契今天回复，我们对目前为止的安保运行表示满意，并对因为开幕式有国内重要人物的参加而表现出的较高安保水平表示理解……"

正谈着，葛局长又低头拨弄着手机，原来是团队发来的，对次日举行赛事双方参赛国对抗程度等级的风险评估，以便安保力量相应地调整。"这是每天必做的工作之一。达到最高风险级别时，我要到场。"

原来是这样。

"作为直接参与这次指挥的局领导，您这次最大的感受是什么？"

"一是中国现代警务要与国际赛事接轨。如何将中国警务融入国际化、人性化，这都是值得探索的问题。二是在严峻的治安形势下，营造'外紧内松'国际公园化的小社会环境，不失为改变我国'警察国家'的生硬形象的有效途径。三是争取群众的支持，也是办好赛事的重要保证。"

采访结束时，他忽然将手机屏幕刷给我看，一个胖嘟嘟的宝宝咧嘴笑着。"外孙，还有7天就满两个月了。到现在我还没有见过。"他有些遗憾地说。

"快了。"我安慰着。他美滋滋地笑了。

已是凌晨一点半。这是时间最长的一次采访。

三大利器闪亮登场

青奥即将来到我们身边，平安是青奥会成功的最大底线和根本保障，任何一场国际大型赛事都是对安保工作的综合实战考验。南京作为青奥会赛事的承办地，机遇与挑战并存，南京究竟有哪些"秘密利器"呢？

利器之一：反恐王牌——龙虎突击队

说起龙虎突击队，南京市民恐怕没有几个不知道的，那可是南京市公安局响当当的招牌，特别是在年轻人中间，市长、区长姓啥叫啥不一定说得出来，而不知道龙虎突击队的人恐怕没有。青奥开幕在即的 8 月 7 日上午，在特警支队领导和政工办同志陪同下，记者走进龙虎突击队，了解这支神秘的队伍。

作为反恐处突的利器，南京市特警支队龙虎突击队是公安部麾下的国家级反恐突击队。作为警队精英中的精英，不足 70 人的龙虎突击队来自全国各地，平均年龄 25 岁，可谓经过层层选拔，个个身手不凡。除了体能和基本功训练外，还要学会在复杂条件下的汽车和摩托车驾驶、各种轻武器射击、排爆、侦察、越障、格斗等特种技能，进行仿真训练和带有实战背景的对抗训练，而且还要按照基础训练、生存耐力训练等五个步骤，接受近乎苛刻的考核，不合格者即被淘汰。因此，具有坚忍不拔的精神和良好的心理素质，是对突击队员的基本要求。就拿射击来说，突击进入房间后要在运动中射击，绝大多数人都具备百发百中的水平。特警支队领导告诉我们。

一般与寻常民警相比，龙虎突击队似乎更为"高大上"，而他们的不凡身手却都来自于平日里的苦练，经受着常人难以想象的考验。队员们日常的训练项目很多。射击方面，主要进行和手枪相关的训练，比如快速移动射击；再就是狙击训练，重点是对移动中的目标进行精准射击；因为要参与社会面武装巡逻，他们还进行了反抢枪演练。此外，擒拿格斗，劫持与反劫持，攀登过障碍，综合体能训练，更是家常便饭。龙虎突击队王教导员如是说。"而且，我们驻地在江北浦口，大家的业余生活也就比较单调。"由于交通不太方便，与市区往返只有南京长江大桥和长江隧道两条通道。

"仇天宇在吗?"我问。"在队里。嗯,应该在演练吧。把他找来?""算了。就不打扰了。""你们认识?"我笑笑。其实与小仇从未谋面。他母亲是我前几年在省作协作家读书班的同学。2013年开始互加了微信,便陆续知道了彼此的一点儿动向。这次来想顺便看看他。

"小伙子很不错。前两个月刚被省厅评为'江苏公安'青春警星。"

龙虎突击队担负南京和周边省市的反恐处突任务,组建以来曾参与过各类重大活动的安全保卫、突发事件处置和警卫押解等任务。多年来,南京发生过多起劫持人质等事件,龙虎突击队都是一把利刃,作为最后一张王牌,在关键时刻给予犯罪分子致命一击。青奥会期间,龙虎突击队的一项主要职责,就是负责重大赛事场馆的安全保卫。

教导员告诉我,为确保南京青奥会的平安举办,龙虎突击队增加了与青奥安保有关的训练科目,针对不同场所可能发生的不同事件,分别制定了详细预案,并据此反复进行实战演练,队员们甚至还前往青奥村进行了实地演练。

这些科目说来笼统而简单,可做起来很难。前段时间南京持续35℃以上高温,青奥场馆更是热气蒸人,他们的模拟实战演练,照旧高质量地完成。通常,突击队员每天上午、下午和晚上训练三次,因为第二天还要训练,不少队员担心晚上把衣服洗了也干不了,所以干脆不洗,盐斑上加盐斑,到周末再洗时,上面已经覆盖了好几层,有了酸味。"能坚持下来吗?他们都是独生子啊。"我不无担心地问。"大家都很能吃苦。"教导员不无自豪地说。

小仇参加工作刚满 3 年，原来在江苏警官学院学的是政工专业。可能因为母亲的遗传基因，他业余时间喜欢动笔。仅是 2013 年就先后三四次在《江苏公安文化网》《金陵警坛》和相关学术刊物上读到他的各种文章，论文《论人情关系对执法的影响》让我印象颇为深刻，还在微信上欣赏了他自己制作的龙虎突击队的宣传片，短小精悍，很有冲击力。"看来我们得改变对现在年轻人的偏见了。"

我们了解到，在青奥会开幕后，龙虎突击队不光在外围安排战斗小组，甚至会出动装甲车严阵以待，目的是有效震慑犯罪分子，告诫他们不要挑衅闹事。而在每个场馆内，都会前期侦查布置战斗小组，隐藏在合适点位，随时准备出击。与此同时，龙虎突击队大本营，还有包括直升机在内的强大机动小组，24 小时集中待命。这是作为后期增援打击暴力恐怖袭击事件的重要力量。

在常态武装巡逻时，队员们一般身穿 99 式作战背心，分别佩戴 92 式手枪，5.8 毫米口径 95 式步枪，可发射催泪弹、杀伤弹的散弹枪，88 式狙击步枪等，除了必备的弹夹、子弹外，还配有弹药箱，内装催泪弹、爆震弹等，十分齐全。

在重型装备上，目前龙虎突击队最新配属了 2 辆新款装甲防爆车，全车可防挡 5.8 毫米、7.62 毫米的钢芯弹，有射击孔、炮塔可发射 9 毫米的催泪弹。假如遇到恐怖分子开着载有燃气罐、爆炸体的车辆冲进居民区或人流密集地，装甲车在路上就可进行对撞。此外，装甲车上配备可抵挡 800℃ 高温的防火服，队员穿防火服进入爆燃现场进行救援或处置，此外还有防化服、侦查、夜视、可提供索降器材的攀登包、大力钳、防弹盾、斧子、头盔等常用装备。

操场上，太阳西移。演练正在进行，一招制敌、移动靶射击和反恐除暴实战演练搏得一阵阵的掌声。

在我即将登车时，听得一声招呼，一个中等个头瘦削精神的小伙子气喘吁吁微笑着，站到我的面前。我打量一下，是他，小仇。

"不错。"我用力握一握他的手。

"首战用我，用我必胜"是"龙虎突击队"全体民警的座右铭，为使世界五大洲人民共同欢度盛大、祥和的南京青奥会，龙虎突击队经受了一场又一场严峻考验，在斗争实践中磨砺了队伍、锤炼了作风，打赢了一场又一场硬仗。

利器之二：保驾护航——新装备投入应用

第一次利用大数据和警务云计算工程技术、第一次使用国内自主知识产权的北斗定位系统、第一次使用 4G 宽带传输技术……一大批新技术、新装备的投入应用，为南京青奥会保驾护航。近日，记者探秘青奥会安保现场，见识了不少鲜为人知的安保"利器"。

"南京青奥会安保新技术的应用，创下了多个全国第一。第一次运用了当前技术较领先的 4G 宽带传输技术。"南京市公安局科技信息化处副处长沈智勇告诉记者。

移动警务利用移动 4G 公网、无线城市专网等 4G 的高速通道，开展高清视频、图片的实时传输，将各类现场的实时画面清晰地传输到安保指挥部。可以满足对青奥场馆驻地安检篷房通道全方位监控调度和应急机动图像采集保障需要。

1600 万像素超高清视频监控系统，也是在全国大型赛事安保中第一次较大规模使用。这种超高清探头能够聚焦到每一个座位，万一有观众违规带进了打火机，并在看台上拿出来，那么第一时间便会被高清探头清晰地"捕捉"到，这是普通高清探头无法企及的。

北斗定位系统也是首次应用于大型赛事活动的车辆与人员定位。50 辆警车上安装了北斗卫星导航定位终端，同时配备了100 部个人定位设备，实现车辆与人员的精确定位与导航。

在位于奥体中心开闭幕式安保执行指挥部，科技信息化处软件研发科科长吴伟向我们打开青奥安保智能指挥调度平台。当电脑屏幕上显示出南京奥体中心看台时，鼠标点向某一个座位，这个座位在开幕式上的入座者姓名立即跳出。"系统与票务系统和验证系统对接，能将开幕式实名制信息动态实时接入，精确定位到座位。"吴伟说。

调度平台对主会场每一个位置部署的警力实现了单兵定位。吴伟点击某一个位置的警察图像，屏幕上立即显示出岗位信息、个人姓名及手机号码等。指挥官不用拨打其电话，只要用鼠标轻点，就能接通其手机，通过电脑直接和他通话。

"这样就实现了'点对点'的扁平化、智能化、可视化、高效化的指挥调度。也能大大节省处理时间。"吴伟说。

此外，第四代数字夜视仪、军用手持卫星定位系统（北斗）、车载转信台、移动侦测机器人、拐弯枪等先进装备，也在火炬护跑、武装值守等反恐处突工作中出现。

在保障青奥会期间道路畅通方面，南京警方和有关方面合作，建成了南京市信号联网与地面公交信号优先系统，在公交车、青奥专线、警卫车上共安装 725 套车载高精度北斗定位终端，在建邺区范围内全面实现地面公交、有轨电车信号优先控制，保障青奥会赛事车辆优先通行需求。

青奥会期间，南京市共有 17 条青奥车道和 93 条青奥班车线路通行。系统能够根据预设的车辆线路，按照相应等级的优先策略自动生成信号优化方案，青奥班车、特种车辆驶近下游路口时，系统能自动调节路口信号，保障车辆顺畅通行。

利器之三：警犬搜爆——登场亮相

青奥安保警犬搜爆工作团队指挥部设在南京浦口石佛寺。采访的那天天气有些闷热，但驶过长江大桥，江北宁静开阔的景致还是让我们心情不错。

6 月 30 日晚，参加南京青奥会安保警犬搜爆工作外调的 70 名同志，携 60 条搜爆犬、10 条防暴犬全部抵达南京，与本市现有警力、警犬会合，加上公安部刑侦局、南京警犬研究所、省厅刑侦局支援警力，警犬搜爆工作团队 104 名民警、80 条警犬顺利完成在石佛寺屯兵点的集结工作。

南京市公安局刑警支队政委宋敏介绍，为保证较强的整体战斗能力，团队负责同志先后多次组织全体成员参与以警犬搜爆实战应用、警犬疾病防治为主题的各类讲座。集结期间，团队对全体队员进行了警犬训练阶段性考核，根据考核结果有针对性、区别性地开展强化训练。

自 2014 年 8 月 2 日大规模场馆安检搜爆工作开展以来，团队先后完成场馆（地）的安检搜爆工作，出动警力 345 人次，警犬 273 条次，人均执行安检搜爆勤务 41 小时。到 8 月 10 日，共搜出各类存在安全隐患的危险物品 4263 件，其中包括液化气罐、汽油、瓦斯等易燃易爆物 1994 件，甩棍、管制刀具等各类刀具、棍棒 690 件，斧子、射钉枪、电钻等建筑工具 301 件，杀虫剂、敌敌畏、硫酸等有毒、腐蚀性物品 419 件，子弹 95 发，气枪弹 3 盒，反动宣传书刊 1 册。

南京奥体中心、国际奥委会下榻酒店、青奥村等 15 处是开展安检搜爆工作的场馆（地）。工作团队每天一早乘车从基地出发，过长江隧道，沿扬子江大道进入市区，他们采用人、犬结合的工作模式，克服高温酷暑、环境复杂等不利因素的影响，不畏艰难、连续工作，排除了上述场馆（地）的安全隐患。

随后，宋政委陪同记者来到训练基地，边走边说：

"这次负责场馆安保工作的警犬中，70 条是搜爆犬，还有 10 条是省内抽调的防暴犬，主要品种包括史宾格、德国牧羊犬、马里努拉、拉布拉多、罗威娜 5 种。""追踪、气味搜索、搜爆是搜爆犬的拿手好戏。"警犬技术大队大队长戎小清接过话头说，"搜爆犬的主要工作是搜寻可疑物品，如炸药、雷管等。防暴犬则专门用于制服暴恐分子，通过扑咬等方式，配合民警将对方快速制服。这里的不少警犬参与过北京奥运会、国庆 60 周年庆典、世博会等大型活动安保工作，业务技能过硬、实战经验丰富。"

"它们来南京后能习惯吗？"我忍不住问道。

戎小清大队长是这方面的专家："这次很多警犬是从全国各地借调过来的，刚来时由于不适应高温天气和环境改变，不少都出现了水土不服和生病的症状，甚至还出现了咬伤警员的情况。不过，一个月后，80 条警犬已经适应了南京的天气。"

参观犬舍时，已是中午，热浪一阵阵涌来。宋政委甩开膀子大步走在前面，刑警味儿十足。他告诉记者很多不为人知的细节，比如防暴犬的扑咬训练和助训师的表现有很大关系，助训师常常要手持护套，承受着多条警犬的撕咬，非常危险。而充当助训师角色的都是带犬民警。在训练中，一位南通籍的带犬民警凌永平引起了记者的注意，这个大块头的壮汉被队友们戏称为"皇家助训师"。在每一次扑咬练习时，他总是略带夸张地摆出一个希腊勇士的姿势，一手持棍，一手拿着护袖，保持战斗状态。当防暴犬接到指令向他扑来时，他奋力与防暴犬搏斗，还不时地发出嗷嗷的声音，像真的被咬伤了一样。当被防暴犬彻底击倒时，他还会卖力地表演着倒地抽搐的动作。

在现代大型活动中，越来越多的高科技元素被引入安保环节，而警犬的嗅觉灵敏，能够根据气味识别易燃易爆物体，比任何高科技工具都要更精准更可靠。在南京青奥会上，80 条特点鲜明的警犬发挥着独特的重要作用。

六　世纪风采

——他们的名字是警察

为了守护脚下这片热土，他们殚精竭虑，披肝沥胆；为了守护脚下这片热土，他们不休不眠，夜以继日；为了守护脚下这片热土，他们全力以赴，舍生忘死。

可以说，8 月 28 日上午，当国际奥委会主席巴赫在新闻发布会上，面对各国媒体宣布本届青奥会"特别成功""特别精彩"时，青奥安保，这一凝聚着数十万中国警民心血和汗水的雄浑壮阔的乐章才真正达到高潮。

在闭幕式上，50万名志愿者得到巨大的礼遇，代表被请到会场，由运动员代表向他们献上鲜花，掌声潮水般地响起来。可是，此时激动的人们一定没有想到，为这场盛会默默付出的众多的公安民警。是的，奥体中心内外看不到他们的身影，因为，为了奥林匹克礼仪，脱下警服的他们湮没在茫茫人海之中，他们守在每一条通道、每一个关口、每一个岗位上。烟雨繁华的背后，是他们沉默、负重而又坚强的背影。

为了守护脚下这片热土，他们殚精竭虑，披肝沥胆；为了守护脚下这片热土他们不休不眠，夜以继日；为了守护脚下这片热土他们全力以赴，舍生忘死。星辰可以为他们做证，长江可以为他们喝彩。

回望青奥，让记者用文字的触角寻找警察们雄健、拼搏的身姿和剪影，体验警察们坚韧、顽强的意志和精神，追随警察们忠诚、无悔的品格和力量！

有这样一些亲情组合

在警察队伍中，有这样一个特殊的群体，他们的家庭中，有的夫妻双方都是警察，有的是父子从警，也有三警之家。这种亲情组合的家庭往往为了同样的一项任务，牺牲身负的家庭责任。他们常常愧对父母、子女，却无愧于国家和责任。在青奥安保中，他们为了心无旁骛地做好安保工作，许多人"抛妻别子"，把妻儿送走，有的甚至送到外地去，有的一再推迟婚期，有的带伤工作，用无私的"大爱"，播撒平安、幸福和爱心。

丈夫赵振文和妻子马卓青同在南京市公安局建邺分局工作。马卓青承担奥体中心周边地区及青奥村的路面巡逻工作，一天中80％的时间在外面。任南湖派出所副所长的赵振文负责奥体中心的入口安检工作。从8月初开始，5岁的儿子就被送到父母家。因为班次错开，那段时间，他和妻子可以说是咫尺天涯，一次也没有见到儿子。孩子好几次跟外公叨念，"妈妈去哪儿了?""爸爸呢?"马卓青的父母心疼外孙见不到父母，想法子让孩子开心，要么带他去夫子庙吃莲湖年糕、豆沙包子，要么带他去莫愁湖划船，有一次带着孩子打车来到奥体，孩子见到妈妈兴奋得直扑过来，却被马卓青"狠心"地告之以"不可以"！孩子眼泪汪汪，马卓青的心却被烙得通红……

南京市公安局秦淮分局五老村派出所女民警倪昂从警三年，一家三口都是民警，这次全部扑在青奥安保一线：父亲倪根生负责青奥会食品总仓的值守，母亲许家敏年逾五十，每天参加青奥街面巡逻和街头安保。倪昂除了干好内勤岗位的任务外，青奥期间每天执行各种任务，连续一个多星期没有回家。开幕式那天，现场热烈沸腾，她却背对舞台，负责现场观众的安保工作，无法亲眼见证这场举世瞩目的盛宴。记者问她的感受，她却很知足："虽然没有亲眼面对，却同样感受了那样的欢腾，值了。"

没有听说过公安开"夫妻店"的吧？在南京火车南站，就有这样一对安检"夫妻岗"。来自徐州铁路公安处消防支队的甄琦和组干室的邢佳琪，一个阳刚帅气，一个温柔大方。2014年5月刚刚参加完亚信会安保的甄琦，回到徐州后和未婚妻邢佳琪领了结婚证，本打算8月举办结婚典礼，却接到了支援南京青奥安保的任务。考虑到安保责任重大，甄琦没有推托，将婚期推迟到9月。邢佳琪原本被抽调到徐州火车站参与青奥安保工作，想到丈夫无人照顾，干脆向组织请缨，要求也到任务更为艰巨、工作更为辛苦的南京主战场去。就这样，夫妻二人共同踏上了青奥安保援警征程。8月9日早上8点，他们和到达南京的徐州援警一起，立即投入到南京南站安保一线，配合南京铁路公安处做好车站秩序的维护，具体负责出站口重点人员筛查、检查行李物品、人车结合24小时广场巡逻、警犬对可疑行李物品进行安检等工作。

甄琦和邢佳琪被分在了同一个岗位，负责南京南站东1、东2出站口的安全卡控工作。作为亚洲最大的高铁客站，南京南站每天出站旅客高达3万余人次，夫妻俩负责的出站口又是京沪高铁到达出口，客流量占到6个出口总量的一半，平均每5分钟就有一趟列车到达。为了在众多旅客中卡控重点嫌疑人、查堵危险物品，夫妻俩一站就是一整天，常常腿脚发麻、眼睛干涩，但是他们毫不退缩，始终坚持岗位定点盯控，勤检查、勤比对，力争通过辛勤的付出提高查缉战果。由于安保任务繁重，所有援警被分为两个班次，每班从早上8点到岗，一直持续到晚上12点下班。除了吃饭，中间几乎没有休息时间。"我们在一起工作，很默契。"说到一起工作的情景，甄琦和邢佳琪甜蜜地笑了。"每当发现重点嫌疑人，都是我负责对行李进行安全检查，她负责查验身份信息，工作中精神高度集中，虽然辛苦，但根本来不及顾及对方，每当排除了一个危险源，我们心里都感到特别安慰！"说起自己的工作，甄琦刚毅的脸庞上写满了专注。

夏季，正是旅游的好季节，南京的夏日，也正以其旖旎多姿的风光向人们展示诱人的魅力。谈恋爱的时候，两个人不止一次憧憬一同游玩的情景，南京的紫金山、中山陵、栖霞寺、美龄宫，都是他们向往的地方，甚至手牵手去紫金山天文台看星星，去鸡鸣寺看樱花——可是，这一次，甄琦调皮地朝邢佳琪打了个手势。佳琪头一歪，一笑而已。

自 8 月 9 日以来，"夫妻岗"每天检查 160 多趟车的旅客和行李，查获各类违禁物品 30 余起，查堵战绩位居工作队前列。在繁忙的安保工作中，这对"夫妻档"的感情也日益加深。邢佳琪还兼职援警工作队信息员，每天都要编写信息、填写报表，及时将援警的工作情况向公安处报送，没有多余的时间和未婚夫一起好好逛逛南京城。他们说，尽自己的最大努力，确保青奥期间的安全才是最重要的事情。甄琦、邢佳琪为青奥会共同演绎了一段美丽的爱情宣言——推迟了婚期，向你们敬礼。

有这样一群不舍的战士

有这样一群老警察，他们站完这班岗，就要退休了，可是，他们舍不得离开自己的岗位，舍不得脱下这穿了几十年的警服，他们更加珍惜在岗的每一分、每一秒，更以参与青奥安保作为事业的完美终结而自豪。

这天，是南通市公安局交警支队高速四大队的老民警黄秀根 60 周岁的生日，也是他退休的日子。一大早，他照例首先赶到苏通大桥服务区岗亭执勤，主动上前对一辆危化品车辆进行检查，向驾驶员指出了轮胎磨损较大的问题，又疏导指挥交通，提醒过往车辆控制车速。今天的老黄显得格外卖力。下午下班前，面对金色的夕阳云霞，面对曾经战斗过 2000 多个日日夜夜的苏通大桥，老黄恭恭敬敬地敬了个礼，颤抖着手最后一次从值班表上拿下自己的工作牌。回到大队部，大队领导和同事们为老黄准备了一个大大的生日蛋糕，祝贺他生日快乐、光荣退休。他有些哽咽，说："我要站好今天的最后一班岗，给自己的从警生涯画上一个圆满的句号。"

8月初，记者来到位于玄武大道的南京市公安局车管所。采访的这天，还有13天，60岁的徐乔林就要退休了，离开他工作17年的车辆检验岗位。虽然快退休了，可是每天一早，老徐依然会准时出现在青奥安保的工作岗位上，只要有需要，他仍像年轻人一样冲在最前方。就在前不久，江南、扬子两家公交公司购买了一批纯电动K9大巴车，用于青奥会期间保障服务。很快，第一批280辆车到了公交公司，亟待上牌投入运营。数量多、时间紧、要求高，这么多车若放在全市任何一家检测站上线检测，都会影响检测站的日常工作。为了不影响检测站工作，老徐决定人工检验，他放弃周末休息时间，早晨6点不到就赶到查验地，为K9大巴车做"体检"。40℃的桑拿天，他一干就是几个小时。置身于热浪之中，老徐汗如雨下，本就患有严重高血压的他几次眩晕，却没有停下手上的活儿，吃上降压药继续干。在两天近30个小时的"鏖战"后，280辆K9大巴车全部过检、上牌。事后，扬子、江南两家公交公司专门送来了锦旗："徐警官的作风令人钦佩，行动使人感动，无私奉献的精神更加值得我们每个人学习。"

2012年3月8日，第二届青奥会最大的非竞赛场馆青奥村开工建设，南京市公安局建邺分局双闸派出所老民警桂世荣作为警方服务队的一员，从此扎根在了这里。两年来，他无论刮风下雨，寒冬酷暑，天天往工地跑，亲眼看到这里由一片光秃秃的土地，盖起了楼房，种上了垂杨，变成了一座崭新的青奥村，完成了人生中时间最长、任务最重、最苦最累的青奥安保工作。

老桂2014年已经59岁了，再有一年，他就要结束警察生涯。曾经也有人劝过他：老桂，马上要退休了，在公安岗位上辛苦了一辈子，该休息休息了。但是老桂总是说："我2014年59岁了，不管我多么舍不得，明年我都要脱下这身制服了，所以我一定要站好最后一班岗。青奥安保，我流过汗、出过力，这辈子也就不会遗憾了。"

800多个日夜里，他也许不再是一位年轻的战士，不再是一位合格的父亲、丈夫，但是，他却用2万多个小时的坚守，成为青奥村最忠实的守护者。老桂主要负责工地安全及人口管理工作，为了便于工作，从工程开始的第一天起，他干脆将办公室搬到了青奥工程工地项目部，每天与民工同吃同住，一起加班，现场办公。他忙碌的身影总是出现在清晨第一缕阳光里。每年节假日前后工人返城高峰，他坚持一个工地一个工地地跑，收集登记暂住人口信息；哪里工地有了纠纷，他轻车熟路第一时间赶到现场进行处置化解，仅影响比较大的劳资纠纷他便调解了几十起，为工人讨要工资累计高达200多万元；他一直坚持夜间巡逻，盘查可疑人员及车辆，两年来共抓获小偷、拾荒人员上百人，为工地挽回了大量损失。2013年年底，临近春节，潘某等十余名工人因讨要工资无果，情绪激动之下爬上了十几层楼高的塔吊，并声称如果不解决便要跳塔吊自杀。老桂第一时间赶到现场，在他的耐心劝说和协调下，工地项目部立即调集资金，承诺立即给工人发放工资。随后，年近六旬的他又亲自爬上十几层楼高的塔吊，将在上面吹了几个小时冷风的工人一个个安全护送至地面，自己却在攀爬过程中不慎将腰扭伤。自青奥村开工至今，桂世荣跑坏了 4 双鞋，他用双脚走出了青奥村零事故、零发案、零火灾的平安建设目标。随着青奥会临近，老桂的工作愈加繁忙：在大干 100 天的行动中，他带领服务队在青奥村内设立冲洗岗，划设临时停车位，解决了村内停车难、停车乱的现象；在专业力量的指导下，完成了对青奥村及周边近万条的基础数据调查摸排；参与青奥村各类方案、预案的制定，为各安保团队提供支持；带领村内安保人员开展全天候巡逻……

从进驻青奥村开始，桂世荣便每天坚持写工作笔记，记者从他的笔记中整理出了这样一组数字：仅 2013 年，就在工地发现预防火灾隐患 18 起，联合消防部门开展安全检查 27 次，为 26 名民工提供心理咨询，召开安全教育会 15 场，调解各种纠纷 180 起，抓获内外勾结盗窃人员 3 人，其中取保一人，拘留一人。还包括，在工地上磨破了四双鞋。三公里的青奥村，凝聚了民警桂世荣的忠诚与汗水，凝聚了一名人民警察对平安梦的希望与守护。人会退休，这份希望和守护却永远不会退休。

有这样一群精兵强将

采访中，我有一种很强烈的感觉，青奥安保的每一项工作、每一个细节不仅体现在安保工作运程和文件方案中，更多的大家把它们刻进了头脑中、心底里。正如郭声琨部长要求的"想细想全想万一""抓实抓细抓具体"，为了做到这一点，他们全力以赴，克服了所有困难。

南京浦口公安分局治安大队黄伟负责老山自行车场馆的通信指挥系统建设和使用。自行车公路赛道长达 23 公里，山地赛道 3.2 公里，沿途共计安装 120 个监控探头。他和同伴们披星戴月，加班加点，每天给自己定指标。不到一个月时间，所有场馆内通信基础设施就架设完成，可根据不同要求巡视调取监控，保证在指挥部就能第一时间掌握赛道内的最新情况。

南京市建邺公安分局刑警大队大队长曹建桥，任分局青奥合成处置专业队队长后，注重提高专业队的业务技能，快速破获一起南湖杀人案，并在 50 小时内抓获嫌疑人。

在短短 20 多天的采访中，我们还听到这样一些故事：

南京市公安局特警支队安检排爆大队大队长郭宏军、大队教导员浦峥峥率领 3000 人的防爆安检团队，承担对全市 9 个行政区 62 个安检点 160 余套设备的架设安装调试的重大工作任务和青奥场馆搜爆任务，据不完全统计，全队完成场地搜爆面积逾 6.5 万平方米，安检防线累计检查人员 159320 人次、物品 120050 件次、车辆 18906 台次，未发生一起因安检疏漏导致的事故。

南京市公安局化工园分局社区民警章光在处置一起被打求助警情时，敏锐发现对方神色慌张，果断对其深挖细查，发现其涉嫌危险驾驶，已被化工园分局列为网上在逃人员。

南京市公安局交管局车管所张国瑞班组根据市政府统一要求，青奥会前将全市近 12000 辆出租汽车统一"换装"为"柠檬黄"。他带领班组 10 余名同志，经过磨码、比对、检验、制证等多个环节，加班加点、克服困难、连续奋战，不到一个月时间便圆满完成任务。

六合分局交巡警大队女警刘辛星，是青奥会南京"北大门"六合 5 个检查站所有安保民警中唯一一名女警。7 月 10 日上午，刘辛星带领特勤队员在对一本地车辆进行检查时，在后备厢内发现一把大斧头，她立即进一步对驾驶员身份进行核查，发现驾车男子的驾驶证已被注销，且有吸毒史。目前，该男子被依法行政拘留。自 2014 年 5 月 19 日以来，刘辛星共检查车辆 510 台，盘查人员 476 人，查获吸毒人员 1 名，管制刀具 23 把，无证驾驶 5 人，查处其他各类交通违法行为 249 起。

南京市公安局鼓楼分局江东派出所治安民警仲伟民，自 6 月以来，不顾高血压腰疼等身体不适，带头放弃休息日，经常加班加点，日夜巡逻在外秦淮河沿线，带领警组民警开展人口管控、隐患排查、矛盾化解、乱点整治等六项攻坚战，查获金陵新八村吸毒贩毒案，收缴毒品 20 余克。

南京市公安局交警一大队车管组的女民警朱玉，认真督促企业对所属车辆和驾驶员开展清理整顿，对客运驾驶人员集中进行交通安全宣传教育，并利用休息时间进行交通安全知识和青奥安保知识的宣传。其间，她经常加班加点研究制作交通安全宣传 PPT 课件和宣传作品，累计授课 17 场（次），受课驾驶员约 2000 余人。

一路走访下来，听到太多让人感动的故事，让人感叹我们的民警个个都是精兵强将，个个都是好样的！

或许会有人说，南京青奥会，南京民警尽职尽责理所当然。可是，请看外地增援同志，他们在各自的岗位上也不落后。

7 月 23 日，在扬州巡特警选派 13 名赴宁支援的业务骨干中，准爸爸张鹏是支援过亚青会、花博会安检排爆工作的老队员。可让人没有想到的是，当初他曾面临着艰难的选择。因为宝宝的预产期，就是青奥会开幕那天。

张鹏 2011 年从警校毕业后加入扬州巡特警，成为了一名安检排爆专职民警。他用自己的勤恳刻苦，在短短的 3 年间成长为业务骨干，拿下了全省公安特警安检排爆比武竞赛第二名。2013 年，他主动请缨，参加亚青会和花博会安保工作，坚守一线 40 多天，经受住了大场面的考验。2014 年的青奥会，支队领导考虑到他的实际情况，早早地与他沟通，征求他个人意见。他毫不犹豫地做通了家里待产妻子的工作，主动请缨参加青奥安保。就这样，这个准爸爸与宝宝的第一次见面，毫无意外地延期了。

青奥安保的巨大压力，不是简简单单的豪言壮语就能面对的。张鹏是个有心人，为了尽快在到达驻地后熟悉新装备性能参数和使用要点，发挥应有战斗效能，他和同事总结了以往支援工作的经验教训，在扬期间就加班加点训练同类型器材，尽可能做到胸中有数。他常说："青奥安保不仅仅是任务，更是难得的学习机会，一定要通过这次学习，为日后我市装备的提档升级做好知识储备。"省厅的集中培训开始后，他利用课余时间主动上门，到南京特警教官班子取经学习，短短的几十天时间，做到了会讲解、会教学，达到了高技术人员和高科技装备的完美结合。

妻子住进了扬州苏北人民医院，他忙里偷闲，在电话里安慰她：老婆，好样的！给妻子发各种可爱的表情，逗妻子开心。他告诉妻子，等孩子过周岁，我一定带你们娘儿俩来南京，使劲玩上几天！妻子进了产房，他让岳母转告："坚持，就是胜利！"

　　为确保最大限度发挥专业人员作用，组委会将扬州支援工作组与10名部队工兵、3条搜排爆犬共同编组，由工作组具体负责安检排爆工作的专业培训和组织实施。为了尽快完成团队磨合，最大限度发挥团队攻坚作用，他与战友们一道，深入学习相关政策文件，在较短时间内熟悉掌握有关纪律要求，并将之作为混编小组管理准则，深化纪律意识，确保纪律作风始终保持较高水准。同时，将业务技能培训、队伍管理、工作分工等一一进行了规划，队伍集结完毕后，工作组立即明确职责任务，按照具体任务安排，细化小组分工，有序组织技能培训，在最短时间内形成战斗合力。安检任务下达后，他指导并协调工兵与警犬搜爆力量实施现场搜爆作业，细致严谨，无一疏漏。由于超负荷、高强度、高密度的工作，他身上多处被晒伤发炎，出现了中暑症状，但作为勤务主力，他始终咬牙坚持，短短的数天时间里，就完成了10个场地的搜爆任务，累计安检公共面积14万平方米、建筑面积3万平方米，收缴违禁物品1000余件，圆满完成了承担的青奥村驻点安检排爆任务。

　　青奥会结束。汽车驶过长江大桥，他憧憬着，终于可以见到心爱的宝宝了。

　　安保工作，无非是人与人之间的博弈，可是，人与动物呢？青奥安保中，防暴犬又是怎样训练的呢？南京青奥安保警犬搜爆防爆团队副大队长曹培就在实训中扮演"暴恐分子"，带领其他民警演练警犬扑咬项目。

　　身穿4厘米厚的帆布防护服，头戴头盔，脚踏军靴，全身行头重达30多斤，这是助训员的日常装备。平日训练时，扮演

"坏人"的他们可以保持不动，摆好"完美姿势"迎战警犬，最大限度减少警犬对自己的冲击和伤害。可在实训中，为了达到真实效果，曹培被设计成在奔跑中的"坏人"接受警犬扑咬。这就意味着，他不仅无法摆出保护自己的"完美姿势"，连受伤的部位和程度也变得不可控。虽有护具，但还是不抵利齿。曹培在演练中多次被警犬咬伤，膝盖和肘部都已摔伤，每次演练结束后，曹培的手掌都被咬得红肿。当询问被狗扑上来怕不怕时，32岁的曹培笑称："都带犬十年了，防疫针打了5回了，现在早已过了这个心理坎儿了。"

曹培说："青奥场馆危险品的查检就靠这些搜爆犬，每条犬都对应到场馆，如果有哪条犬身体不适，也没有别的犬可以替换。"

训练是"狗性"化了，曹培这些带犬民警可是苦了。随着青奥安保集结号的吹响，搜爆防爆集训也更为密集，他们从6月底就开始吃住在训练基地，直到青奥会结束，中间连家都回不得。

2014年4月，在国际国内反恐形势不断变化的情况下，曹培根据上级机关和领导要求，综合前期工作成果，坚持完善工作预案，最终制作完成了《青奥安保警犬搜爆工作团队工作方案》和《青奥会警犬安保预算》，并以团队整体工作方案为依托，密切联系实际工作需要，制作了包括《青奥会警犬搜爆工作团队集结期间工作方案》在内的具体细化的工作方案、规范性文件近20份，就团队遇到的工作需求和难题向上级机关制作了请示报告10余份，为警犬搜爆工作团队的顺利运行打下坚实基础。

曹培2013年年底刚刚结婚，他的妻子是东方航空江苏公司的一名空中乘务员，目前已经怀孕7个多月了，预产期在9月。平时妻子很依恋他。怎么办？面对妻子期待的目光，他再三踌躇后，终于下定决心，将依依不舍的妻子送回了连云港老家，请岳母代为照顾。平时，他只能在中午午休时和晚上一天工作结束后，才能跟妻子说上几句悄悄话，询问一下妻子的身体状况和家中老人情况。就这样，他吃住在警犬搜爆团队屯兵点，全力投入到青奥安保各项任务当中。

有这样一批忠诚卫士

2014年7月15日，江苏省公安厅颁发命令，给沭阳县公安局交警大队一中队民警王军同志记个人一等功。

王军，是第一个倒在青奥安保一线的公安民警。

7月12日晚上9点，根据省公安厅和宿迁市公安局青奥安保工作要求及全县统一部署，沭阳县公安局交警大队一中队民警王军带领3名交通协警孙晓静、霍亮和严海军在沭阳县城区沂河大桥南端检查点执勤，按照"逢车必查"的要求对过往可疑车辆和人员开展例行检查。13日凌晨2时46分左右，王军和孙晓静等人正在对一辆违规安装疝气大灯的悦达起亚轿车进行检查。当车主夏某拿出驾驶证和行驶证递给王军检查时，突然，一道刺眼的灯光朝王军、夏某等人射来，与此同时，伴随着振聋发聩的轿车提速声，一辆白色越野车突然向他们加速冲过来。

"闪开！"直面急速而来的车辆，协警孙晓静大喊一声，推了一把王军。几乎同时，王军也一把将被盘查的车主夏某推向路边……刹那，那辆白色越野汽车飞驰而过，消失在监控中。

孙晓静被撞飞出 100 多米后当场身亡，王军右小腿被汽车碾压得血肉模糊，血流不止。但他强忍着剧痛，一边爬行一边大喊"我的腿断了，快打 120"，并安排其他协警追捕肇事车辆，直到 120 救护车将他接走。

"跟我一起执勤的同事怎么样了？犯罪嫌疑人抓获了吗？"天亮以后，刚做完截肢手术的王军吃力地询问前来看望他的领导和同事，他考虑的不是自己，而是战友的安危。得知孙晓静牺牲的消息，他痛苦地流下了眼泪。被王军推了一把的车主夏某心有余悸地说："要不是被他们猛力一推，被撞飞的很有可能就是我了！"

8 月 17 日，年仅 26 岁的溧阳市局清安派出所治安刑侦民警陈鹏在执行青奥安保任务时突遇交通事故，不幸以身殉职，倒在青奥安保第一线。

牺牲前夕，因工作成绩突出，陈鹏刚刚被常州市公安局荣记个人三等功。

青奥安保开展后，省厅部署从 8 月 16 日起在全省公安机关开展"利剑 3 号"社会治安集中整治行动。8 月 17 日，陈鹏与副所长杨进及 1 名辅警驾车执行青奥安保任务。17 时 32 分，在从常州返回溧阳途经 239 省道上黄浒庄村路口时，他们突遇交通事故，陈鹏头部、胸部受重伤被紧急送往溧阳市人民医院救治。当日 19 时 10 分，陈鹏终因伤势过重，因公牺牲，人生定格在 26 岁。

2014 年 5 月，陈鹏带领联防队员蹲点守候一个多月，一举捣毁了一个涉嫌组织卖淫的特大团伙，成功抓获涉案人员 15 名，受到各级公安机关表彰。在清安派出所工作期间，陈鹏每月加班累计超过 100 小时，1 年来，其主办各类刑事治安案件 68 起，协办各类案件 95 起，抓获各类违法犯罪嫌疑人 154 人。在巡防大队工作期间，陈鹏主要负责街面便衣巡逻打防工作，3 年来，参与侦破省厅挂牌燃油盗窃案、电动车系列盗窃案、车内财物系列盗窃案等省市有影响案件 281 起，打掉犯罪团伙 19 个，抓获违法犯罪嫌疑人 209 人。

陈鹏是个优秀帅气的小伙子。在父母眼里，他是懂事孝顺的孩子；在同事眼里，他是吃苦耐劳埋头苦干的年轻人；在朋友眼里，他是积极向上乐于助人的朋友。

陈鹏和同事值班时常说起父母亲总张罗着给他介绍女朋友，他总感觉挺对不起父母，等青奥安保一结束，就赶紧圆了老人的心愿。在家里，陈鹏是父母唯一的儿子。因为工作繁忙，回家陪伴父母的时间不多。父母虽然也有埋怨，但总是全力支持。每次儿子出差，他们都会在日历上"倒计时"，一天天算着陈鹏的归期。但这一次，日期永远停在了 2014 年 8 月 17 日，日历再也翻不动了。1987 年出生的陈鹏阳光帅气，爱好骑车，爱好摄影，爱好文学，他的身上有很多闪光点，能带给他的同事、同学满满的正能量。据一位骑友回忆：2012 年 11 月 11 日，他和几个志同道合的朋友组建了"骑车吧"，第一次的羽毛球活动、第一次新年前的大聚会、第一次骑行望湖岭、第一次的 Potluck……陈鹏用他的阳光、开朗让周围的朋友感受到那种为了生活和梦想奋斗的力量。年仅 26 岁的你，家中的骄傲、朋友眼中的才子、同事眼中的能干小伙子，连续奋战在公安工作和青奥安保的第一线，还没来得及品尝结婚生子的喜悦之情，还没来得及分享授奖立功的胜利之感，还没来得及为父母长辈多尽一份孝心……还有很多的来不及，一切就这样匆匆而去，你永远离开了我们，为公安事业献出了宝贵的生命……

记者在网上看到一幅照片，陈鹏身着蓝色警服站在阳光下，背后"无私奉献"四个大字闪着金光。我凝视着他清澈而又坚毅的眼神，似乎读懂了他那颗炽热而又执着奉献的大爱之心。

如今，他用生命为这张照片加上了最好的注解！

8月2日上午，如东县公安局信访科民警徐永健在北京信访值班点工作时，突感身体不适被送往医院救治，终因心脏的主动脉夹层撕裂，经抢救无效于8月3日15时27分因公殉职，年仅49岁，以战斗的姿态倒在了青奥安保第一线。

还有8月21日牺牲在执勤岗位上的徐州市公安局贾汪分局交警大队快速通道中队民警于忠强。

还有8月19日倒在巡防方向盘上的无锡市公安局巡特警大队民警倪军。

……

他们用鲜血和生命诠释了人民警察的铮铮誓言。

青奥安保卫士背后的动人故事很多很多，为了青奥的欢乐祥和，为了社会的和谐稳定，在青奥安保的日日夜夜里，人民警察所付出的心血、汗水和代价是无法计量的，也是无法用语言来描绘的。但是，正是他们无私的付出，为青奥华美的乐章奏出了最壮丽最激越的音符。

从百年前的"奥运三问"，到"无与伦比"的北京奥运，再到正在申办的冬奥会，一代代中国人百折不挠地追逐着奥运之梦，追逐着国家富强、民族兴盛之梦，这样一个逐梦故事，再次通过南京青奥会向世界诉说。

这同样是中国梦。

这次青奥会，是在反恐维稳形势极其严峻的情况下举办的，国际国内参与人数之多、来宾规格之高、安保难度之大可以说前所未有，更没有可供借鉴的经验。江苏警方凭着对党、对人民、对祖国高度负责的态度，集全警之智，举全警之力，激励广大民警顽强拼搏，无私奉献，创造了大型活动安保工作的奇迹，青奥安保成为展示中国警方新形象、追逐激情和梦想的重要载体和绝佳平台。

正如江苏省公安厅常务副厅长陈逸中所说："这次青奥安保不仅全面检验了我省的公安工作，对我省公安队伍素质建设同样也是一种考验。我们一定要把青奥精神一直坚持发扬下去。"

是啊，全体民警在安保中所体现的忠诚奉献、攻坚克难、顽强拼搏、团结协作、理性平和精神不正是青奥留下的一笔宝贵精神遗产吗？

青奥会以最"成功"、最"精彩"的方式落下帷幕。虽然参战民警沉默、负重而又坚强的身影没有在赛场上出现，但是，他们的坚守、他们的付出、他们的努力，让青奥赛场绚丽多彩，让青奥精神永放光华！

青奥为你们骄傲，世界为你们喝彩！

你们有一个响亮的名字——中国警察！

（南京市公安局鼓楼分局李德合同志参与本文基础性的采访、资料搜集、整理等。因统稿需要，借鉴相关媒体资料。在此一并表示感谢。）